ayato &
Djoserunas
「王弟殿下とナイルの異邦人」

王弟殿下とナイルの異邦人

櫛野ゆい

キャラ文庫

この作品はフィクションです。
実在の人物・団体・事件などにはいっさい関係ありません。

目次

口絵・本文イラスト／榊　空也

序章

降り注ぐ強い日差しに、黄金の装飾が施された棺《ひつぎ》が煌《きら》めく。

どこまでも広がる青い空の下、赤い砂の大地にそびえ立つ白亜の王宮には、この日、大勢の民が詰めかけていた。数日前に亡くなった偉大なるエジプト女王、アイーシャを死出の旅路へと送り出すために——。

多くの民の慟哭《どうこく》と神官たちの祈りが響く中、一人、また一人と、参列者たちが棺に睡蓮《すいれん》を手向けていく。

白と青の睡蓮で埋め尽くされた棺には、褐色の肌に艶《つや》やかな黒髪の女王、アイーシャの亡骸《なきがら》が横たわっていた。

閉じた瞼《まぶた》には鮮やかな孔雀石《くじゃくいし》のアイシャドウが施され、やわらかな亜麻布のドレスと豪奢《ごうしゃ》な黄金の首飾りを身につけている。その腕は冥界の神オシリスを模して胸の前で交差され、手には王笏《おうしゃく》と殻竿《からざお》が握られていた。

彼女はこれからミイラとなり、その魂は永遠の命を得ることになる——。

と、その腕にカチリと、黄金の腕輪が塡《は》められる。真っ赤なカーネリアンで目が描かれたその腕輪を塡めた手は、それまでの参列者たちとは異なり、黄味がかった白い肌をしていた。

「どうぞ安らかにお眠り下さい、陛下」

穏やかに言った白い肌の男が、続いて女王の胸元に青い睡蓮を捧《ささ》げる。瑞々《みずみず》しい香りを漂わせる、今朝咲いたばかりの睡蓮を見つめて、男はそっと呟《つぶや》いた。

「……また、未来でお会いしましょう」

熱い風に吹かれた睡蓮が、ゆらりと大きくその花弁を揺らす。

悠久の時を越える旅が今、始まろうとしていた——。

一章

ほどよく焦げ目のついた生地の上に、たっぷりと載せられたチーズ。

とろけてミルキーな香りを放つそのチーズの上には、やわらかな赤と白のコントラストが美しいイチジクが綺麗《きれい》に並べられ、ところどころにクルミがちりばめられている。

小さな硝子《ガラス》の一輪挿しにコスモスが揺れるテーブルに焼き立てのそれを置いたウェイターが、にこりと微笑《ほほえ》んで言った。

「お待たせ致しました。こちら、女王の愛したイチジクピザでございます。お好みで蜂蜜と黒胡椒《くろこしょう》をかけてどうぞ」

「ありがとうございます。……さてと」

軽く会釈をした後、北村隼人《きたむらはやと》はスマホを手に身を乗り出し、真上からピザの写真を撮った。

「んー、光の加減で、これじゃ具がよく見えないな」

映《ば》えなど不要とばかりにコスモスを遠くにどかし、もうちょっと上から、と席を立って写真を撮る隼人に、向かいの席から声が上がる。

「ちょ……っ、お兄ちゃん！　目立ってる！　目立ってるから！」

目を三角にした妹の満里奈《まりな》に恥ずかしいでしょと怒られて、隼人は渋々自分の席に戻った。

「なんだよ、満里奈。料理の写真くらい、みんな撮ってるだろ」

「お兄ちゃんみたいな本気の撮り方してる人なんて、誰もいないでしょ！」

周囲を気にして小声で怒る満里奈に、隼人は肩をすくめて言う。

「そりゃ、おれは本気も本気だからな。さ、熱いうちに食べるぞ」

せっかくのピザが冷めてしまったら大変だ。

手早く切り分ける隼人に、満里奈がぶつくさ文句を零《こぼ》した。

「写真撮ってたのはお兄ちゃんじゃない……」

自分の行動を棚上げする兄にふてくされる満里奈だが、目の前に取り分けたピザを置いてやると、途端に目を輝かせる。

「わ、美味《おい》しそう！　いただきます！」

さっきまで怒っていたこともけろりと忘れ、歓声を上げてピザにかぶりつく妹を横目に見て、隼人はこっそり苦笑を零した。

今年二十四歳の隼人は、ピザ職人だ。六年前からイタリアに修業に行っていた隼人は、半年ほど前に日本に帰国した。今は知り合いのカフェで働きながら、自分の店を開く資金を貯《た》めている。

勤め先のカフェが休日の今日、隼人は高校生の妹、満里奈にせがまれて博物館を訪れていた。展示物を見る前にまずは腹ごしらえをと併設のレストランに入ったところ、特別展とコラボしたピザがメニューにあったので頼んでみたのだが。

「……ん、これ、生地にクリームチーズ塗《ぬ》ってるんだな。上に載ってるチーズはゴルゴンゾーラとモッツァレラか……。美味《うま》いけど、もうひと味欲しいな」

美術館併設のレストランで出すから、万人受けするような味に仕上げているのだろう。クリームチーズのコクはイチジクとマッチしているが、ゴルゴンゾーラが控えめなせいで塩気のパンチが弱く、蜂蜜の甘みに負けてしまっているのが惜しい。

（おれだったら、ここにもっと塩味の強いチーズを足すな。それか、生ハム後載せして……）

じっくり味わいながら考えていると、満里奈にため息をつかれてしまう。

「もう、お兄ちゃん、またトリップしてる。ピザのことになると相変わらずなんだから」

呆《あき》れつつ一切れ食べ終えた満里奈は、きょろりと周りを見回した後、声を落としてこそこそと言った。

「……でも、これならお兄ちゃんのクワトロ・フォルマッジの方が断然美味しいね。期間限定でイチジクのトッピングしてみたら？」

「満里奈……」

可愛《かわい》いことを言ってくれる妹に、隼人はたまらず相好を崩した。

「そうだな、今度店長に提案してみるよ」

「やった。試作品できたら食べさせてね」

美味しいかどうか審査してあげる、とちゃっかり便乗した満里奈が、次の一切れに手を伸ばす。皿を寄せてやりながら、隼人はハイハイと苦笑を浮かべた。

国際的なコンクールで幾度も入賞経験がある隼人だが、まだ優勝したことはない。自分の店を構えるからにはやはり名のある大会で優勝したいと、今は色々な店の食べ歩きをしたり、新しい食材の組み合わせを考えたりして、日々研究を重ねていた。

(やっぱ優勝した方が宣伝になるし、なによりハクもつくしな)

ナメられたら終わりだし、とついそう考えてしまうのは、隼人が元ヤンだからだろう。

そもそも隼人がピザ職人を志したのは、満里奈の好物がピザ、というかピザトーストだったからだ。

地方都市で育った隼人は、県会議員の父と元舞台女優の母の間に生まれた。

母に似て切れ長の瞳に整った顔立ちをした隼人は、体を動かすことが好きで運動神経もよかったため、幼い頃から女子によくモテた。だが、隼人が中学生の頃に母は病気で他界してしまった。

多忙な父は滅多に家に帰ってこなくなり、満里奈はお手伝いさんが作り置きしてくれた冷たい夕食を食べたがらなくなった。そんな時、隼人が満里奈に作ってやったのが、食パンにピザソースを塗って焼く、ピザトーストだった。

最初は、自分の小腹を満たすために作っただけだった。けれど、市販のピザソースの上にチーズをかけただけのそれを満里奈が食べたがり、一度作ってやってからはまた作ってとねだられるようになった。

妹の健康を考えてタマネギやピーマンなどの具材を載せるようになったのはすぐで、隼人は満里奈が飽きないように色々な具材を試すようになった。時にはとんでもない味になることもあったけれど、小さな妹のためにあれこれ工夫するのは楽しくて、満里奈が美味しいと喜んでくれるのがなによりも嬉《うれ》しかった。

だが、夕食代わりのピザトースト作りは、隼人が高校生になって間もなく終わりを告げる。父が再婚したのだ。

幸い義母は優しい人で、満里奈はすぐに懐いたが、思春期まっただ中だった隼人はどうしても馴染《なじ》めず、次第に家族と距離を置くようになった。

家に寄りつかなくなった隼人は、すぐに悪い仲間とつるむようになり、あっという間に不良の仲間入りをしていた。溜《た》め込んだ不満や鬱屈《うっくつ》をケンカで発散するようになり、腕っ節ばかりが強くなっていった。

転機になったのは、文化祭だった。学校をサボりがちだった隼人だが、たまたま出たホームルームで模擬店で出す喫茶店メニューについて話し合っており、何気なく言ったピザトーストの案が採用されたのだ。

スタンダードなものだけでなく、しらすや海苔《のり》を使った和風のもの、バナナとマシュマロとチョコレートソースのデザートタイプなど、満里奈に作ってやっていたレシピを次々提案した隼人に、同級生たちは大盛り上がりしてくれた。模擬店は大成功で、隼人はそれをきっかけに自分の将来を考えるようになった。

模擬店をやってみて分かったが、自分は誰かのために料理を作って、それを食べて喜んでもらうことが一番嬉しい。それに、もっと本格的なピザを作ってみたい。

ピザ職人になりたいと言った隼人を、父も義母も応援してくれた。特に義母は知り合いのカフェを紹介してくれて、隼人はそこでアルバイトをしながら、ピザの作り方をマスターから教わることができた。

そして、高校卒業と同時にイタリアへ留学し、本場の学校で基礎を学んだ後、現地のリストランテで修業を重ねてきたのだ。

今までは仕事が忙しく、年に一、二回しか帰国できなかった隼人だが、腕前に自信もつき、自分の店を持つならやはり日本だという思いから故郷に帰ってきた。

父から出資の話もあるが、できるだけ自分の力でやってみたいと、今は原点であるかつてのアルバイト先のカフェで働かせてもらいながら、出店の準備を進めている最中だ。

（そろそろ内装とかも考えないとな……。マスターの知り合いにデザイナーさんいるって言っ

てたっけ）

相談させてもらえないかなと思いながらピザを味わっていた隼人をよそに、満里奈がうっとりと目を細めて言う。

「イチジクとチーズのピザかあ。もしかしてアイーシャ女王もこんなピザ食べてたのかなあ」

「いやいやいや、ピザの発祥はイタリアだって」

満里奈の言葉に、隼人は苦笑してしまった。

諸説あるが、ピザのルーツとなった平らなパンは、紀元前のイタリアで作られていたと伝わっている。その後、いわゆるフォカッチャに具を載せたものへと発展した。今のピザの形になったのは、ほんの二百数十年ほど前のことだ。

「古代エジプトでピザなんて食べてたわけないだろ」

一蹴《いっしゅう》した隼人に、満里奈がムッとしたように言う。

「そんなの分かんないでしょ。今分かってることなんて、歴史のほんの一部なんだから」

「そうかもしれないけどさ。そもそもイチジクもチーズも、古代エジプトにあったかどうかなんて分からないだろ」

このピザにしても、女王の愛した、などと銘打っているが、それもイメージ上の設定だろう。

そう思った隼人だったが、満里奈はフフンと鼻を鳴らして言う。

「それが、今回の発掘で女王の副葬品から、イチジクの種とチーズの化石が出てきたんだって！　きっと女王の好物だったんだろうって言われてるんだよ」

「へー……、やけに詳しいな？」

だからこそこのピザなのだとドヤ顔で説明する満里奈に感心しつつ、隼人は首を傾《かし》げた。

確かにこの博物館に来たがったのは満里奈だが、そんなに歴史好きだとは知らなかった。今回の特別展の目玉は古代エジプトの女王、アイーシャのミイラのはずだが、そこまで古代エジプトに興味があったのだろうか。

訝《いぶか》しんだ隼人に、満里奈が目を輝かせて理由を話し出す。

「実はこの間、テレビでこの特別展の特集やってたんだ。私の好きな女優さんがアイーシャ女王役で再現ドラマやってたんだけど、それがもう本当に格好よくってね……！」

「あー、そういうことか」

どうやら妹のお目当ては、その女優らしい。

わざわざ妹が取り出した特別展のチラシを見ると、音声ガイドもその女優が担当しているとあった。

「しょうがないなあ。この音声ガイドも借りればいいんだろ？」

「さすがお兄ちゃん！　話が早い！」

ちなみに今日のチケット代やランチ代はすべて隼人持ちである。

（この分だと、ミュージアムショップでも山ほど土産を買わされそうだな……）

年の離れた妹のおねだりに滅法弱い自覚はあるが、まだ高校生の満里奈に財布を出させるつもりはない。それに、なんだかんだ妹に甘えられ、頼られるのは、隼人としても悪い気はしないのだから仕方がない。

兄の気も知らず、チラシに印刷された女優の写真をうっとり見つめながら満里奈が言う。

「古代エジプトで女性がファラオだったことって、数例しかなくてね。アイーシャ女王は前の王の正室だったんだけど、夫である王が亡くなった後、側室が産んだ後継者の王子が幼いから成長するまで代わりにって、女王の座についたんだって。でも、王子を王に据《す》えて実権を握りたかった側室と相当揉《も》めたらしくてね」

「まるで昼ドラだな。聞いただけで胸焼けしそうだ」

古代エジプトで繰り広げられていた濃い展開に、隼人は思わず呻《うめ》いてしまう。

ならこれはもらうね、とちゃっかり最後の一切れを持っていった満里奈は、あーんと大きな口で頬張りながら言った。

「んー、美味しい！　さすが女王の愛したピザ！　ねえお兄ちゃん、こっちの王女のお気に入りデザートも頼んでいい？」

「はいはい、一個だけだぞ」

甘いものに目がない妹に釘《くぎ》を刺した隼人だったが、結局この後、クレープとパンケーキで悩みに悩む満里奈を見かねて、どっちも頼んでシェアしてやることになったのだった。

ランチを終えて向かった博物館は、テレビで特集が組まれた影響もあってかなり混み合っていた。

残り少なくなっていた音声ガイドを入り口で一つ借りた隼人は、それを満里奈に手渡す。

「ありがと。お兄ちゃんはいいの？」

「ん、おれは見るだけでいいよ」

一応高校の時の選択は世界史だったが、隼人自身はそこまで古代エジプトに興味があるわけではない。ミイラなども、怖いもの見たさみたいな感覚はあるが、学術的にどうとかいう話にはあまり興味がなかった。

「チーズの化石についてなんか解説してたら貸してくれ。新しいレシピのヒントになるかもしれないからな」

「……お兄ちゃんほんとピザバカだね」

肩をすくめつつ、満里奈がイヤホンを装着する。スマホや財布を入り口のロッカーに預けた隼人は、あっちからだって、と順路を指さす満里奈と連れだって歩みを進めた。

目玉の女王のミイラは展示の最後の方らしく、最初は古代エジプトの年表などの展示が続く。

年表の下には、その時代の遺跡から発掘された装飾品や壁画の写真などが展示されており、隼人は横文字の地名や王の名前などを眺めながら進んだ。

　鳥の頭をした男性の壁画の写真を見つめて、満里奈がふむふむとイヤホンから流れてきた解説を教えてくれる。

「これはホルス神って言って、ハヤブサの頭をしてるんだって。ホルスの左目は、癒《いや》しと再生の象徴としてお守りとかアクセサリーにもなってたらしいよ」

「へー、ハヤブサか」

　お兄ちゃんの名前と一緒だね、と笑って、満里奈が続ける。

「他には狼《おおかみ》とか、ワニの頭の神様もいるみたい。あ、これはスカラベの頭の神様だって」

「スカラべってあれだろ、フンコロガシ……」

　何故《なぜ》そんな虫がと思った隼人だが、壁画の写真の下の解説によると、古代エジプトではスカラベは太陽を司る聖なる虫だったらしい。どうやら転がしているフンを太陽に見立て、太陽の運行を管理している神の化身として、スカラベを崇《あが》めていたようだ。

（だからって、いくらなんでもフンコロガシの神様は嫌だな……）

　顔をしかめつつ進んだ次のコーナーでは、戦争がテーマだった。

　当時使われていた棍棒《こんぼう》やブーメラン、刃の部分が半月型をしたケペシュという剣などの武器が並び、異民族を討つ王の壁画が紹介されている。敵兵に比べてずいぶん大きく王が描かれているのは、この壁画自体が王の権威を示すためのものだったからなのだろう。

更に進むと、神殿の模型や儀式を描いた壁画の展示が続き、古代エジプトの死生観が紹介されていた。オベリスクやヒエログリフの解説など、小難しそうな展示には人が少なかったが、ピラミッド建設の様子を再現した大きな立体模型の周囲では多くの人が足をとめていた。

壁には有名なピラミッドの写真がいくつも並んでおり、アイーシャ女王のピラミッドの写真が一際大きく飾られている。一緒に映っている人間から察するに、相当大きいピラミッドなのだろう。

「よく考えるとすごいよな。重機とかない時代に、人力であんな巨大な墓建てるとか」

展示室の中央にある模型で巨石を載せたソリを引いているのは、上半身裸の男たちだ。褐色の肌をしており、皆頭を丸めている。近くには同じような格好に白い頭巾を被《かぶ》った、監督官らしき男の姿もあった。

映画でも見たことがあるが、やはりこういったピラミッドは奴隷に鞭《むち》打って作らせていたのだろう。

(そうでもなきゃ、こんなでっかいピラミッドなんて作れるわけないもんな)

おれだったら逃げ出してる、と内心首をすくめた隼人を、満里奈が促す。

「お兄ちゃん、次がアイーシャ女王のミイラの展示みたい」

こっちこっち、と声を弾ませる満里奈に袖を引っ張られて、隼人は苦笑しながらそちらへと向かった。

――一際広い展示室の中央には、多くの人だかりができていた。

ちょうど近くのカップルが人だかりから離れたので、そこにさっと二人で滑り込む。近づけないよう区切られているガイドポールぎりぎりに立ったところで、隼人と満里奈は感嘆の声を上げていた。

「おお……」

「わあ……」

ガラスケースの中に横たわっていたのは、これまで見たこともないようなミイラだった。

皮膚こそ黒く変色しているものの、穏やかな顔は生前の美貌を思い起こさせる。なにより、豊かな頭髪がしっかりと残っており、長い髪にはゆるやかなウェーブがかかっていた。

隣には彼女が埋葬されていたのであろう、美しく彩色された棺も展示されている。

黄金の装飾で飾られた棺は、まさに女王にふさわしい、豪奢なものだった。

「……こんなミイラもあるんだな」

今までミイラと言えば骸骨じみた気味の悪いもの、というイメージが強かったが、目の前のミイラからはどこか気高ささえ感じる。

三千年前に大国を支配していた女王は、悠久の時を経てなお、美しかった。

「テレビで見るより、ずっと綺麗……」

隣の満里奈も、魅入られたように呟く。ああ、と隼人が頷《うなず》いた、その時だった。

『ご来場の皆様にお知らせ致します。これよりロビーにて、帝国大学名誉教授、吉野《よしの》教授の特別講演を開催致します』

突然、館内に案内放送が流れ、周囲の人たちがざわつき出す。

「吉野教授って、あの?」

「そういえばここ、たまたま教授が来た時とかに突発でイベントやるらしいよ。告知とか特にないから、やってる時に居合わせたらすごいラッキーなんだって」

見に行こうよ、と声を弾ませたカップルが急いで出口へと向かったのを皮切りに、集まっていた人たちが一斉に動き出す。話を聞いていた隼人は、慌てて満里奈を促そうとした。

「満里奈、おれたちも……」

だが、隣にいたはずの満里奈は、いつの間にかいなくなっている。

「あれ、満里奈?」

戸惑って周囲を見渡した隼人は、フロアの片隅に設けられた別のコーナーの前で佇《たたず》む妹を見つけて、小走りに近寄った。

「なんだよ、こんなとこにいたのか。満里奈もさっきの放送、聞いてただろ? おれたちも早くロビーに……」

話しかけながら満里奈の肩にポンと手を置いた隼人は、その手元を見やって驚いた。

「え……っ、満里奈、それどうしたんだ？」

満里奈が手にしていたのは、黄金の腕輪だった。重そうな腕輪には美しい青の宝石がちりばめられており、くっきりとした目が描かれている。おそらく先ほど満里奈が言っていたホルスの目とは、これのことだろう。

他にも重そうなネックレスや蛇のデザインの冠などが置かれた台の上の方には、副葬品のレプリカと書かれたボードがあり、その下では『実際に身につけてみよう！』という文字が躍っていた。

「ああ、なんだ、レプリカか。そうだよな、本物が触れるとこに置いてあるわけないもんな」

おそらくここも人気のコーナーなのだろう。満里奈も人が少なくなった今のうちに触っておこうと思ったのかもしれないが、特別講演とやらは今この時間しかやらないのだ。

「満里奈、とりあえずロビーに行こう。今日中なら再入場もできるみたいだし、ここはまた後で来ればいいだろ」

見渡せば、すでに自分たちの周囲からは人の姿が消えている。女王のミイラの周囲も同様で、あれだけ賑《にぎ》わっていたのが嘘《うそ》のように静まりかえっていた。

「なんか気味悪いな……。行くぞ、満里奈」

人気《ひとけ》のない博物館に落ち着かなさを感じつつ、隼人が満里奈に声をかけて踵《きびす》を返そうとした、

――その時だった。

「……っ？」

突然、満里奈の手の中から青い光が溢《あふ》れ出したのだ。

「満里奈？」

驚いて手元を覗《のぞ》き込んだ隼人をよそに、満里奈はじっとその光の元――、ホルスの目の腕輪を見つめている。

「なんだこれ、光るようになってるのか？」

子供のオモチャのように、スイッチでもついていたのだろうか。だがそれにしては、やけに光が強い。

眩《まばゆ》いほどの青い光は、まるで洪水のように溢れ、満里奈と隼人を包み込んでいて――。

『……アマリナ……』

「え？」

突然、その場に低い声が響いて、隼人は目を瞠《みは》った。館内放送かと辺りを見渡すが、声は複数の男のもので、青い光の中から聞こえてきている様子だった。

『ミイ・アマリナ……』

来《い》い、アマリナ《ア マ リ ナ》
『アマリナ……』

「な……、なんなんだ……？」

何語なのか不明だが、とにかくアマリナという単語が繰り返されている。

薄気味の悪さに、隼人が思わずゾワッと背中を震わせた、次の瞬間。

「……っ！」

ぶわっと、一際強い青い光が腕輪から発せられ、どこからともなく強い風が起こる。咄嗟《とっさ》に腕を上げて顔を庇《かば》った隼人は、目に映った光景に思わず息を呑《の》んだ。

「っ、な……！」

満里奈が手にしている腕輪の青い光の中から、何本もの腕が次々に浮かび上がっていたのだ。光と同じ青いその腕は、虚《うつ》ろな表情をした満里奈へと伸びていて——。

「満里奈！」

本能的な危険を感じて、隼人は満里奈の手から腕輪を払い落とそうとした。しかし満里奈は尋常ではない力で腕輪を摑《つか》み、隼人に抗《あらが》おうとする。

「イウ・イ・アネン《私は戻らなければならない》……！」

「な……、なに言ってるんだよ、満里奈！」

突然妹の口から飛び出した訳の分からない言葉に、隼人は混乱した。だが、満里奈はカッと目を見開き、見たこともないような形相で隼人から腕輪を奪い返そうとする。

「満里奈！　くそっ、誰か……！　誰か、来て下さい！」

なにが起きているのか、妹は一体どうしてしまったのか。

まるで状況が分からず助けを求めた隼人だったが、これだけの異常事態だというのに、周囲には人影一つないどころか誰も駆けつけてくる様子がない。

「……っ、どうなってるんだ……!? 満里奈、いいからこれを離せ！」

『アマリナ……』

『ミイ・アマリナ……』

とにかく満里奈から腕輪を引き離さなくてはと、必死に奪おうとする隼人だが、その間にも気味の悪い声が辺りに響き続ける。

青い腕が満里奈を光の中に引きずり込もうとしているのを見て、隼人は渾身《こんしん》の力で腕輪をむしり取り、放り投げた。

「この……！」

放物線を描いた腕輪から、青い腕がかき消える。しかし、腕輪はそのまま床に落下することなく、ピタリと空中で動きをとめた。

「……ぁ……」

宙に浮かんだまま、青い光を放ってゆっくりと回転し始めた腕輪を見つめた満里奈が、小さく声を上げてぐったりと目を閉じる。

「満里奈！」

ぐらりと傾いだ満里奈を慌てて抱き支えた隼人の目の前で、カチリと小さな音を立てて腕輪の留め具が外れる。

満里奈へと近づいてくる腕輪を、隼人は咄嗟に叩《たた》き落とそうとした。

「……っ、妹に近づくな！」

しかし、隼人が手を振り下ろした次の瞬間、それまでゆっくりだった腕輪が唐突にビュンッと勢いよく飛び、隼人の手首に嵌《は》まる。

カチッと音を立てて留め具が掛かるや否や、腕輪に描かれたホルスの目が一際強い光を放った。ブワッと一気に溢れ出た青い腕が、隼人の腕に絡みついてくる。

「な……っ⁉」

「ん……、お兄、ちゃん……？」

隼人の声で気がついたのだろう、満里奈がうっすらと目を開ける。青い腕が妹の方へと伸びるのを見て、隼人は咄嗟に満里奈を突き放した。

「っ、離れてろ、満里奈！」

「お兄ちゃん⁉」

驚愕《きょうがく》と恐怖に目を見開く満里奈の目の前で、青い腕が隼人の両腕を引く。

無数の腕に引っ張られた隼人の体が、ふわりと宙に浮いた。

「こ、の……っ、離せ！　離せよ！」

『アマリナ……！』

『ミイ・アマリナ……！』

もがく隼人の声に重なるようにして、男たちの声がうわんと一層大きく響き出す。

青い、青い光が、隼人を包み込んで——。

「うわ……っ！」

「お兄ちゃん！　お兄ちゃん……！」

必死に自分を呼ぶ妹の悲鳴を最後に隼人の視界は真っ青に染まり——、そしてその体はとぷんと、青い光に呑み込まれたのだった。

二章

——轟々《ごうごう》と吹き荒れる風雨に、甲板に立ったジェセルウナスは両の目を眇《すが》めた。

この船は下《しも》エジプト一大きく、頑丈な船だ。どんな強風にも負けることはない。

だが、これほどの大嵐は初めての経験だ。なにせこの国には、雨が降らない。記録では、最後に雨が降ったのは七代前の王の時代で、百年以上前のことになる。

（さすがに皆、怯《おび》えているな……）

初めて経験する雨に、船の両側に並んだ漕《こ》ぎ手たちは恐怖の色を浮かべている。中には悪神セトの呪《のろ》いではないかと噂《うわさ》している者もいるのを、ジェセルウナスは知っていた。

（確かに滅多にないことではあるが、前例がないわけではない。この雨は、断じてセト神の呪いなどではない）

この世には不可解なこと、説明のつかないことが数多《あまた》あるが、それらがすべて神々に起因すると考えるのは愚かなことだ。

しかし、道理を説いたところで、信心深い民の考えはなかなか変えられない。ならば、と顔を上げて、ジェセルウナスは声を張り上げた。

「者ども聞け！　この船は恐れ多くも我が姉上、アイーシャ女王の加護を受けた、聖なる船だ！　悪神セトを打ち負かしたホルスの化身たる王の加護があれば、このような嵐など恐るるに足らぬ！」

戦場でもよく通る低い声に、甲板に並んだ漕ぎ手と兵士たちの顔に生気が漲《みなぎ》り出す。

雨除《よ》けにと被っていた亜麻布を打ち捨てて、ジェセルウナスは船首へと駆け上がった。

「進め！　我らには王が、善なる神々がついている！　王の敵を討ち果たすのだ……！」

吹きすさぶ風雨に、ジェセルウナスの見事な金の髪が翻《ひるがえ》る。

オオオッと上がった鬨《とき》の声を背に、ジェセルウナスは前方に見えてきた真っ白な神殿をきつく睨《にら》み据えた――。


うわん、と耳鳴りのような感覚に襲われて、隼人《はやと》は泥のような意識の底からどうにか這《は》い上がろうとした。

「ん……」

重い瞼を開け、ぼんやりと霞《かすみ》がかった思考で天井を見上げる。だが、目に映ったのはいつもの自分の部屋の天井ではなく、真っ暗な空間だった。

辺りは薄暗く、周囲になにがあるのか判然としない。

「……どこだ、ここ……」

呻きながら身を起こすが、全身どこもかしこも軋《きし》むように痛い。手をついた場所はやけに固くゴツゴツとしていて、どうやら自分は平らな石の上に寝ていたらしかった。

「なんで……」

なんで石の上なんかに、そう唸《うな》りかけた隼人は、自分のすぐ隣に横たわっていた人影に気づいて視線を落とし、思わず息を呑む。

「っ⁉」

そこにいたのは、髪の長い女性の――、ミイラ、だったのだ。

だが、その肌は変色しきっておらず、ひどく生々しい。テレビや博物館で見るミイラとはまるで違っていて、まだそれほど年数の経《た》っていない、言うなれば出来立てのミイラのように見えた。

「な、んだ、これ……」

気味の悪さにゾクッと背筋が震えて、隼人は思わずミイラから距離を取った。

何故自分はこんなミイラのそばに寝ていたのか。そもそもここはどこなのか。

（ええと、確か……）

寝る前のことを思い出そうとした隼人だったが、その時、すぐ近くで声が上がる。

「……目覚めたぞ」

「えっ？」

パッと振り向くと、そこには見たこともない格好の男たちが数人立っていた。ちらちらとこちらを見て、聞き取れないほどの音量でひそひそ会話をしている。

どうやら彼らは外国人のようで、肌は一様に褐色をしており、皆頭を丸めていた。上半身は裸で、色とりどりのビーズで作られた幅広のネックレスのようなアクセサリーや腕輪を着け、下半身には白い布を巻き付けている。

（なんか、博物館で見た古代エジプト人みたいな……）

そう思って、隼人はハッと我に返った。

「そうだ、おれ、博物館に……。満里奈《まりな》……、満里奈は⁉」

慌てて辺りを見回すが、ぼんやりとした明かりに照らされた範囲に妹の姿は見当たらない。

満里奈は無事だったのか、近くにいるのだろうかと石の上から飛び降りようとした隼人だったが、それより早く、男たちに押しとどめられてしまう。

「な……っ、離せ！」

「アマリナ様はどこだ？」

「……え？」

聞き覚えのある単語に、隼人は抵抗しようとしていた腕をぴたりととめた。

（アマリナって……、確かあの時、博物館の中に響いてた……）

サッと視線を走らせると、自分の手首にはあの腕輪がまだ嵌まったままだ。青い宝石で描かれたホルスの目が、じっとこちらを見つめている。

「……まさか、お前らがこの腕輪になにか細工したのか？」

もしかして、彼らが満里奈に危害を加えようとしたのだろうか。

だったら容赦しないと、元ヤンの血が騒いだ隼人は、一人の男のネックレスをわし摑《づか》んで引き寄せた。下から覗き込むようにして睨みつけ、低い声で唸る。

「お前ら、おれの妹に手ぇ出して、ただで済むと思ってんのか？　ああ？」

ギッと一層強く男を睨んだ隼人だったが、すぐさま背後から手が伸びてきて羽交い締めにされてしまう。

「っ、なにすんだよ……っ、放せ！」

拘束され、暴れようとした隼人に、先ほどの男が問いかけてきた。

「もう一度聞く。アマリナ様はどこだ」

「知らねぇよ。そんなことより、ここはどこなんだ。お前らの目的は？」

なにがなんだか分からないが、とりあえずこいつらが自分をここに連れてきたことは間違いなさそうだ。誘拐犯の質問にわざわざ答えてやる義理はない。

ようやく薄暗さに目が慣れてきた隼人は、素早く辺りに視線を走らせた。

なにか手がかりがないかと思ったが、どうやらやたらと広い空間にいるようで、窓もドアも見当たらない。少し離れたところには何本も太い石柱が立っており、まるで映画やゲームの中に出てくる神殿のようだった。

(本当に、ここはどこなんだ？　それに、こいつら……、何者だ？)

先ほども思ったが、彼らの格好も肌の色も、とても日本人とは思えない。流暢《りゅうちょう》な日本語を話してはいるが、皆一様に彫りの深い顔立ちをしているし、外国人で間違いないだろう。

イタリアでの修業時代になにか恨みでも買っただろうか、心当たりなんてないけれどと記憶をひっくり返しつつ、隼人は睨みをきかせる。

「おれなんか誘拐して、一体なにが目的だ？」

自分の記憶は、博物館であの怪しい青い光に包まれたところで途絶えている。外の様子が分からないから今が昼なのか夜なのかも分からないが、あれから何時間経ったのだろう。

——なにより。

「……妹は、無事なんだろうな？」

自分をさらったのがこいつらなら、あの後満里奈がどうなったのか知っているはずだ。

(もしこいつらがおれだけじゃなく、満里奈までさらってたら……)

男たちが何者なのかは分からないが、万が一妹を危険な目に遭わせていたら容赦はしない。

背後から羽交い締めにされたまま、瞳を剣呑《けんのん》に光らせて睨む隼人に、男が眉を寄せて居丈高に問う。

「質問しているのはこちらだ。アマリナ様はどこにおられるのだ！　お前が復活の儀式を邪魔したせいで、アマリナ様の魂が肉体にお戻りになれなかったのだぞ！」

「知らねぇよ！　誰だよ、アマリナって！」

一方的に問いつめてくる男に負けじと怒鳴り返しつつも、隼人は薄気味の悪さを覚えずにはいられなかった。

（ギシキ？　タマシイ？　なんだそれ、こいつら何者だ？）

格好も随分時代がかっているし、もしかして外国のカルト集団かなにかなのだろうか。

（復活とか、魂が肉体に戻るとか言ってたけど、まさかこのミイラにそのアマリナサマとやらの魂を戻そうとしてたのか？　……だとしたら正気じゃないな）

本気で死体に魂を戻そうとしていたのだとしたら、どうかしている。関わり合いになどなりたくもない――が、満里奈のことが気になる。

自分をよそに、ひそひそとまた相談し始めた男たちを睨みつけて、隼人は唸った。

「おれはアマリナなんて知らないし、どこにいるかも知らない。そんなことより、妹は今どこにいるんだ……！」

噛《か》みつかんばかりに睨む隼人を見て、男たちが囁《ささや》き合う。

「どうするのだ、腕輪の力はもう失われてしまったぞ。もう一つを手に入れてくるか？」

「そんな時間はない！　今ここで儀式をなさねば……！　他に触媒になるものはないのか？冥界《めいかい》との繋《つな》がりになるようなものは……！」

焦ったように相談し合う男たちの視線が、ふっとこちらに集まる。じっと見つめてくる何人もの視線を、隼人は嫌な予感を覚えつつも睨み返した。

「……なんだよ」

どんなことも、相手にナメられたら終わりだ。だが——。

「……こいつを触媒にしてはどうだ」

「確かに、こいつは腕輪と共に現れた……。冥界の神にこいつの心臓を捧げれば、あるいはアマリナ様の魂を呼び出せるかもしれん」

——今回ばかりは、ナメられるより前に終わったかもしれない。

「心臓を捧げるって……、正気か!?　そんなことしたら、警察沙汰《ざた》どころじゃ済まないぞ！」

拉致《らち》監禁だけでも重罪だろうが、殺人ともなれば国際問題になることは間違いない。

目を剝《む》いた隼人だが、男たちはナイフのようなものを手に近寄ってくる。

狂信的な目をした彼らにゾッと総毛立つのを感じながらも、隼人は暴れ出した。

「っ、くそ！　離せ！　離せよ！」

なりふり構わず滅茶苦茶に手足を振り回すが、背後で羽交い締めにしている腕は強く、びくともしない。それでも必死に抗って、隼人は大声で叫んだ。

「満里奈！　満里奈、逃げろ！　今すぐここから逃げるんだ！」

もし妹が近くにいるのなら、自分の次は妹にナイフが向けられるかもしれない。なにせ、人間の心臓を捧げるなんて言い出すような奴《やつ》らだ。なにをするか分からない。

近寄ってきた一人を、渾身の力を込めて蹴《け》り飛ばす。倒れた仲間には目もくれず、じりじりと距離を詰めてくる男たちを睨んで、隼人は肩で荒く息をしながら唸り声を上げた。

「お前ら、おれの妹に指一本でも触れてみろ！　絶対に、絶対に許さないからな……！」

たとえここで刺し殺されたとしても、化けて出て呪い殺してやる。

一人一人の顔を睨み据えた隼人が、切れそうなほど強く、強く唇を噛んだ、――次の瞬間。

「も……っ、申し上げます！　たった今、入り口に王の船が……！」

「なに⁉」

薄闇の向こうから走り寄ってきた男が叫んだ一言に、男たちがサッと顔色を変える。

「何故王の船が……」

「儀式の情報が漏《も》れたのか⁉」

動揺し、慌てふためく男たちを、一人が一喝《いっかつ》する。

「うろたえるな！　全員、すぐに引き上げるぞ！　裏口に船を……！」

だがその言葉が終わらないうちに、ワッと遠くで複数の声が上がり、大勢がこちらへ駆けてくる足音が聞こえてくる。

「に、逃げろ！」

「逃げると言っても、どこへ……」

「ナイルだ！　ナイルに身を投げよ！」

先ほど全員に指示を出そうとしていた男が、鋭い声で命じる。

「我らの口から秘密を漏らすわけにはゆかぬ！　案ずるな、死は永遠の生の始まり！　たとえこの身が朽ちようとも、我らの魂はすでに永遠を約束されている……！」

その言葉に、男たちの幾人かがその場に泣き崩れる。

大の男たちが嗚咽《おえつ》を漏らしながら、しきりに拳《こぶし》で床を打ち据える様を目の当たりにして、隼人は目を丸くした。

（な……、なんだ？　なんなんだ？）

先ほどナイルと言っていたが、それはナイル川のことなのだろうか。だとしたらここは、エジプトなのか。

今すぐ確かめたいが、周囲の男たちはこの世の終わりと言わんばかりに嘆き悲しんでいて、とても話しかけられる雰囲気ではない。

一体なにが起こっているのか。何故彼らは、これほど打ちひしがれているのか。

隼人がすっかり抵抗も忘れて戸惑っていると、一人がこちらを見据えて先ほどの男に問いかけた。

「こいつはどうしますか？」

「……っ」

一瞬緊張に身を強《こわ》ばらせた隼人だったが、男は隼人をチラッと見やると忌々《いまいま》しげに命じる。

「捨て置け！　我らはこれからオシリス神の御元で裁判を受けるのだ。そのような些事《さじ》に構ってはおれぬ！」

さあ、と仲間たちを促した男が、奥へと走り出す。隼人の腕を掴んでいた男たちも、それに倣《なら》って次々に走り出した。

「なんだったんだ、一体……」

わけが分からないが、とりあえず自由になったことにほっとしつつ、隼人は石の上から降りようとする。

――と、その時、その場に鋭い声が響き渡った。

「いたぞ！　かかれ！　全員捕らえよ！」

「……っ」

薄闇を切り裂くような号令と共に、一人の男がその場に飛び込んでくる。

――男が手にした松明《たいまつ》が赤々と照らすその肌は、美しい赤銅色《しゃくどういろ》をしていた。

野生の豹《ひょう》を思わせるしなやかな体躯《たいく》は鍛え上げられており、一切の無駄が見当たらない。均整の取れた長い手足はいかにも力強く、俊敏そうだ。

上半身はやはり裸だが、先ほどの男たちとは比べものにならないほど豪奢な黄金の首飾りを身につけており、腕や足首にも宝石があしらわれたアクセサリーをいくつもつけている。

くっきりとした目鼻に、形のいい肉厚の唇。彫りの深い顔立ちはエキゾチックで、美しく整っている。

こちらを見て少し驚いたように見開かれた瞳は黒だが、緑がかった不思議な色をしている。揺れる炎を映し込んで煌めく様は、まるで夜空に瞬く星のようだった。

そしてなにより美しい、その黄金の髪――。

(う、わ……)

いきなり飛び込んできた桁外《けた》れの美形の外国人に、隼人は自分の置かれた状況も忘れてぽかんと見入ってしまった。

タッと着地した彼の動きに合わせて、肩口まである金糸のような髪が揺れる。編み込まれたビーズがシャラリと音を立て、男がゆっくりと唇を開いた。

「……何者だ?」

眉をひそめた男が、隼人が乗っている台に片足をかけ、素早く剣を突きつけてくる。

ギラリと光る半月型の刃に、隼人は息を呑みかけ――。

「……っ、人に名前聞くなら、そっちが先に名乗るべきだろう……!」

——反射的に、低く唸り返していた。

大きく目を瞠る男を精一杯睨み返す隼人に、男の後について来ていた兵士らしき男たちが血相を変える。

「なんと無礼な！　この御方をジェセルウナス殿下と知っての狼藉《ろうぜき》か⁉」

「こやつ、生かしてはおけぬ！」

鼻息荒く言った一人が、斧《おの》のような武器を隼人に向かって振り上げる。

（殺される……！）

思わず首をすくめかけた隼人だったが、それより早く、なめらかな低い声が兵を制した。

「……よせ」

短いその一言に、兵がぴたりと動きをとめて斧を下ろす。は、と頭を垂れて引き下がった彼には目もくれず、金髪の男はじっと隼人を見つめて呟いた。

「このような肌の持ち主は、今まで見たことがない。それに……」

言葉を紡ぎつつ、男が隼人の手首に手を伸ばしてくる。その指先が触れたのは、あの青いホルスの目の腕輪だった。

「……この、ホルスの腕輪。奴らの儀式と無関係とはとても思えぬ」

「儀式って……」

まさか先ほどの男たちの仲間だと思われているのか。そう気づいた隼人は、慌てて弁解しようとした。

「ちょっと待ってくれ、おれは……」

「返してもらうぞ」

しかし男は、不快そうに眉をひそめてパチンと留め金を外し、隼人の手首から腕輪を奪い去る。

「あ……！」

「連れていけ」

腕輪を部下に預けた男は、台から足を引くなり兵たちに命じた。

「この者を殺すのは、陛下の裁可を仰いでからだ。捕らえて船へ運べ」

「船って……」

目を見開いた隼人だが、男の命が下るなり兵たちがワッと飛びかかってきて、あっという間に後ろ手に縛られてしまう。

「ちょ……っ、なにすんだよ！　放せ！　放せって！」

引きずられるようにして連れていかれる隼人の背後で、男が兵たちに命じる声が響く。

「後の者たちは私に続け！　神官どもを探すぞ！」

ハッと応じた兵たちが、一斉に奥へとなだれ込んでいく。

遠ざかるその足音を背に、隼人は放せ、やめろと叫び続けた——。

入れ、とぶっきらぼうに肩を押す兵士に、隼人は振り返って睨みをきかせた。

「……っ、なにすんだよ……！」

「いいからさっさと入らないか！」

隼人の反抗的な態度に苛立《いらだ》ちを滲《にじ》ませた兵士が、槍《やり》を向けてくる。

さすがに槍で突かれては、無事では済まないだろう。後ろ手に縛られている状態ではろくな抵抗もできないと判断した隼人は、渋々大きな扉をくぐり、中に入って——、目を瞠った。

「……うわ」

そこに広がっていたのは、とにかくだだっ広い空間だった。

両横には巨大な石柱がいくつも立ち並んでおり、天井は恐ろしく高い。開けた真ん中の空間は奥へと続いていて、最奥の数段高くなった台の上には黄金に輝く玉座が据えられていた。

（……映画かゲームかよ）

現実離れした光景に唖然《あぜん》とする隼人を、後ろから兵士が急《せ》かしてくる。

「早く進め！」

「っ、だから、いちいち小突くなよ！」

まるっきり犯罪者扱いしてくる兵士に声を荒らげて、隼人はのろのろと歩みを進めた。

――隼人が捕らわれて、数日が経った。

あの後、隼人はあの神殿のような場所から連れ出され、木造の大きな船に乗せられた。船には他に幾人も乗組員がいたが、いずれも褐色の肌に簡素な腰布一枚という格好の男たちで、顔立ちも明らかに外国人だった。

船になど乗せられたら、いよいよ逃げ場がなくなってしまう。散せ触るなとさんざん暴れ回った隼人だったが、縛られている上、多勢に無勢では敵《かな》うはずもない。結局は兵士たちに無理矢理船内の一室に押し込められ、柱に繋がれてしまった。

そのうち船が動き出し、長い時間をかけて着いたのは砂漠だった。広大な砂漠を前に、隼人は悟らざるを得なかった。

ここは、日本ではない。

自分は日本から遠く離れた場所に連れて来られてしまったのだ――。

だが、それが分かったところで、ここがどこなのか、誰がなんのために自分を誘拐したのかまでは分からない。周囲の兵士に問いかけても無駄で、誰一人として隼人の問いかけに答える者はいなかった。

拘束されたまま船を降ろされた隼人は、広大な砂漠を丸一日歩かされた。暑さと疲労でへとへとになりながら辿《たど》り着いたのは、見たこともない煉瓦《れんが》作りの家々が立ち並ぶ町で、行き交う人々は皆褐色の肌に半裸の格好をしていた。

それでも、彼らが自分を見て驚いたように囁き合っていた言葉――、「あれは何人なんだ」「あんな色の肌をした人間がいるのか」と聞こえてきたのは、明らかに日本語だった。まるで海外の映画作品に、日本語の吹き替えがされているかのように。

（これが夢でも、超大がかりなドッキリでもないのなら、なんで外国なのに皆日本語話してるんだ？　なんで、日本語を話してるのに日本人が分からないんだ？）

広大な砂漠や、自分を誘拐した男たちがナイルと言っていたことから、ここはおそらくエジプトなのだろう。

だが、町の人々の格好や兵士が携えている武器、立ち並ぶ家々は随分前時代的なものだ。それこそ博物館で見た古代エジプトにそっくりで、しかもどう見てもハリボテではない。

（まさかここは、古代エジプトなのか？　……いや、まさかな）

博物館で気絶したら古代エジプトに来ていたなんて、そんな荒唐無稽なこと起きるわけがない。けれど、レプリカの腕輪から青い腕が生えたことだって、相当荒唐無稽だ。

（いやでもあれは、もしかしたら夢だったかもしれないし）

目の前の現実が信じられなくて、信じたくなくて必死に否定していた隼人だったが、町を抜けた先に巨大な宮殿が現れた時には、さすがに自分の想像がそう外れていないことを認めざるを得なかった。

こんなもの、たとえ映画のセットでも作れやしない。自分はおそらく、古代エジプトにタイムスリップしてしまったのだ――……。

自分の身に起こった非現実的な事実を受けとめきれず、茫然《ぼうぜん》としていた隼人は、そのまま牢《ろう》に入れられ、数日閉じ込められた。

最低限のパンと水は出されていたが、見張りの兵士になにを問いかけても無視され、結局自分の置かれた状況も、そして満里奈《まりな》についても確かめることはできなかった。

まさかこのまま死ぬまで牢に入れられたままなのか、日本には帰れないのかと、じりじりと焦りと苛立ちを募らせていたところ、今日になってようやく牢から出され、この広間に連れて来られたのだ。

(こんなとこに連れて来られたってことは、誰かしら立場が上の奴に引き合わされるってこと、だよな?)

自分の隣を歩く兵士をちらりと見やって、隼人は考えを巡らせる。

数日間、牢に閉じ込められている間にどうにか頭を整理したが、それでも自分がタイムスリップしたなんて容易には受け入れ難い。見張りの兵士たちはいくら聞いてもなにも答えてくれなかったが、彼らより上の立場の人間と話せば、どうしてこんなことになったのか、現代に戻れるのか、なにより満里奈はどうなったのか、分かるかもしれない。

(……まずは、おれがあいつらの仲間だって誤解を解かないと)

状況から考えるに、自分はあの神殿のようなところにいた男たちの仲間だと思われて捕らわれているのだろう。まずはそれが誤解だと訴えて、牢から出してもらわなければならない。

(牢に逆戻りなんて、絶対に御免だ)

狭くて暗くて不衛生だった牢を思い出し、ぐっと眉を寄せた隼人の目に、見覚えのある人物が映る。

黄金の玉座の前、台座の下に立っていたのは忘れもしない、あの日自分を捕らえるように命じたあの金髪の男で——。

「あ……！　えっと、確かジェセルなんたらとかいう……」

「無礼者！」

記憶を頼りに名前を口にした途端、背後の兵士たちに槍の柄で強《した》かに背を打たれる。

痛みに呻いたところで続けざまに膝裏を突かれ、隼人はその場にがくりと膝をついた。すぐに振り返り、兵士たちを睨む。

「……っ、痛《い》ってぇな！　なにすんだよ！」

「殿下を呼び捨てにするとは何事だ！　第一、殿下の御前では膝をつけ！」

「殿下って……」

兵士の言葉に一瞬呆気《あっけ》に取られた隼人はしかし、すぐに眉を寄せた。

どうやらこのジェセル何某《なにがし》は、それなりの立場の者らしい。逆らうのはまずいだろう。

不服そうな顔で黙り込んだ隼人に、ジェセルが尋ねてくる。

「その方、名は？」

「……隼人だ。北村《きたむら》隼人」

答えて、隼人はジェセルをまっすぐ見上げて訴えた。

「ええと、ジェセル、様？　おれがあいつらの仲間か疑ってるなら、それは違うから！」

まずは疑いを晴らさなければ、こちらの話を聞いてもらえないだろう。そう判断して、隼人はじっとこちらを見つめるジェセルにあの時のことを説明する。

「おれは被害者なんだ。博物館にいたら、突然あの腕輪が青く光って、気がついたらあそこにいて……。信じられないかもしれないけど、本当のことだ」

「…………」

「あいつら、アマリナ様はどこだっておれに聞いてた。多分人違いかなんかで、おれを召還？とかそういうの、したんだと思う」

牢屋に入れられている間に繰り返し状況を思い出し、自分なりに予想したことを懸命に説明する。こんな突拍子もないこと、普段の隼人だったらどんな作り話だよと鼻で笑うところだが、実際に目の前で腕輪が浮いたり光ったりしたのを見た今となっては、どんなに非現実的だろうが事実を受け入れるしかなかった。

「……アマリナ、だと？」

隼人の話をじっと聞いていたジェセルが、そう聞き返してくる。隼人は勢いよく頷いた。

「ああ！　確かにアマリナって言ってた」

「なるほど、奴らは巫女《みこ》アマリナを召還しようとしていたのか……」

唸ったジェセルは、どうやら隼人の話を信じてくれたらしい。

隼人はほっとして、ジェセルに問いかけた。

「あのさ、ここって古代エジプト？　おれは日本から来たんだけど、今って紀元前何年？」

「………」

「あー、古代の人に古代って言っても通じないか。っていうか、紀元前とかも通じない？」

仮に紀元前だとしたら、そもそも紀元という概念などないだろう。参ったなと顔をしかめて、隼人は続けた。

「えっと、なんていうかおれ、多分すごい遠い未来から来ちゃったみたいで……。元の時代に帰りたいんだ。一緒にいた妹が無事だったかどうかも気になるし」

「……妹」

隼人の言葉に、ジェセルが反応する。隼人は大きく頷き、勢い込んでジェセルに聞いた。

「そう、妹。満里奈って言って、博物館に一緒にいたんだ。巻き込まれてこっちに来ちゃってないか心配で。あの神殿にいなかったか？」

あの時、あの気味の悪い青い腕は自分だけを掴んでいた。咄嗟に満里奈を突き放したけれど、無事だっただろうか。

問いかけた隼人に、ジェセルはしばらく無言だった。じっとこちらを探るように見つめる強い瞳に少し不快感を覚えつつも、隼人はぐっとそれを堪《こら》えて言う。

「……頼む、なにか知ってるなら教えてくれないか。大事な妹なんだ」

ここが現代なら、なにガンつけてんだよと胸ぐらを摑むところだが、今そんなことをしたら満里奈の安否が分からない。

ケンカっ早い己を抑えつけて聞いた隼人から、ジェセルがふいっと視線を逸《そ》らす。一瞬無視されたかと思いかけた隼人だったが、ジェセルは少し躊躇《ため》いつつもゆっくりと口を開いた。

「……そのような者は、あの神殿にはいなかった。お前の話が真実ならば、おそらくこちらには来ていないだろう」

「本当か……！　あ、いやでも、あいつらがどっかに監禁してるってこともあるよな」

一瞬安堵《あんど》しかけた隼人だが、たとえ神殿にいなかったとしても、あの男たちが別の場所に満里奈を閉じ込めている可能性がある。

満里奈の無事を確信するまで安心はできないと、隼人はジェセルに訴えた。

「なああんた、あの男たち捕まえたんだろ？　だったら尋問でもなんでもして、満里奈のことちゃんと聞き出してくれないか」

先ほどジェセルは、あの男たちは巫女アマリナを召還しようとしていたと言っていた。

彼らがその巫女とやらを呼んでなにをしようとしていたかは分からないが、ジェセルが駆けつけるなり逃げたことと言い、自分を殺そうとしていたことと言い、どうせろくでもないことを企《たくら》んでいたのだろう。

ジェセルはどうやら身分の高い人物のようだし、どう考えても彼が正義の側の人間なのだろうから、彼にあの男たちを取り調べてもらえば満里奈のことははっきりするはずだ。

「あいつらならきっと真相を知ってるだろうから……」

「それはできぬ」

「は？」

真正面から拒まれて、隼人はぽかんとしてしまった。できない？

「できないって……、なんでだ？」

戸惑って聞き返した隼人に、ジェセルが事も無げに告げる。

「奴らは全員、ナイルに身を投げた。この時期のナイルに身を投げて助かる者はおらぬ。万が一溺死《できし》を免れたとしても、ワニの餌食《えじき》になるのが落ちだ」

「……っ、ワニ、って……」

衝撃的な一言に、隼人は言葉を失《な》くしてしまった。

ナイルに身を投げよと言われて、慟哭していた男たちを思い出す。あの時は何故あそこまで嘆き悲しんでいるのか分からなかったが、彼らは川に身を投げて自殺するつもりだったのだ。

「なんで、そんなこと……」

呻いた隼人だが、ジェセルは冷たく言う。

「死後にミイラになれなければ永遠の命を授かれぬが、捕らわれれば『永遠の死の呪い』を受けることになるからな。ワニに食われる方がまだましだと考えたのだろう」

「……永遠の、死の呪い」

禍々《まがまが》しい言葉にゾッとしてしまう。

呪いなんてまったく信じていないが、実際自分は不思議な力でタイムスリップしてしまっている。もしかしたら古代エジプトでは、そういった人智を超えた力があるのかもしれない。

黙り込んだ隼人からフイッと視線を外して、ジェセルが兵士に命じる。

「連れて行け。この者にもう用はない」
ハ、とかしこまった兵士たちが、隼人の腕を左右から抱えて立たせ、引きずっていこうとする。驚いた隼人は、慌てて叫んだ。
「な……っ、ちょっと待て！　なんだよ、用はないって！」

兵士たちの力は強く、とても自分を解放してくれそうには思えない。このままだと、絶対にまたあの牢に連れ戻される。

それだけは嫌だと必死に身をよじり、隼人はもう興味を失ったように横を向いているジェセルに向かって大声を上げた。

「おい、ジェセル！　どういうことだよ！」

「……………」

「なんで答えないんだよ⁉　お前、おれの話信じたんじゃなかったのか⁉」

暴れながら叫ぶ隼人に、ジェセルがふうとため息をつく。ちらりと隼人を見やって、彼は冷たい声で告げた。

「共謀の可能性がある者に貸す耳など、持ち合わせてはおらぬ」

「な……」

絶句した隼人を探るような目でじろりと睨んで、ジェセルが続ける。

「お前の疑いは、まだ晴れたわけではない。そのお前の話を信じられるわけがなかろう」

「……っ、おれはあいつらとは関係ないって言ってんだろ！」

自分の話を信じてくれたのだとばかり思っていたジェセルに真っ向から否定されて、隼人はカッとなって怒鳴った。

「おれはなにも知らない！　あいつらのことも、アマリナって奴のことも！」

抵抗する隼人を兵士たちが両脇から抱え上げ、ずるずると引きずっていこうとする。隼人は必死に足を踏ん張り、ジェセルに向かって大声で吼《ほ》えた。

「聞きたいことだけ聞いて用済みなんて、卑怯《ひきょう》だろ！　おい、聞いてんのか、ジェセル！」

「……私の名はジェセルウナスだ」

喚《わめ》き散らす隼人に眉を寄せたジェセルが、ようやく反応する。

「下エジプトの守護者、女王の第一の盾であり矛、ラーに愛されし黄金の王子……。他にも幾つか称号はあるが、お前にそのように呼ばれる謂《いわ》れはない」

「……っ、知るか！　人の話もろくに聞かないくせに、偉そうになに言ってやがる！」

並べ立てられた称号の中にあった『王子』という呼称に一瞬怯《ひる》みつつも、隼人は無我夢中で叫んだ。

目の前の相手が王族であるからには、それなりの敬意を払わなければならないと分かってはいる。ましてやここは古代エジプトだ。王族は神のように崇められているはずで、何者であろうとも楯突くことは許されないだろう。

だが、ここで引き下がったら牢に逆戻りだ。

それに、こちらの言い分も聞かず疑わしいから罰するなんて、いくらなんでも滅茶苦茶だ。王族であろうが古代エジプトであろうが、間違っているものは間違っている。

なにより、自分の非を認めず、権力で他人を抑えつけようとする奴にだけは、絶対に媚《こ》びたくないし頭を下げたくなんかない。

売ってはいけない相手と知りつつ、隼人はジェセルに思いきりケンカを叩き売った。

「王子が聞いて呆れるんだよ！　無実の人間捕まえて、ろくに話も聞かず牢にぶち込むなんて、それが王子のやることか⁉」

「……なんだと？」

隼人の言いようが癪《しゃく》に障ったのだろう。ジェセルが険しい表情で歩み寄ってくる。隼人を引きずっていた兵士たちが、慌てて足をとめ、その場に跪《ひざまず》いた。

きつく目を眇めたジェセルが、隼人の顎を乱暴に摑む。夜色の瞳を怒りに燃やしながら、彼は低く唸った。

「もう一度言ってみろ、異国人」

「……何度だって言ってやるよ、エジプト人」

――どんなことも、相手にナメられたら終わりだ。

負けじとジェセルを睨み返して、隼人は思い切り怒鳴った。

「おれがこんなとこに来たのは、お前の国の奴がやらかしたのが原因だろ！　王子だって言うなら、自分のとこの国民の犯罪のケツくらい、きっちり拭《ふ》きやがれ！」

「っ、この……！」

隼人の顎を摑んだまま、ジェセルがわなわなと震え出す。

憤怒《ふんぬ》に打ち震えるジェセルに、隼人がやんのかこら、ともう一度メンチを切ろうとした、その時だった。

「ハハハ、どうやらそなたの負けのようじゃのう、ジェセルウナス」

高らかな笑い声と共に、広間の奥から一人の女性が姿を現わす。

羽根で飾り立てられた大きな団扇《うちわ》を抱えた従僕を従えた彼女は、真っ白な亜麻布のドレスに黄金の大振りなアクセサリーをいくつもつけていた。褐色の肌をしており、長い黒髪にはキラキラと光るビーズが編み込まれている。

年齢は二十代後半くらいだろうか。青緑色のアイシャドウと真っ赤な紅がよく似合う、いかにも勝ち気そうな美女だった。

「姉上……！」

振り返ったジェセルが、慌ててその場に膝をつく。頭を垂れたジェセルに驚いた隼人だったが、左右の兵士に無理矢理引き倒され、額を床に擦《こす》りつけられて唸った。

「……っ、いってぇな！　なにすんだよ！」

「おお、威勢のいい若者じゃな。どれ、放してやれ」

兵たちに命じる女性に、ジェセルが気色ばむ。

「なにを仰《おっしゃ》います、姉上！　危険です！」

「我の第一の盾であるそなたがいるというのに、なんの危険があるというのじゃ。いいから放してやらぬか。その者が、あの神殿で捕らえたという異国人なのだろう？　我はその者と話がしてみたい」

そら、と一声かけられた兵士たちが、躊躇いつつも隼人から手を引く。

さすがに縛られた後ろ手は解かれなかったものの、膝をついたままなんとか身を起こすことができた隼人は、足を組んで玉座に座る彼女を見上げ、とりあえず礼を言った。

「……どうも、ありがとうございます」

「なんの。礼には及ばぬ」

朗らかな声で返す女性だが、その視線は鋭く、こちらを値踏みするように眺めている。隼人は少し緊張しつつ、女性を見つめ返した。

先ほどジェセルは、自分のことを『女王の第一の盾であり矛』と言っていた。ということは、彼女がこの国の女王で、ジェセルはその弟ということなのだろう。

ジェセルは気にくわないが、とりあえず彼女は自分を放すよう命じてくれたし、話を聞きたいと言っている。もしかしたら疑いが晴れるかもしれない。

一縷《いちる》の望みを抱いて、隼人は名乗った。

「おれは北村隼人と言います。日本人です」

「ほう、ニホン。聞いたことがないな。それはどこにあるのだ?」

好奇心も露《あら》わに聞いてくる女王は、高い位置にある小窓から差し込む陽《ひ》の光を受けて、キラキラと煌めいて見える。おそらくこうして謁見《えっけん》する時に階下の者から王が輝いて見えるよう、計算した上での構造なのだろう。

隼人はまっすぐ女王を見上げ、慎重に問い返した。

「……その質問に答えるには、まずここがどこか教えてほしいんですが。ここはエジプト、ですよね？　今は西暦何年ですか？」

少し緊張しながら聞いた隼人に、女王が首を傾げつつ答える。

「セイレキ、というのは分からぬが。確かにここはエジプトじゃの。我は上下《じょうげ》エジプトの女王、アイーシャじゃ」

「っ、アイーシャって……」

覚えのある名前に、隼人は目を瞠る。

古代エジプトの女王アイーシャといえば、あのアイーシャしかいない。博物館に展示されていたあの美しいミイラは、目の前の彼女なのだ――。

呆気に取られて黙り込んだ隼人に、アイーシャ女王が尋ねてくる。

「どうしたのだ、隼人？　そなたの国はどこにあるか、答えられぬのか？」

「……さっさと答えないか」

アイーシャに向かって膝をついたままのジェセルが、こちらを振り返って急かしてくる。うるせぇな、とジェセルに思いきりしかめ面をしてから、隼人は答えた。

「日本はここから遥《はる》か東にある国です。でもおれは多分この時代じゃなくて、遠い未来から来ました。……三千年くらい先の未来です」

正確には覚えていないが、確か博物館の年表ではアイーシャ女王の時代は紀元前千何百年と書かれていた。大体三千年前くらいと考えて差し支えないだろう。

「ほう？」

　隼人の言葉に、女王が瞳を煌めかせる。

「三千年先の未来とな。それは本当か？」

「本当です」

　隼人が頷くと、女王はスッと目を細めて尋ねてきた。

「三千年先の未来の者が、何故我が国に？」

「……姉上。この者の言うことを信じてはなりません」

　興味深そうに聞くアイーシャを、ジェセルが制する。

「確かにこやつの肌の色も衣も見慣れぬものですが、だからと言ってこの者が神官どもの手先ではないという保証はありません」

「だから、それは違うって言ってるだろ！」

　まだ自分を疑っているジェセルに食ってかかって、隼人はアイーシャ女王に訴えた。

「女王陛下、おれは巻き込まれただけです！　あいつらはアマリナって巫女を呼び出そうとしてて、おれは人違いでここに呼ばれて……、本当です！」

「ふむ、アマリナとな。それはかの高名な巫女アマリナのことか？」

　首を傾げた女王が、ジェセルに尋ねる。ジェセルは不承不承といった様子で答えた。

「……おそらくそうでしょう。あの場には呪具《じゅぐ》もありました。奴らは巫女の魂を復活させ、姉上を呪わせようとしていたに違いありません」

「懲《こ》りぬ奴らじゃのう。これで何度目じゃ？」

呆れたように言うアイーシャ女王は、これまで幾度も命を狙《ねら》われているらしい。

ふうと息をついて、女王が隼人を見つめて問いかけてくる。

「隼人、そなたは未来から来たと言ったな？　では、三千年先の未来では、我がエジプトはどうなっている？」

「えっと……、まず、王はいません」

未来のことを教えるのは、もしかしたら禁忌かもしれない。けれど今は、自分が未来から来たことをこの女王に信じてもらわなければならない。

現代のエジプトを思い浮かべて答えた隼人に、女王が声を上げる。

「なんと、王がいないとな！　では誰が民を統べておるのじゃ？」

「大統領です。国民が選んだ代表で……」

「あり得ぬ」

隼人の言葉を切って捨てたのは、ジェセルだった。

「この国の王は皆、太陽神ラーの託宣を受けて王位につくのだ。民が王を選ぶなど、そのようなことは天地が引っくり返ってもあり得ぬ」

「だから、王じゃないって言ってるだろ」

どうあっても自分の言葉を信じようとしないジェセルに苛立った隼人だが、彼はじろりと隼人を睨んで問いかけてくる。

「では、その証拠は？　お前の言う未来が真実だという証拠はあるのか？」

「……っ、それは……」

「ないようだな。誰も知らぬ未来を騙《かた》ることなど、誰にでもできよう」

フンと鼻を鳴らして、ジェセルが隼人を一蹴する。隼人はジェセルからアイーシャ女王に視線を移して告げた。

「……確かに、おれが未来から来た証拠はありません。でもおれは未来で、女王陛下のミイラを見ました」

未来の政治制度を話しても信じてもらえないかもしれないし、そもそも自分はエジプトに詳しくもない。だが、自分で見聞きしたことなら語ることができる。

そう思って告げた隼人に、アイーシャ女王が楽しげに目を細める。

「ほう、我のミイラは三千年後も残っておったか。どんな様子じゃった？」

「すごく綺麗なミイラだと思いました。おれが見たことある他のミイラって骸骨っぽいっていうか、ちょっと気味が悪いのが多かったんだけど、陛下のはなんだか違ってて。髪もちゃんと残ってて、美人だったんだろうなって想像できるミイラでした」

言葉を飾るのは苦手なので、思ったままを告げる。すると女王はくすくすと笑って言った。

「髪は我の自慢の一つじゃ。で、どうじゃ、ミイラになる前の本人は」

「いやそれが、想像より遥かに美人でびっくり……」

「いい加減にせぬか！」

苛立ったように隼人を遮ったのは、ジェセルだった。目をきつく眇めて、隼人を睨む。

「先ほどからつらつらと、甘言ばかり並べ立てて……。陛下も陛下です、このような者の話を真に受けてはなりません！」

「だが、我が美女なのは事実だしのう」

「……陛下」

しれっと言うアイーシャに、ジェセルが圧の強い声を発する。

無言で肩をすくめる姉にため息をついて、ジェセルは隼人を鋭い視線で射抜いた。

「そもそも、この者の疑いは晴れておりません。後日改めて私が尋問し、真偽を確かめますから、それまで陛下はこの者とはお話にならぬ方が……」

「お前、さっきおれにもう用はないって言ってたじゃないか」

明らかに女王を丸め込んでこの場を凌《しの》ごうとしているジェセルに、隼人は唸った。こいつ、絶対に改めて話を聞く気なんてないだろ。

剣呑に目を眇めた隼人に、ジェセルがチッと舌打ちする。

（随分ガラの悪い王子サマだな、ああ？）

腹の中でジェセルを煽《あお》る隼人だったが、その時、アイーシャ女王が大きくため息をついた。

「いい加減にせぬか、ジェセル。この者は、嘘などついておらぬ。罪を逃れるためにつくのなら、もっと巧妙な嘘をつくであろう。そのようなこと、そなたも分かっているはず」

たしなめる声は、弟を諭す姉のそれだった。ジェセルがぐっと眉を寄せて反論する。

「……ですが、御身が危険にさらされる可能性が万に一つでもあるのなら、排除せねばなりません。始まりはたった一つの砂粒であろうとも、油断すれば砂嵐となり、更なる災厄を呼ぶやもしれないのです」

そう言うジェセルの表情を見やって、隼人は少し驚いた。

てっきり自分への悔しさや不満といった表情を浮かべているのだろうと思ったのだが、ジェセルはどこまでも真剣に姉の身を案じていたのだ。

(こいつ……)

目を瞬《しばた》かせて、隼人はまっすぐ姉の方を向いているジェセルを見つめる。

(こいつ、本当にただただ姉貴のことが心配で、あんなに頑固におれを疑ってたのか)

もちろん、反抗的な隼人への苛立ちや怒りもあっただろう。けれど、彼の中ではなによりも姉を心配する気持ちが大きかったことは、この表情を見ていれば分かる。

(……もしかして、だからおれが満里奈のこと聞いた時も答えたのか？)

隼人が事情を話している時もほぼ口を挟まず、疑わしい者に語ることなどないと頑《かたく》なだったジェセルだったが、唯一妹という単語には反応した。大事な妹だと言うと、少し躊躇いつつも問いに答えてくれた。

おそらくそれは、彼自身も姉のことを大切に思っているからなのだろう。

（……なんだ。別に、まるっきり話が分かんない奴ってわけじゃないのか）

てっきり権力を笠《かさ》に着ての態度かと思ったが、どうやら少し違うようだ。

砂粒に喩《たと》えられたのは多少癪に障るが、女王である姉の身を案じるあまり行き過ぎてしまっただけなのであれば、あの頑固さも致し方ない面もあるのかもしれない。

（まあ、だからって話も聞かずに人を犯罪者扱いするのは、どうかとは思うけどな）

牢に何日も閉じこめられていた身としては、そうそう寛大な気持ちにはなれないけれど、彼の気持ちも分からないでもないな、とは思う。

自分が満里奈を案じる気持ちを彼が理解したように、自分も彼が姉を案じる気持ちは理解できる――。

頑なな表情で黙り込んだジェセルに、女王が再びため息をつく。

「ジェセル、そなたの言うことは分かる。だからといって、真実を見誤ってはならぬ。我はこの世のすべての真理、マアトの守護者じゃ。罪なき者を苦しめることは、我が許さぬ。それともそなたは我に、『民のケツも拭けぬ』愚王の汚名を着せるつもりか？」

「……っ、姉上……」

先ほど隼人が言った言葉を引用したアイーシャに、ジェセルが呻く。

「そのような言葉はお慎み下さい……」

頼みますから、と懇願するように言う弟を見て、女王はおかしそうに笑った。

「これは愉快じゃの。よい言い回しを習った。礼を申すぞ、隼人」

「……いえ」

ジェセルをやり込めたのがよほど嬉《うれ》しかったのか、ウキウキと礼を言うアイーシャに、隼人は苦笑を浮かべた。女王様に妙な言葉を覚えさせてしまったようで多少責任を感じるが、なんだか彼女とは気が合いそうな気がする。

隼人を見つめて、アイーシャ女王が言う。

「我はそなたが未来から来たと信じるぞ、隼人。王がいないというそなたの言葉が、なによりの証拠じゃ。この王朝が三千年後も続くと言われるより、よほど信用に足る」

「……姉上の御代は幾久しく続きます。この国にかつてない繁栄をもたらすのは、姉上を置いて他にいません」

憮然《ぶぜん》とした表情で言うジェセルを、アイーシャ女王が穏やかになだめる。

「もちろん、我もそうありたいと思っている。だが、始まりがあれば終わりがある。尽きぬ命がないように、滅びぬ王朝もないものじゃ。王にできることはただ、民が餓えぬよう、愛する者と幸せに暮らせるよう、己の命が尽きるその時まで力を尽くすことだけじゃ」

それが一番難しいのじゃがのう、とぼやくアイーシャ女王に、隼人は内心驚いてしまった。

(……古代エジプトって、こんな王様もいたのか)

いくら文明があるといっても、紀元前だ。漠然と、もっと支配的というか、独善的な王をイメージしていただけに、アイーシャの王としての姿勢に感心してしまう。

彼女が女性ながら王になったのには、それだけの理由があるのかもしれない――。

考え込んでいた隼人に、アイーシャ女王が微笑みかけてくる。

「さて、隼人。そなたにはきちんと事の次第を説明せねばな。ジェセル、隼人に話して聞かせよ。順を追って、丁寧にな」

「……はい」

わざわざ釘を刺す姉に渋い顔をしながらも、ジェセルがこちらを向いて話し出す。

「……お前が目覚めた時に周囲にいた神官たちだが、あの者たちはネフェルタリの手先だ」

「ネフェルタリ?」

初めて聞く名に首を傾げると、ジェセルは頷いて告げた。

「ネフェルタリは、前王の側室だ。前王は後継者に恵まれなくてな。ネフェルタリの産んだ息子が唯一存命している王子で、前王は亡くなる直前に彼を次の王に指名したが、まだ二歳と幼い。故に前王の正室であられた姉上は、王子が成長するまで、ご自分がこの上下エジプトを預かることを決意されたのだ」

「だが、ネフェルタリはそれに不満を抱いてのう。あの者は息子を王位に据えて国母となり、自分が実権を握りたかったのじゃ」

ジェセルに続いて、アイーシャが言う。

「ネフェルタリは強欲な女でのう。王子が自ら政《まつりごと》を執り行えるだけの判断力を身につけるまで、王座を譲り渡すわけにはいかぬ。だがネフェルタリは、正当な地位を奪われたと我を恨み、その上、我が王座を娘のサラに継がせるのではないかと邪推しておる」

「……逆恨みもいいところだ」

吐き捨てるように言うジェセルに、アイーシャが苦笑を浮かべる。

「言いたい者には言わせておけばよい。我にそのような邪心は誓ってないしな。だが王子は病弱で、無事成人するとは限らぬ。それもあって、ネフェルタリは焦り、我の命を狙っておるのだろう」

表情を曇らせながら語ったアイーシャが、ふうとため息をつく。肘掛けに肘をつき、悩ましいことじゃと嘆く彼女をまじまじと見つめて、隼人は思わず呟いた。

「やっぱり昼ドラみたいだな……」

「ヒルドラ？」

隼人の言葉に、アイーシャが首を傾げる。いえなんでも、と慌てて頭を振って、隼人はジェセルに話の続きを促した。

「それで、そのネフェルタリが女王陛下を呪うために、神官に命じてアマリナって巫女を呼び出そうとしたってことか？」

「ああ、そうだ」

頷いて、ジェセルが続ける。

「ネフェルタリはこれまで幾度となく姉上を呪おうとしてきた。だが、大神官の娘である彼女には手下となる神官が大勢いて、なかなか尻尾《しっぽ》を摑めず、手をこまねいていたのだ。そして今回は、あろうことか陛下が副葬品として職人に作らせていた腕輪を盗み出させた」

「腕輪って、もしかしてあのホルスの腕輪のことか？」

美しい青の宝石でホルス神の目が描かれた、黄金の腕輪。あれのことかと聞いた隼人に、ジェセルが唸る。

「ああ。あの腕輪には、特別な宝石が使われている。悠久の時を経て冥界と繫がる力を宿した、特別なラピスラズリだ」

「……冥界」

飛び出した単語に、隼人はこくりと喉を鳴らした。

信じ難い話だし、信じたくもないけれど、実際に自分はこうして古代エジプトにタイムスリップしてしまっている。冥界と繫がるかどうかは置いておいても、あの腕輪は本当にそういった不思議な力を宿していたのだろう。

博物館でレプリカだと思って触れた腕輪は、おそらく本物だったのだ——。

黙り込んだ隼人をよそに、ジェセルが続ける。

「職人の元から腕輪を盗み出した神官どもは、百年前に強大な力を有していたと言われる巫女、アマリナの魂を復活させ、姉上を呪わせようとした。だが、儀式は失敗した。お前が召還されたのが、その証拠だ」

「……人違いしたってことか」

やはり自分の予想通りだったかと思いかけた隼人だったが、頷いたジェセルの言葉は予想外のものだった。

「ああ。おそらく奴らは、お前の妹を召還するつもりだったのだ。お前の妹は、巫女アマリナの魂を宿していたのだろう」

「……は？」

思いがけないことを言い出したジェセルに、隼人は目を瞠った。

「ちょ……、ちょっと待ってくれ。まさか、満里奈がその巫女の生まれ変わりだとか言い出すんじゃないだろうな？」

まさかそんな、妹の前世がエジプトの巫女だったなんてあり得ないだろうと思いながら聞いた隼人だったが、ジェセルは眉を寄せて言う。

「生まれ変わり？　魂が生まれ変わることなど、あるものか。死んだ者は冥界に行き、そこでオシリス神の裁判を受ける。そして認められた聖者だけが、永遠の生を得るのだ」

「え、永遠の生……」

どうやら古代エジプトには、転生思想はないらしい。ジェセルの説明を聞いた隼人は、混乱しながらもどうにか問いかけた。

「わ……、分かった。でも、生まれ変わりじゃないとしたら、どうして満里奈にその巫女の魂が宿るって話になるんだ？」

真実がどうあれ、神官たちがどうして満里奈を狙ったのか知っておきたい。

質問した隼人を見やって、ジェセルが淡々と説明した。

「死者の魂は翼を持ったバーとなり、目には見えないものの自由に飛び回っている。おそらく巫女アマリナのバーは、一時的にお前の妹を依《よ》り代《しろ》としていたのだろう」

「な、なるほど……？」

翼を持ったバーというのがなんだかよく分からないが、要するに霊魂ということだろうか。

（つまり、満里奈にそのアマリナって巫女の魂が宿っていて、神官たちはその魂を呼び出すために満里奈を召還しようとした。でもおれがそれを邪魔したから、おれが古代エジプトにタイムスリップしたってこと、か？）

思い返せばあの時、満里奈はいつもの様子とはまるで違っていた。巫女とやらの霊に乗り移られていたのだとしたら、確かに納得がいく。

ようやく自分がここに導かれた真相が分かって茫然とする隼人に、ジェセルが告げる。

「あの腕輪の力は強力だが、二つの魂を同時に召還できるほどの力はない。我々が到着した時、腕輪の力はすでに失われ、あの場には巫女アマリナのミイラとお前が残されていた。つまり、お前の妹は……」

「……っ、無事なのか！」

ジェセルの言葉を引き取って、隼人は顔を輝かせた。

「そうか、満里奈は無事なのか！　よかった……！」

一気に安堵が押し寄せてきて、隼人は全身から力が抜けてしまった。

後ろ手に拘束されたままだったせいで、その場にドッと倒れ込んだ隼人を見て、ジェセルがぎょっとする。

「お、おい……？」

「ははは、はーよかった！　ああ、よかった！」

この数日間、ずっと心配していたせいもあって、それ以上の言葉が出てこない。

タイムスリップなんて大変な目に遭っている現状はなにも変わらないが、満里奈の無事が確信できただけで、もうなにもかもよかったと思える。

こんな目に遭うのが妹でなくて、本当によかった。

自分が妹の代わりになってやれて、本当によかった。

「よかった……」

床に転がったまま、噛みしめるように繰り返す隼人を、ジェセルがじっと見つめながら口を開く。

「お前は……」

と、その時、隼人の奇行を見守っていた女王が苦笑混じりに声をかけてきた。

「妹のことはよかったが、そなた自身のことはよいのか？　帰る方法じゃが……」

「えっ、おれ帰れんのか⁉」

思わず敬語も忘れて叫び、バッと起き上がった隼人に、ジェセルが視線を険しくする。

「……貴様、口のきき方に気をつけろ」

「ジェセル、よい。ああ、帰れるとも、隼人」

気色ばむジェセルをなだめたアイーシャ女王が、隼人に向かって微笑む。

「あの腕輪は対で作らせたからな。ほれ、これが対の腕輪じゃ」

そう言ったアイーシャが、己の手首を示す。そこには赤い宝石で作られたホルスの目の意匠の腕輪があった。

「これに使われておるカーネリアンも、同等の力を持っておる。儀式用じゃが、あまりにも美しかったのでな。気に入って、ここしばらくつけておるのじゃ」

「……っ、じゃあ、それを使えば帰れる……⁉」

降って湧《わ》いた希望に目を輝かせた隼人だったが、ジェセルはそれを聞いた途端、渋い顔でアイーシャをいさめる。

「なりません、姉上。そもそも二つの腕輪は、姉上の魂が迷いなくオシリス神の御元に辿り着けるようにと作らせたもの。対の腕輪が力を失った今、残された腕輪が唯一冥界と繋がる手段なのですから、なにがあろうと姉上と共に埋葬せねば……」

「そうは言うても、我は当面死ぬつもりはないぞ?」

ジェセルを遮って、アイーシャが立ち上がる。解いてやれ、と兵士に命じた彼女は、縄を解かれてほっと息をついた隼人を見下ろして宣言した。

「後の世から来たということは、隼人は死後の世界からの使者も同然。丁重にもてなさなければ、神々の怒りを買うであろう。残されたこの腕輪は、隼人を帰すために使う。オシリス神への導きとなるものは、また新たに作らせよ。よいな、ジェセル」

「……は」

渋々といった様子で、ジェセルが頭《こうべ》を垂れる。隼人は急いでアイーシャに頭を下げた。

「……っ、ありがとうございます、女王陛下」

いくら自分は巻き込まれただけとはいえ、ここは現代とは常識の違う世界だ。アイーシャ女王の計らいがなければ、状況も分からないまま無実の罪で一生牢に入れられていたかもしれないし、帰る手段も得られなかった。

安堵した隼人の様子を見て、アイーシャが苦笑を浮かべる。

「なんの。たとえ我によからぬ思いを抱いていようとも、我が民であることに変わりはないからの。民の尻拭いは、王である我の役目じゃ。それに、我はそなたの話をもっと聞きたい」

歩き出したアイーシャに、左右の扇持ちが付き従う。そよそよと吹く涼しい風に目を細めて、女王は上機嫌で笑った。

「そなたの身はジェセルに預ける。アケトが終わるまで、我が宮でゆるりと過ごすがよい」

「……アケト?」

聞き慣れない単語に首を傾げた隼人だが、アイーシャ女王はそれに答えることなく、奥の扉から出ていってしまう。

仕方なく立ち上がった隼人は、ジェセルに聞いてみた。

「なあ、アケトってなんのことだ?　悪いけどおれ、できれば早く帰りたいんだけど……」

女王はゆっくりしていけと言っていたが、とてもそんな悠長な気持ちにはなれない。

「妹のことも気になるし、仕事もあるし……。すぐに帰してくれないか?」

先ほどの話で満里奈は無事だろうと確信を持てたが、それでもやはりこの目で確かめたい。

それに、自分は妹の目の前で姿を消してしまったのだ。きっと心配しているだろうから、早く現代に帰って安心させてやりたい。

そう思った隼人だったが、ジェセルは素っ気なく言う。

「無理だな。腕輪を使えるのは四ヶ月後だ」

「四ヶ月後？　な……、なんでだ？」

わけが分からず首を傾げた隼人を、ジェセルが来い、と促す。面くらいつつも、隼人は慌ててその背を追った。

長い廊下を進みながら、ジェセルが淡々と説明し始める。

「冥界との扉を開く儀式を行えるのは、お前が呼び出されたあの神殿だけだ。だが、あの神殿はナイルに浮かぶ小島に建てられている。そして数日前の日の出の時刻、東の空にシリウスが昇った。つまりアケトの始まり……、ナイルの氾濫《はんらん》期だ」

「氾濫……」

馴染みのない言葉でいまいちピンと来ないが、要するに川が増水しているということだろうか。

隼人が要領を得ていないことを声音で察したのだろう。前を行くジェセルがため息をつく。

「氾濫期のナイルには、何人たりとも近づけぬ。当然、船など出せぬ」

「……えっ！　じゃあ、神殿には」

ようやく事態を悟り、サッと顔を青ざめさせた隼人に、ジェセルはさらりと告げた。

「もちろん、近づけぬ。船を出せたとしても神殿は今、川の底だ。アケトが終わる四ヶ月後まで、儀式は行えぬ」

「マジか……」

愕然と呟いた隼人に、ジェセルが訝し気に問う。

「お前の言葉は時々分からぬな……。マジカ、とはどういう意味だ？」

「本当かよって意味……。あー、マジか……、マジで四ヶ月も帰れないのか……」

「帰れるだけましだろう」

「そうだけどさ……」

呻く隼人にフンと鼻を鳴らして、ジェセルは広い庭のような場所を突っ切っていく。

迷いなくどこかへと向かう彼の後をのろのろついていきながら、隼人は問いかけた。

「……そういえばジェセル、おれが未来から来たこと、信じたんだな？」

あれだけ自分の言葉を信じようとしなかったジェセルだが、今はきちんとこちらの質問に答え、説明してくれている。ようやく信じる気になったのかと思った隼人だったが、ジェセルは肩をすくめて言った。

「状況的にその可能性が高いことは事実だからな。それに、妹が無事だと知った時のお前の無様な喜びよう、あれは演技でできるものではあるまい」

「おい」

言い方。

無様ってなんだ無様って、と目を据わらせた隼人だったが、ジェセルは隼人のじっとりした視線をまるっと無視して言う。

「だが、私はお前の境遇を信じただけであって、お前という人間を信じたわけではない。ネフェルタリの手先でないにしても、お前が異国人で不審者であることに変わりはない」

「……まさかまた、牢に入れるとか言うつもりか？」

言われるがままについて来たが、もしかして牢に逆戻りさせられるのだろうか。

警戒を露わにした隼人だったが、ジェセルは庭を突っ切った先にある大きな扉の前に立ってそれを否定した。

「そうしたいのは山々だが、陛下の命だ。お前の身は四ヶ月、私が預かる。……ここでな」

「……ここ？」

首を傾げた隼人の前で、扉がゆっくりと開かれる。

その先に広がった光景に、隼人は思わず感嘆の声を上げた。

「う、わ……」

——そこは、まさに楽園のような場所だった。

吹き抜けになっている石造りの広場の中央には大きな噴水が設けられ、白と青の睡蓮が咲き乱れている。

周囲のそこかしこには果樹や花が植えられており、色鮮やかな小鳥たちが飛び交っていた。

強い日差しを遮る木陰には、見目麗《うるわ》しい美青年たちが幾人も集っている。中にはハープのような楽器をつま弾いている者もいたが、ジェセルの姿に気づくと一斉に跪いて頭を垂れた。

広場に並んだ青年たちを見渡して、ジェセルが告げる。

「隼人、お前には今日から、この後宮で暮らしてもらう」

「後宮⁉」

目を見開いて驚いた隼人だったが、ジェセルは事も無げに頷いて言い渡した。

「ああ。お前は今日から我が姉、アイーシャ女王陛下の十八番目の側室だ」

「……マジか……」

隼人の呻きに、ジェセルがまたそれか、と顔をしかめる。

サラサラと流れる涼やかな水の音と共に、美しく咲いた睡蓮の甘い香りが漂っていた——。

三章

わさわさと風に揺れる緑の葉を指先で突っついて、隼人《はやと》は感嘆の声を上げた。

「すごいな、レタスまであるのか！」

とはいえ、収穫され、籠《かご》に積まれたレタスは、隼人の知るそれとは随分違う形をしている。

強いて言えば、サニーレタスを倍くらい大きくしたような感じだろうか。

「どんな味するのかな……」

料理人としては、現代のレタスとどう味が違うのか気になる。

隼人は少し後ろに控えていた少年を振り返って頼んだ。

「ウマル、このレタス、ちょっと味見したいんだけど、いいかどうか聞いてきてくれるか？」

目の前に広がる畑では多くの農夫が立ち働いているが、自分では誰に聞いたらいいか分からない。悪いけど頼めるかと言った隼人に、少年が少し戸惑いつつ頷《うなず》いた。

「味見、ですか？　かしこまりました、少々お待ち下さい」

「あ、駄目だったらいいから！」

すぐに駆け出したウマルの背にそう付け加える。はい、と叫んだウマルはやはり戸惑った表情を浮かべていて、隼人はぽりぽりと頬を掻《か》いた。

「いきなり味見なんて言い出して、変な奴《やつ》だと思われたかな……」

まあいいか、と呟《つぶや》いて、ギラギラと照りつける太陽を仰ぐ。日本より湿度が低いため過ごしやすくはあるが、それでもやはり古代エジプトの日差しは強かった。

――隼人がタイムスリップして、十日あまりが過ぎた。

ジェセルに連れられて後宮に入った隼人は、とりあえず遠方から来た他国の王族ということになった。

『ネフェルタリの手先は皆川に身を投げたとはいえ、お前があの儀式で召還されたと気づかれれば命を狙《ねら》われかねん。お前が未来から来たことは、姉上と私以外には決して話すな。お前は遠い異国ニホンから女王陛下に輿《こし》入れしたということにするから、そのつもりで振る舞え』

初日にそう言い渡したジェセルは、後宮に隼人の部屋を用意させた後、ウマルを呼びつけ、隼人の身の回りの世話を命じた。

どうやらウマルの父親は、ジェセルの下で書記という、現代日本におけるエリート官僚のような役職に就いているらしい。彼のような上流階級の子弟は、行儀見習いも兼ねて貴人に仕える慣習があるとのことだった。

最初は小姓なんていらないし、わざわざ側室なんて身分にしなくてもと遠慮しようとした隼人だが、ジェセルは聞く耳持たずだった。

『いくら異国人とはいえ、お前の肌の色は目立つ。客人として滞在させるにしても四ヶ月は長すぎるし、後宮ならば私の目も届きやすい。必要なものはウマルに申しつければこちらで手配するから、なるべく部屋から出ないようにしろ。……くれぐれも問題を起こすなよ』

言いたいことだけ言ってさっさと引き上げていったジェセルにカチンと来た隼人は、早速翌日からウマルに案内を頼んで、王宮内のあちこちを見て回っていた。

（だってなんだよ、くれぐれも問題を起こすなって）

まるでこちらがトラブルメーカーみたいな言いようだったのが、また気にくわない。何故《なぜ》あの男はああいう言い方しかできないのか。

（確かに、三千年後の未来から来た異国人なんて、あいつからしたら胡散臭《うさんくさ》い以外の何者でもないだろうけど。でもおれだって、別に好きでこんなとこ来たわけじゃないっての）

この国の最高権力者の弟であるジェセルに逆らうような真似《まね》、しない方がいいのは分かっている。しかも自分が現代に帰るには、アイーシャが持っている腕輪が必要なのだ。腕輪を使うのを反対していたジェセルを刺激しない方がいいことくらい、考えなくたって分かる。

分かるのだが、ジェセルがいちいち癇《かん》に障るようなことばかり言うものだから、こちらもつい反抗的な態度を取ってしまうのだ。抑圧に反発するのは、元ヤンの隼人にとって脊髄《せきずい》反射のようなものである。

（大体、年下のくせにやたら偉そうなんだよ、あいつ）

ウマルから聞いた話では、ジェセルは隼人より二歳年下の二十二歳ということだった。

王族のジェセルからすれば、姉以外の人間はどれだけ年上だろうと自分より目下の者なのだろう。だが、現代日本人の隼人からしてみれば、年下の男に下に見られるなんて冗談じゃない。

元ヤンの脊髄反射その二である。

（ここが現代日本で、あいつがおれの後輩なら、間違いなくヤキ入れてるっつの）

しかし、ここでそんなことをしたら問答無用で牢屋《ろうや》行きで、当然現代には帰れない。

というわけで隼人はせめてもの反抗として、ジェセルの言うことは全力でスルーすることにした。ふらふら出歩く度にジェセルから小言を言われてはいるが、ハイハイと全部適当に受け流している。

（大体にしてこんな経験、滅多にできるもんじゃないしな）

それほど歴史に興味のない隼人だが、それでも自分が実際に古代エジプトにいるというのがどれだけ得難い経験なのかということは分かる。そんな貴重な機会をジェセルなんかの小言で逃すなんて、勿体《もったい》ない。

そう考えた隼人はまず、手始めにウマルに頼んで貫頭衣のような服を用意してもらった。

現代の服は一着きりなので、ずっとそれを着ているわけにもいかない。かと言って、ジェセルたちのように腰に布を巻いただけの格好をするのは、現代人の隼人にはちょっと勇気がいる。

ジェセルくらいムキムキならアリかもしれないが、あのバキバキに割れた腹筋は一朝一夕には作れないだろう。

それに、古代とはいえやはりエジプトの日差しはキツい。一応日焼け止めの役割を果たす香油を塗《ぬ》っているが、肌があまり出ない格好ができるならそれに越したことはない。

幸い後宮にいる側室たちの中には貫頭衣を好んで着る者もいたため、同じような服がいいと言ったらすぐに用意してもらえた。一緒に宝石がじゃらじゃらついたアクセサリーも用意されたが、そちらは丁重に断った。

もちろんレプリカなどではないだろうから、傷つけても弁償などできない。あと単純に重くて邪魔だった。

革紐《かわひも》をベルト代わりに腰に巻き付けて、ウマルとお揃《そろ》いのぺたんこの革のサンダルを履いた隼人は、一見王の側室には見えない。下着がないため、最初はワンピースのような裾がスースーして落ち着かなかったが、暑いエジプトでは過ごしやすく、すぐに慣れた。

（本当に四ヶ月後にちゃんと帰れるのかとか、現代でおれは行方不明扱いになってるんだろうなとか、不安なことは山積みだけど……。ま、ジタバタしたところで、今のおれになにかできるわけでもないしな）

毎日うじうじ思い悩むより、こうして動き回っていた方が性に合う。

そう気持ちを切り替えた隼人はこの日、王宮内の一角に設けられた畑を訪れていた。

後宮で出される料理に使われている野菜がやたらと新鮮で、種類も豊富なことに感心していたら、ウマルが王宮内に畑があると教えてくれたのだ。

「結構いろんな種類育ててるんだな……」

広大な畑には、様々な野菜が植えられている。レタスにタマネギ、豆、ニンニク。

古代エジプトの食生活がどんなものなのか、ここに来るまでまったく知らなかった隼人だが、出てくる料理は驚くほどバラエティに富んでいた。

王宮だからということもあるだろうが、パンは常に数種類用意され、ふんだんな野菜と共に鶏肉《とりにく》や牛肉を使った料理も出てくる。飲み物は牛乳やビール、ワインまであったが、砂糖はないようで、甘味は蜂蜜かデーツ、ブドウなどの果物のみだった。こちらに来る前に満里奈《まりな》が言っていた通り、イチジクやチーズもある。

ウマルに聞いたところ、牛肉やワインは高級品で、庶民の食卓には滅多に上らないらしい。庶民の食事は基本的にパンとビール、野菜や豆、魚を使った料理らしいが、それでも三千年前の人々の食生活がこんなにも豊かなものだとは思ってもみなかった。

（やっぱり、誰だって美味《うま》いもの食べたいもんなあ）

同じ食材でも現代とはだいぶ味や食感が違うので、隼人としては毎食新しい発見があって興味が尽きない。

あれはどんな味がすんだろ、と畑のそばでしゃがみ込み、自分の顔くらいの長さがある豆を眺めていると、農夫と話を終えたウマルが走って戻ってきた。

「お待たせしました、隼人様！　どれでもお好きなだけどうぞ、とのことです」

「お、ありがとな、ウマル」

素直で明るいウマルは、十二歳の少年だ。古代エジプトでは男は大体十五歳くらいで成人扱いされるらしく、ウマルも現代日本の十二歳と比べるとだいぶ大人びていて、礼儀正しい。王宮内のことにも詳しく、こちらの常識を知らない隼人にも親切にあれこれ教えてくれる、ありがたい存在だ。

（いきなりおれなんかの世話させられて大変だろうに文句一つ言わないし、ほんといい子だよなあ。……誰かさんと違って）

心の中で金髪の男に思い切りしかめ面をしながら、隼人は立ち上がった。

戻ってきたウマルに、わざわざ悪かったなともう一度お礼を言い、畑の奥からこちらの様子を窺《うかが》っている農夫たちにも手を上げて礼を言う。

「突然来てすみません！　遠慮なくいただきます！」

だが、彼らはそんな隼人を見た途端、慌てたように農具を放り出し、その場に平伏し出す。

「えっ、うわっなんで!?　おれなんかした!?」

いきなりアガメタテマツられて驚く隼人だったが、ウマルはそんな隼人よりも驚いた表情で言う。

「……隼人様は変わったお方ですね。普通、王族の方々は畑になど興味をお持ちになりませんし、召し上がりたいものがあれば自由にお召し上がりになります。わざわざ農夫に断りを入れたり、僕のような小姓にお礼を仰《おっしゃ》る方なんて、初めてです」

「ああ、そういうことか……」

道理で、と納得して、隼人はぽりぽりと頰を掻いた。

先ほどウマルが戸惑っていたのも、隼人が側室らしからぬ行動をとっていたからだったのだろう。ここでは厳格な身分差があり、貴人が平民に礼を言うことなどあり得ないのだ。

(側室って言っても、ほんとはそんなんじゃないんだけどな、おれ……)

便宜上側室とされているだけで実際はただの居候なのに、王族扱いされるのはなんだか申し訳ないし居心地が悪い。だが、真実を告げるわけにもいかない。

「……ウマル。悪いけど、こっちのことは気にしないで作業を続けてくれるよう、言ってきてくれるか？」

これくらいのこと、自分でパパッと言いに行きたいところだが、そんなことをしたら農夫たちはもっとパニックに陥ってしまうかもしれない。

パシらせて悪いな、と詫《わ》びながら頼むと、ウマルは笑って首を横に振った。

「お安い御用です。それとこちら、よろしかったらお使い下さい」

彼が差し出してきたのは、手桶《ておけ》に汲《く》まれた綺麗《きれい》な水だった。味見する野菜を洗えるようにということだろう。

「おお、ありがと。気が利くな、ウマル」

「喜んでいただけて光栄です」

ニコッと笑ったウマルが、では、と一礼してまた農夫たちの元へ駆けていく。

「ほんとにいい子だな……。さて、じゃあ早速いただきますか」

ウマルの背を見送って、隼人はその場にしゃがみ込む。積まれていたレタスの葉を一枚失敬し、ざぶざぶと桶の水で洗うと、結構な土が落ちた。

「こんなもんかな？」

無農薬有機野菜間違いなしなので、虫がついていないか念入りに確認し、よく水を切る。いただきます、とかぶりついた隼人は、ジャクッと歯切れのいい触感に目を細めた。

「ん、うまい！　ちゃんとレタスだ」

さすがに現代のものより苦みが強く、野性的な味がするが、瑞々《みずみず》しくて美味《おい》しい。これが古代エジプトのレタスか、と感心しつつ、隼人はついいつもの癖を発揮してしまう。

「変な癖もないし、もしこれ店で使うんならやっぱりサラダかな。焼きトマトと、あと生のズッキーニスライスして……」

どんな食材が合うだろうかと考えていると、それだけでわくわくしてくる。

（ま、考えたところで現代に持ち帰るわけにはいかないけどな）

この時代では、このレタスはどんな料理に使われるのだろう。近いうちに食卓に並ぶだろうかと楽しみに思いつつ、隼人がもう一枚味見しようとレタスに手を伸ばした、その時だった。

「そのくらいにしておけ」

背後から、呆《あき》れたような声がかけられる。振り返った隼人は、こちらに歩み寄ってくる男の姿を見て、思わずげっと声を漏《も》らした。

「ジェセル……」

「私の名はジェセルウナスだ」

「愛称で呼ぶくらい、別にいいだろ？　ジェセルウナスって、長くて舌嚙《か》みそうなんだよ」

悪びれない隼人には、なにを言っても無駄だと思ったのだろう。ジェセルがため息混じりに問いかけてくる。

「……それで、一体お前はこんなところでなにをやっているのだ」

「なにって、見学。畑の」

「私はお前に、部屋から出るなと再三言っているはずだが？」

今日も今日とて上から目線なジェセルに、隼人は天を仰いだ。一発ぶん殴ってやりたい。

「はー……、あのな、そうは言っても四ヶ月も籠《こ》もりきりなんて、どう考えたって不健康だろ。カビが生えるっての。このレタスだって、ちゃんと食べていいって許可もらってるから」

好きなだけどうぞと言ってもらっているのだから、ジェセルに文句を言われる筋合いはない。

己の中で渦巻く元ヤンの血を抑えつつ再度レタスに手を伸ばしかけた隼人だが、ジェセルは肩をすくめて意味深なことを言う。

「まあ、好きにしたらいい。側室としてはよい心がけだと言えなくもないしな」

「……どういう意味だよ」

どうしてレタスを食べることが側室としていい心がけになるのか。

意味が分からず眉を寄せた隼人に、ジェセルは思いがけないことを告げる。

「レタスは媚薬《びやく》だ。その白い汁は子種の元となると、昔から言われている」

「…………」

「それもあって、後宮ではよく供される食材だな」

「……マジか」

呻《うめ》いた隼人に、ジェセルが不満気に唸《うな》る。

「またそれか。なんだ、私が嘘《うそ》を言っているとでも言うのか」

「いや、そういうんじゃないけどさ……」

言葉を濁して、隼人は苦笑を零《こぼ》した。

馬鹿にするつもりは決してないが、それでもここは本当に現代ではないのだなと実感する。

(レタスが媚薬だと思われてたとか、ほんと面白いな、古代エジプト)

フンコロガシの神様もレタスも、原始的と言ってしまえばそれまでだが、想像力豊かでとてもユニークだなと思う。

（なんか毎日びっくり箱開けてるみたいなんだよなあ、ここの生活）

見るもの聞くものすべてが新鮮で楽しいけれど、日本との違いを感じる度、少し怖くもなる。

自分は本当に、こんな科学の「か」の字もない時代から、元の時代に戻れるのだろうか。

腕輪の力だなんて、そんな根拠のないものに頼って、本当に大丈夫だろうか――。

考え込んだ隼人だったが、その時、ジェセルが素っ気ない声で言う。

「見学が終わったのなら、さっさと部屋に戻れ。お前がここにいては、農夫たちの作業が進まん」

ジロリと隼人を見やったジェセルは、そう言うなり従僕を従えて王宮の方へと戻っていく。

立ち上がった隼人は、遠くなる背に向かってビッと中指を立てて文句を言った。

「おれよりお前の方がよっぽど農作業の邪魔だっつーの」

近くの農夫たちは、ジェセルの姿を見ることすら恐れ多いと言わんばかりにその場で平伏している。どっちが迷惑だよ、とぶつくさ言っていると、戻ってきたウマルが慌てて隼人を取りなした。

「そんな、隼人様。ジェセルウナス様は隼人様のことを心配して、わざわざ探しに来て下さったのですから……」

「は？　ジェセルが？　おれを心配？」

思いもしなかったことを言われ、当惑する隼人に、ウマルがにこにこと笑って頷く。

「ええ。僕に隼人様にお仕えするようお命じになられた時も、随分気にしてらっしゃいました。隼人様は異国から来たばかりでこの国のことをよくご存知ないから、困ることも多いだろうって。不便のないよう気をつけるようにと、直々にお言葉をいただいたんです」

「……問題起こさないよう、監視してろって意味だったんじゃないのか、それ」

ウマルが嘘を言っているとは思わないが、あのジェセルが自分を気遣うようなことを言っていたなんてどうしても信じ難い。

首をひねった隼人に、ウマルが力説する。

「そのようなことはありません。ジェセルウナス様は後宮の長として、常日頃から側室様方お一人お一人を気遣ってらっしゃいますから」

「えっ、あいつ後宮の長なのか？」

そういえば隼人を後宮に連れてきた時、後宮なら自分の目が届きやすいというようなことを言っていたが、長というのは聞いていなかった。女王の弟として後宮を管理しているということだろうかと思った隼人だったが、続くウマルの言葉に更に驚いてしまう。

「ええ、そうですよ。ジェセルウナス様は、女王陛下のご正室であらせられますから」

「正室って……。もしかしてジェセル、アイーシャ女王と結婚してるのか？」

まさかと目を瞠《みは》って聞き返せば、ウマルは当然とばかりに頷いた。

「はい。アイーシャ様が即位されて間もなく、正室となられました。ジェセルウナス様は軍を束ねる将軍で、女王陛下のご相談役も務めていらっしゃいます。アイーシャ様を公私にわたってお支えしているのは、紛れもなくジェセルウナス様です」

「………」

あまりのことに、隼人は思わず黙り込んでしまった。

（マジか……。いやだって、実の姉だろ？）

確かに世界史の授業で、古代エジプトでは権力を守るため、王が姉や妹と結婚することもあったと習った覚えがあるが、それにしてもあのジェセルがアイーシャ女王の正室とは。

（……ん？　でもそれなら……）

ふと気づいて、隼人はウマルに尋ねた。

「なあ、ウマル。それならどうして、ジェセルが王位を継がなかったんだ？　アイーシャ女王と正式に結婚してるなら、ジェセルが王位を継いでもよかったんじゃないのか？」

確か満里奈は、古代エジプトで女性がファラオになった例は数例だと言っていた。ならば、たとえ前の王の息子が成長するまでの中継ぎであったとしても、女性のアイーシャではなく、王族の男子であり、健康で若いジェセルが王座に就くのが順当な気がする。

「それは……」

隼人の問いに少し答えにくそうにしたウマルが、声をひそめて打ち明ける。

「実はジェセルウナス様のお母様は、大変身分の低い方だったそうなのです。異国から嫁いでこられた側室様が連れてこられた奴隷で、しかもジェセルウナス様を産んですぐお亡くなりになったとか」

「……そうなのか」

思わぬジェセルの生い立ちに驚いた隼人に、ウマルが頷いて続ける。

「後ろ盾のないジェセルウナス様は、大変苦労して後宮でお育ちになったと聞いています。お母様の主《あるじ》でいらした側室様はお子を授かれず、随分嫌がらせをされたとか……」

「………」

初めて知ったジェセルの過去に、隼人は絶句してしまった。

古代エジプトの後宮における側室たちの権力争いがどういったものだったのか、現代人である隼人には理解し難い。だが、自分を差し置いて奴隷が産んだ王の子に、女主人がどんな態度を取ったのか、想像することはできる。

（……あいつ、そんな苦労してたのか）

常に堂々と振る舞っている様子から、てっきり幼少期から苦労など知らず、英才教育を受けていたのだろうとばかり思っていた。

確かにあの見事な金色の髪から、異国の血が入っているのだろうなとは思っていたが、まさかそんな大変な思いをしていたとは思ってもみなかった――。

「アイーシャ様は、そんなジェセルウナス様の唯一のお味方だったそうです」

茫然《ぼうぜん》としていた隼人は、ぽつりと聞こえてきたウマルの呟きに我に返り、聞いてみた。

「もしかして二人は、昔から恋人同士だったのか？」

「さあ、そこまでは分かりかねますが……。でも、アイーシャ様は当時の正室様が産んだ唯一のお子様で、ご結婚相手が王になることは誰もが知っていました。お若い頃から絶大な発言力をお持ちでしたし、アイーシャ様ご自身もそのことを十分承知の上で、ジェセルウナス様をお助けになったはずです」

「……そっか」

幼い頃のジェセルを思って、隼人はほっと胸を撫《な》で下ろした。

誰も味方がいなかったジェセルに異母姉のアイーシャが味方してくれて、本当によかったと思う。きっと彼女がいてくれたからこそ、今のジェセルがあるのだろう。

「だからジェセルは、あんなにもアイーシャ女王に尽くそうとするんだな……」

正室だという話には驚いたが、あの二人には単なる姉弟という以上の絆《きずな》があるのだろう。

納得した隼人に、ウマルが頷いて言う。

「はい。ですから、前の王が崩御された際も、ジェセルウナス様が真っ先にアイーシャ様に王となるよう進言されたと聞いています。ジェセルウナス様は有能なお方ですので、次の王にという声も確かにありました。ですがジェセルウナス様ご自身は、自分よりもアイーシャ様が王にふさわしいと譲らなかったそうです。……おそらくご自身の出自が禍根《かこん》となり、国がこれ以上混乱しないようにとお考えだったのだと思います」

ただでさえ、次の王が成長するまでの中継ぎを決めるという、イレギュラーな事態だ。混乱の中、少しでも野心があれば自分が王座につくことは容易《たやす》かっただろう。

けれどジェセルはそうせず、姉を王にと推した。

(……なんだ、結構いい奴じゃないか、あいつ)

もちろん、ジェセルが実際にどういう考えでそうしたのかは彼自身に聞かなければ分からないが、おそらくウマルが言っていたこととそうかけ離れてはいないだろうと思う。

ジェセルのことを見直してしまった隼人に、ウマルが話を続ける。

「アイーシャ様が即位されてから、この国はよりよい方向に変わり始めました。ジェセルウナス様のご進言によって、これまで有能でも登用されなかった平民が書記のお役目をいただいたり……。僕の父も、それで取り立てていただいたのです。民は皆、アイーシャ様とジェセルウナス様を心から尊敬しています。ですが、側室様方の中にはジェセルウナス様をよく思われない方もいらっしゃって……」

「……なんでだ?」

聞く限り、ジェセルは女王の片腕として申し分ないように思える。

そこまでの人物なら、今更出自のことをとやかく言うような者もいないのではと思った隼人に、ウマルは少し表情を曇らせて告げた。

「女王陛下が閨《ねや》にお呼びになるのが、ジェセルウナス様だけだからです。お二人の絆を思えば当然のことですが、側室様方は同盟のためや、ご一族が女王陛下の庇護《ひご》を受けるために輿入《こしい》れされていますから」

「なるほど、政略結婚ってことか」

この時代、エジプトは圧倒的な国力を誇っていた。周辺諸国からの貢ぎ物は引きも切らなかったはずだし、婚姻によって国王と縁戚関係を結ぼうと考える者が、国の内外を問わず大勢いたことは想像に難くない。

そういう輩《やから》の中には、身内のジェセルばかりが重用されることを快く思わない者もいるということだろう。

「……なかなか全部うまくはいかないんだな」

ため息混じりに言った隼人に、ウマルも頷く。

「はい。ですが、大半の側室様方はお二人を慕っておられます。下位の側室様方は直接お目にかかる機会はあまりありませんが、それでもいつか陛下のお役に立てるようにと、体を鍛えたり勉学に励んだりされています。僕も、ゆくゆくは立派な書記になって、父のようにジェセルウナス様にお仕えしたいと思っています」

手を胸に当ててしみじみと言うウマルに、隼人も微笑《ほほえ》みを浮かべた。

「ウマルならきっとなれるよ。ジェセルのこと、教えてくれてありがとな。これからも、おれがなにか誤解してたら遠慮なく教えてくれ」

ウマルが教えてくれなかったら、自分はずっとジェセルのことをただの傲慢《ごうまん》な王弟だと思っていたかもしれない。違う一面を知れてよかったと笑う隼人に、ウマルが頷く。

「はい、僕でよろしければ。でも、そんなことを仰るなんて、隼人様は本当に変わってらっしゃいますね」

「そうかな？」

頭を掻いた隼人に、ウマルがそうですよと笑ったその時、不意に遠くからウマルを呼ぶ声が聞こえてきた。

「おおい、ウマル！　ちょっといいか」

「え……、えっと」

どうやらウマルの上役らしい。隼人は戸惑うウマルを促した。

「ああ、おれのことならいいから行ってきな」

「ですが……」

「大丈夫、まっすぐ後宮に戻るって」

ジェセルの言葉に大人しく従うのはちょっと癪《しゃく》だが、自分がうろちょろしていたらウマルが咎《とが》められてしまうかもしれない。自分がジェセルに睨《にら》まれるだけならともかく、ウマルにそんな思いはさせられない。

「道は覚えてるし、一人でも平気だから」

な、と隼人が言う間にも、再度ウマルを呼ぶ声が聞こえてくる。ウマルは少し迷う素振りを見せながらも、おずおずと頷いた。

「でしたら、お言葉に甘えて失礼します。用事が済んだらすぐに僕も戻りますが、なにかあったら周りの者にお声がけ下さい」

「ああ、分かった」

丁寧にお辞儀したウマルが、自分を呼ぶ男の方へと駆けていく。隼人はその背を見送って、後宮へと歩き出した。

「さて、午後はなにするかな。畑は駄目って言われたから、厨房《ちゅうぼう》でも覗《のぞ》きに行こうかな」

思えばこちらに来てからもうずっと料理をしていない。

せっかく珍しい食材もあるし、なにか一品作らせてもらえないかなとのんびり考えながら、隼人が後宮へと続く廊下を歩いていた、――その時だった。

「……っ、うわっ、……っと、大丈夫か？」

突如、曲がり角から飛び出してきた小さな人影が、隼人に当たった衝撃でポンと跳ね返る。

結構な勢いで尻餅《しりもち》をついたのは、黒髪にキラキラとしたビーズを編み込み、真っ白な亜麻布のドレスに身を包んだ、褐色の肌の小さな女の子だった。胸元では、大きな宝石のついた首飾りが揺れている。

「うわ、ごめんな。大丈夫？　どこか怪我《けが》してないか？」

すぐにしゃがみ込み、助け起こそうとした隼人だったが、それまでぽかんとしていた女の子は事態を把握するなり、キッと表情を改めて唸《うな》った。

「……ゆるさぬ」

「ん？」

「この、ぶれいものめが。そなたなぞ母上に申しつけて、うちくびにしてくれようぞ」

「んんん？」

背格好からすると、年齢は三、四歳くらいだろうか。舌足らずながら随分達者な物言いをする女の子に、隼人はもしかしてと思い当たる。

「母上って、もしかして女王陛下のこと？　えっと、娘さんの名前は確か……、そうだ、サラちゃんだっけ」

「！」

隼人が名前を思い出して口にした途端、女の子が目をまんまるに見開く。

「……そなた、今なんと？」

「え……、サラちゃん？」

「…………」

無言でまじまじと自分を見つめてくる女の子に、隼人は首を傾《かし》げた。

「あれ、違った？　ごめんな、ぶつかって。立てる？」

ともかく怪我がないか確かめようと手を差し出すと、女の子が小さな手をおずおずと重ねてくる。自分の手に摑《つか》まって立ち上がった彼女に、隼人はもう一度謝った。

「本当にごめんな。どこかすり剝《む》いたりしてない？」

「……へいきじゃ。それよりおぬし、おぬしは……」

隼人が服の埃《ほこり》を払ってやると、女の子は何故だか顔を俯《うつむ》けてもじもじし出す。

（もしかして、知らない異国人だからびっくりしてるのか？）

ジェセルも自分のような肌の色の人間は見たことがないと言っていたから、幼い彼女には余計奇妙な人間に見えているのかもしれない。

隼人はなるべく優しい表情で笑いかけながら名乗った。

「おれのこと？　おれは、隼人って言うんだよ。ハヤブサに人って書いて……って、こっちには漢字ないんだった」

つい癖で自分の名前の漢字を説明しようとした隼人に、女の子がますます目を丸くする。

「ハヤブサ……、するとそなたはホルス神の使いか？」

「ホルス神って……、ああ、そういえば……」

ここに来る前、満里奈に言われたことを思い出して、隼人は少し懐かしくなる。

（……そういえば満里奈にホルス神のこと教えてもらった時、ハヤブサの神なんておれの名前と一緒だって言われたっけ）

お兄ちゃんと一緒だね、と笑っていた妹は、今頃現代で元気にしているだろうか。自分のことを心配しているだろうか——。

「隼人？」

「ん？　あ、ああ、ごめん。……うん、まあそんなとこだよ」

物思いに耽《ふけ》っていた隼人は、声をかけてきた女の子に我に返り、曖昧に頷いた。すると女の子が、パッと顔を輝かせて言う。

「そうか！　ならばゆるそう！　とくべつに妾《わらわ》のことも、さきほどのように呼んでよいぞ」

「さきほどのようにって……、サラちゃんってこと？」

どうやら彼女はアイーシャ女王の娘、サラ王女で合っているらしい。首を傾げてもう一度名前を呼んだ隼人に、サラはくすぐったそうにくふくふ笑って頷いた。

「妾はそのように呼ばれたのははじめてじゃ。もっと呼んでよいぞ、隼人」

「はは、ありがとう、サラちゃん」

どうやら王女様は『ちゃん』付けで呼ばれるのが相当お気に召したらしい。にっこにっこ笑いながら、隼人の手をぎゅっと握って言う。

「そうじゃ、隼人、妾を後宮につれてゆけ。妾はジェセルウナスにあいたいのじゃ」

「え？　ジェセルに？」

　サラの口から出てきた名前に、隼人は首を傾げる。

「ジェセルならさっきまであっちの畑にいたけど……」

「そうなのか⁉　では畑にあんないせよ」

「いや、でも今はどっか他のところに行っちゃったからなあ。サラちゃんはジェセルになにか用なの？」

　サラが叔父にあたるジェセルと面識があることは不思議ではないが、王女である彼女が供も付けずに一人でジェセルを探しているなんて、ちょっと気になる。周りを見渡しても、サラの付き人らしき人影は見あたらない。

　困ったな、と内心思いながら聞いた隼人に、サラは自慢気に笑って言った。

「妾はジェセルウナスに字をおそわるやくそくをしておるのじゃ。だが、ひるげをたべてからなど、とてもまちきれぬ」

「ひるげ？　ああ、昼ご飯のことか。ってことは……」

　サラが何故一人でこんなところにいるのか、その理由を察して、隼人は顔をしかめた。

　おそらく王女は、昼食後にジェセルから字を教わる約束をしていたが、待ちきれなかったのだろう。侍女が目を離した隙に、ジェセルに会いに抜け出してきてしまったに違いない。

（……これ、結構大問題なんじゃないか？）

もしかしたら今頃王宮では、いなくなった王女を探して大騒ぎになっているかもしれない。

隼人はなるべく穏やかな声でサラを諭した。

「……サラちゃん、あのね。多分ジェセルは今、後宮にはいないと思う。だから、一回元の場所に戻った方がいいと……」

「いやじゃ」

しかし皆まで言う前に、サラ王女はその小さな頬をぷうっと膨《ふく》らませる。

「妾は後宮にゆく。ジェセルウナスはさいきんよく後宮にでいりしていると、じじょたちが言っておった」

「いや、でもそれは……」

どうにかしてサラの機嫌を取りつつ、事を穏便に済ませようとした隼人だが、小さな王女様はきゅっと隼人の手を握るとニパッと顔を輝かせ、ご機嫌で告げた。

「隼人、そなたには妾のともをめいじる。よいな？」

「……あー……」

呻《うめ》いた隼人に、王女がぷくっとまた頬を膨らませる。

「なんじゃ、ふまんか？」

「いえ、滅相もアリマセン……」

こうなったら、道すがら会った人に、王女のことを誰かに知らせてくれるよう頼む他ない。

そう思いながら頷いた隼人は、結局この後誰ともすれ違わずに後宮へと戻ることなど予想もしていなかったし、案の定後宮にジェセルがいないことに機嫌を損ねたサラ王女の気が済むまで遊び相手を務めさせられることになるなんて、夢にも思っていなかったのである。

ぷるるん、と器から出した途端に揺れたプリンに、隼人は小さくガッツポーズをした。

「っしゃ、会心の出来！」

何度も試行錯誤したかいがあった、と頰をゆるめる。

「サラちゃん、これ食べたらきっと喜ぶぞー」

きっとあの綺麗な目をまんまるに見開いてびっくりした後、大喜びしてくれるに違いない。

想像するだけで可愛《かわい》くて、隼人はにまにまとニヤけてしまった。

隼人が古代エジプトにタイムスリップして、およそ一ヶ月が過ぎた。

この日、隼人は後宮の厨房を借りてプリンを作っていた。午後に遊びにくる約束をしているサラ王女に、おやつを振る舞うためである。

迷子の彼女を後宮まで案内したあの日、隼人は事態を知って駆けつけたジェセルにしこたま怒られた。

『貴様……っ、何故王女がここにいる！』

王宮内をさんざん探し回っていたのだろう。後宮からの知らせを受け、衛兵を従えて飛んできたジェセルに怒鳴られて、隼人はムッとして告げた。

『いや、おれのせいじゃないって。サラちゃん、あんたに会いたいから後宮に行くってきかなかったんだよ』

『っ、なんだ、その呼び方は！　王女様と呼ばぬか！』

『いやそれもサラちゃんが……』

頭ごなしに責めてくるジェセルにうんざりしかけた隼人だったが、サラ王女は歓声を上げてジェセルを呼ぶ。

『ジェセルウナス！　これを見よ！』

『王女、ご無事で……。……これは？』

サラ王女の前には、陶製の皿が置かれている。皿の中央には、色とりどりのフルーツで飾り付けた三段重ねの――。

『ぱんけーき、じゃ！』

『ぱ……、なんです？』

聞き慣れない名称に、ジェセルが戸惑ったように聞き返す。隼人は苦笑して教えてやった。

『パンケーキ。サラちゃん、遊んでたらおなかすいたって言うから、ちょっと厨房借りて作ったんだよ』

砂糖はないので代わりに蜂蜜を使ったが、小麦粉と卵と牛乳があればこれくらいは簡単にできる。フルーツを飾り切りして、ブドウを蜂蜜と一緒に煮詰めたソースを添えたそれは、即興で作ったにしてはなかなか見栄えのいい一品になったと思う。

『作った……、お前が？』

驚きに目を丸くするジェセルの前で、サラがパンケーキを小さな手で掴む。両手で持ったパンケーキにかぶりつこうとするサラを見て、ジェセルが慌ててとめに入った。

『王女！　このような者が作ったものなど、口にしてはなりませぬ！』

『このような者って……』

あんまりな言いようではあるが、まあ確かにジェセルの立場からしたら、大事な姪《めい》であり王女である彼女に怪しいものを食べさせたくないのは当然だろう。

しかしサラは、パンケーキを取り上げようとするジェセルにムッとしたように言う。

『なにをするのじゃ。これは隼人が妾のためにつくったぱんけーきじゃぞ』

『……っ、いいから、こちらへお渡し下さい！』

『いやじゃ！』

ジェセルにパンケーキを取られまいと必死なサラに、隼人は咄嗟《とっさ》に告げた。

『サ……、サラちゃん、毒味！　ジェセル、毒味したいんだって！』

咄嗟にそう言った隼人に、サラがぴくりと反応する。

『……どくみ』

『そう！　ジェセルも毒味してなんともなければ、それで納得するだろ？　な？』

『それは……、まあ……』

渋々ながらも頷いたジェセルに、サラが唸る。

『たしかに、妾のしょくじはいつも、だれぞがどくみしておる。これだけしないのは、よくないの』

不承不承といった様子で、サラがパンケーキをちぎってジェセルの口に押しつける。

『わかった。そちにどくみをゆるす、ジェセルウナス』

『……かしこまりました』

押しつけられたパンケーキに若干眉を寄せたジェセルが、匂いを確かめてから口に運ぶ。慎重に味を確かめたジェセルが、みるみる目を見開くのを見て、隼人はニヤッと笑って聞いた。

『どうだ？』

『……このようなものは、初めて食べた』

『ん！　んん！』

驚くジェセルを見て我慢しきれなくなったのだろう。サラがパンケーキにかぶりつく。

『おいしい、サラちゃん？』

『んんん！』

頬をいっぱいに膨らませたまま隼人の問いかけに幾度も頷いたサラは、興奮に目をキラキラさせながら命じた。

『隼人！　妾はこのぱんけーきを明日もしょもうする！　あさってもじゃ！』

——それからサラ王女は、本当に連日後宮に遊びに来るようになり、隼人はすっかり彼女のおやつ係になってしまった。

昨日などは、サラ王女と共にアイーシャ女王までやって来て、隼人の作ったおやつを食べていった。

『王女は食が細くてな。食べさせるのに苦労していたのだが、そなたの作るものは喜んで食べていると聞いて、どのようなものか興味が湧《わ》いたのだ』

愛娘《まなむすめ》から、隼人の作るスイーツが美味しいと聞かされていたのだろう。その日はクレープを作ったが、女王は隼人がイチジクと蜂蜜で作ったジャムを大層気に入った様子だった。

『三千年後の世界には、このように美味いものがあるのか。他にはどんな食べ物が？　そなたの住むニホンとやらは、一体どういう国なのだ？』

初めて会った時も思ったが、アイーシャ女王は好奇心旺盛で、聡明《そうめい》な女性だった。

隼人から未来の話を聞きたがり、文明化された社会の様子に驚き、見も知らぬ技術について興味深そうに聞いていた。

『そうか……、この世界にはまだまだ我の知らぬ国があるのだな。三千年後にはその国々も大きく発展し、大勢の人間が豊かに、便利に暮らしている……』

世界情勢や人々の生活については詳しく聞きたがったアイーシャ女王だったが、何故か自分が治めるエジプトがこれからどういう足取りを辿《たど》るかについては全く質問されなかった。

不思議に思って聞いた隼人に、女王は笑って答えた。

『そのようなこと、聞いてしまったらつまらぬではないか。我は我の才覚で、この国を豊かに導くと決めている。この国がどうなるか、分からぬ方が面白いじゃろう？』

ミイラとなっても美女だったことだけ分かっていれば十分じゃ。そう朗らかに笑った女王は、また来ると言って去っていった。

（強いよなあ、女王陛下）

普通であれば、自分の治世がうまく行ったのか、この先どういう未来が待ち受けているのか、知りたくなるものだろう。それを敢《あ》えて聞かないというのは、一国の王としての覚悟と、なによりも自信があるからできることだ。

（ま、聞かれたところでおれも詳しくないから、たいしたことは答えらんないけどな）

それでも、博物館の年表等を見て知った知識については、誰にも話さないでおこうと思う。

未来が決まってしまっているなんて、きっと誰にとってもよくない結果しか生まない。

「って言っても、今のところおれの話を信じてくれてるのなんて、女王陛下以外いないけど」

手元に並んだ三つのプリンを見やって、隼人はハアとため息をついた。

三つのプリンの内訳はサラと自分、そしてジェセルの分である。どういうわけだか知らないが、ジェセルはサラが後宮に来る時、毎回律儀に顔を出すのだ。

理由を聞くと、毒味をする者が必要だろうとのことだったが、正直毒味をするだけならサラ王女のお付きの侍女や、護衛の衛兵でもいいのではと思う。

（……まあ、それだけおれのこと信用してないってことなんだろうな）

別にジェセルからなんと思われようと構わないし、むしろ彼の過去を知ってしまった隼人としては、口うるさく小言を言われても以前ほど腹が立たなくなっている。

ああ、こいつも大変なんだな、それなのに立派に王弟の役目果たしてて偉いじゃんと、そんな気持ちすら覚えるほどだ。

（いやいや、お前はよく頑張ってるよ）

うんうんと、ジェセルの分のプリンに心の中で話しかけながら、隼人は皿に移したプリンに仕上げをしていった。

冷蔵庫がないので冷やせないのが難点だが、プリンは作り立ても美味い。仕上げにかけるのは、カラメルソース代わりの蜂蜜だ。

蜂蜜はその殺菌性の高さから、傷薬として重宝されているらしい。古代エジプトでは貴重な甘味だが、王女のおやつにはたっぷり使うことができる。

「うん、美味そう！　よし、いい出来じゃん」

綺麗に切ったイチジクとブドウ、固いパン生地で作られたスプーンを添えたところで、厨房にウマルが顔を出す。

「隼人様、王女様がいらっしゃいました！　うわあ、今日のすいーつも美味しそうですね！　これはなんというすいーつなのですか？」

「ああ、これはプリンって言うんだ。よかったらおれの分、ウマルが食べるか？」

ウマルはいつも、隼人が彼の分も作ろうとすると、慌てて遠慮してしまう。けれど、見たことのないスイーツにウマルが毎回興味津々《しんしん》なのは知っていた。

「で……、ですが、僕が王女様と同じものをいただくわけには……」

案の定遠慮しようとするウマルに、隼人は盛りつけたプリンを一皿差し出して笑いかけた。

「たまにはいいだろ？　おれも、サラちゃん以外からも味の感想聞きたいしさ。ジェセルの奴、毎回無言で完食するから、ちっとも参考にならないんだよ」

味見なのだから全部食べる必要はないのに、ジェセルはいつも出されたものをきっちり完食する。飾り付けのフルーツも添えたソースも、サラがまんぷくじゃと言って残すことはあっても、ジェセルが残したところは見たことがなかった。

（あいつ意外と甘党なのかもなあ）

すました顔でクッキーの欠片《かけら》をちまちま拾って食べている彼を見た時は、吹き出すのを堪《こら》えるのが大変だった。

　王弟であり、女王の正室である彼なら他にいくらでもご馳走《ちそう》を食べる機会があるだろうに、自分が作ったおやつをあんなに熱心に食べてくれるというのは、正直気分がいい。多分それもあって、彼から小言を言われても、なんだかんだ憎めないと思ってしまうのだろう。

　文句を言いつつもついくすくすと笑ってしまう隼人に、ウマルも微笑んで言う。

「きっと隼人様の作られたすいーつが美味しすぎて、言葉が出ないんですよ。……あの、それじゃあお言葉に甘えて、いただいてもいいでしょうか？」

　ぷるるん、と震えるプリンの誘惑はやはり抗《あらが》い難かったのだろう。おそるおそる言うウマルに、隼人が笑ってプリンを手渡した、――その時だった。

「ああ、もちろん。ほら」

「ありがとうございま……、……っ」

　ウマルの手に皿が渡った途端、ヒュンッと風を切る音がする。と同時に、二人の目の前でプリンが無惨《むざん》にぐちゃっと潰《つぶ》れ、飛んできたのであろう石が皿に転がった。

「な……」

「ああ、これは失敬。手元が狂ってしまった」

　声がした厨房の入り口を見て、隼人は顔をしかめた。

　そこにいたのは、派手な装飾をつけたカツラを被《かぶ》り、ジャラジャラといくつもの宝石が連な

ったアクセサリーを身につけた青年だったのだ。背後には、同じように華美な格好をした青年二、三人と、彼らの侍従らしき男たちが控えている。いずれもニヤニヤと、嫌な笑みを浮かべていた。

「……ご側室のパネブ様と、そのお取り巻きです」

サッと顔つきを変えたウマルが、声をひそめて隼人に教えてくれる。その声に少し怯《おび》えたような、それでいて嫌悪するような響きがあるのに気づいて、隼人はさりげなくウマルを自分の後ろに庇《かば》いつつ問いかけた。

「……手元が狂ったって、どういう意味ですか？」

察するに、このパネブという男が石を投げたのだろう。

この時間、隼人がサラ王女のために厨房を使って料理をしていることは、後宮の誰もが知っている。にもかかわらず、完成した皿めがけて石を投げるなんて、一体どういうつもりなのか。

「まさか、これがサラ王女のために作られたものだと知らなかったとでも言うんですか？」

怒りを堪えようとすると、どうしても敬語になってしまう。落ち着け、冷静にと自分に言い聞かせながら尋ねた隼人に、パネブはわざとらしく肩をすくめて言った。

「もちろん、知っていたよ。だからこそ、分を弁《わきま》えない召使いを罰してやろうとしたんじゃないか」

「……分を弁えない？」

隼人が目を眇めて聞き返すと、パネブは鼻白んだような嘲笑《ちょうしょう》を浮かべて、のうのうと言う。

「ああ、そうだとも。だって王女陛下と同じものを召使いが食すなど、不敬この上ないだろう？　だから私が後宮を代表して、その召使いを罰してやろうとしたのさ。まあ、狙いが外れてしまったけれど」

「……っ！」

あろうことか、あの石はウマルを狙ったものだったらしい。いくら小石とはいえ、あんなものがまともに当たっていたら、ウマルは怪我をしていたかもしれない。

隼人はカッとなって叫ぼうとした。

「この……っ！」

「隼人様！」

しかし、背後のウマルが必死に隼人の腰にしがみついてくる。小さな体が怯えたように震えているのに気づき、思わず言葉を呑《の》み込んだ隼人に、パネブたちが高笑いを響かせる。

「末席風情が、なにか文句でも？」

「むしろ感謝してほしいくらいなんだがね。未開の地から来た、作法も知らない新参者が罪を犯すのを防いでやったんだから」

「パネブ様、このような者たちと関わっていては、品格を疑われます。参りましょう」

取り巻きたちに囲まれ、勝ち誇った様子で去っていくパネブに、隼人は怒鳴ろうとした。

「おい、好き勝手になにを……！」

だが、腰にしがみついたウマルが懸命に隼人を制する。

「隼人様、堪えて下さい……！」

「なんでだよ、ウマル！」

あんなにあからさまにケンカを売られて黙っているなんて、できるわけがない。

息巻く隼人だったが、その腰にひしっとしがみついたウマルは必死に訴えかけてきた。

「パネブ様は第一の側室様、つまりジェセルウナス様に次いで権力のあるお方です。ここでは誰も逆らえません……！」

「だからって……！」

いくら権力者だからと言って、やっていいことと悪いことがある。

憤る隼人に、ウマルが声を抑えて告げる。

「隼人様のお気持ちは分かります……！　ですがどうか、堪えて下さい。ジェセルウナス様のいらっしゃらないところで、パネブ様と諍《いさか》いを起こしてはなりません。もう幾人ものご側室様が一方的に後宮を追われているのです……！」

「な……、んだよ、それ……」

ウマルの言葉に、隼人は目を瞠った。その間にも、パネブは取り巻きたちと去っていく。

すっかり遠くなった背に小さく舌打ちして、隼人はウマルに向き直った。

「……もしかして前に言ってた、ジェセルに敵意がある側室って、あいつのことなのか？」

声を低くした隼人に、ウマルは少し躊躇《ためら》いつつも頷いて言った。

「はい。パネブ様は下《しも》エジプトの有力者のお血筋の方で、ご自分が女王陛下に寵愛《ちょうあい》されないのはジェセルウナス様のせいだとお考えなのです。以前からジェセルウナス様に近しい者に陰で嫌がらせをしていて……。女王陛下も手を焼いておられるのですが、パネブ様のご生家が政《まつりごと》に非常に影響力があるため、簡単に離縁することもできず……」

「……なるほどな」

要するにパネブは、実家の権力を盾に後宮で幅を利かせているが、ジェセルに直接ケンカを売る度胸はないため、弱いものいじめをしているらしい。どうやらかなり陰険で、根性がねじ曲がっている男のようだ。

（おれの大っ嫌いなタイプだな）

もうこちらをちらりとも見ないパネブから視線を逸らして、隼人はため息混じりにウマルに詫びた。

「ごめんな、ウマル。おれのせいで嫌な思いさせたな」

「そんな……、隼人様のせいなんて、そんなこと決してありません。僕こそ、出過ぎた真似をしてしまって……」

自分が立場を弁えていれば、と悔やむウマルに、隼人はきっぱりと首を横に振った。

「ウマルはなにも悪くない。それにおれが、おれの食べる分をウマルに譲ったんだ。そんなの誰にも責められる謂《いわ》れはない」

「隼人様……」

「ウマルの分は、また今度作るから。そしたら味の感想、教えてくれよ。な？」

くしゃくしゃとウマルの頭を撫でて、隼人はニカッと笑いかける。

はい、と明るい表情を取り戻した彼に頷いて、隼人は煮えたぎる腹をどうにか抑え込みながら厨房へと戻ったのだった。


事件が起きたのは、それから一週間後のことだった。

「へえ、油で揚げるのか」

「うん、そう。これはドーナツって言うんだ」

教えた隼人に、どーなつ、と背の高い男がたどたどしく繰り返す。彼は第二側室のタハルカと言い、古代エジプトの属国ヌビアから来た王族ということだった。

この日も隼人は、サラ王女が来るのに合わせておやつを作っていた。今日のおやつは蜂蜜をたっぷり使った、揚げ立てドーナツだ。

厨房での一件以来、隼人の元にはパネブに反感を持つ側室たちが集まってくるようになった。タハルカはその筆頭で、前々からパネブの横暴をなんとかしなくてはと思っていたが、力及ばず歯がゆい思いをしていたらしい。

『女王陛下とジェセルウナス様は、俺が属国の出身でも蔑《さげす》むことなく接して下さる。俺はそんなお二人のお役に立ちたいのだ』

隼人の元に来てそう言ったタハルカは、後宮でも随一の武人で、戦《いくさ》の際には戦車隊を任されるほど二人から信頼されているらしい。無骨ながら実直な人柄で、後宮内でも慕う者が多く、隼人もすぐに仲良くなった。

タハルカから聞いた話では、ひとたび戦となれば、ジェセルのみならずアイーシャ女王も自ら二頭立ての戦車に乗り、弓を引いて戦うとのことだった。今は内政に力を入れており、大規模な遠征は控えているとのことだったが、二人は優秀な射手であり、兵からも慕われているらしい。

戦士であるタハルカは、なによりも女王の弓の腕前に惚《ほ》れ込んでいるのだと語っていた。

(古代の王って、本当に腕っ節も強くなきゃなんなかったんだな……)

隼人は身長百七十センチそこそこで、現代日本ではごく平均的な部類だったが、古代エジプトではそれなりに高い方らしい。しかしタハルカやジェセルはそんな自分より頭一つ高く、体格的にもがっしりとしていて、他の者たちより圧倒的に屈強な体つきをしていた。

こちらに来る前に博物館で見た、やたらと王が大きく描かれた壁画は、まったくのデタラメという訳ではなかったのだなと感心しながらドーナツを揚げていた隼人に、タハルカが問いかけてくる。

「それで、今日はこれを皆に配ってくればいいんだな?」

タハルカの両手には、それぞれこんもりとドーナツが盛られた大きな器がある。もちろんこちらも隼人が作ったものだ。

一週間前の一件の後、隼人は側室全員におやつを作るようになった。十七人いる側室それぞれに一皿ずつ、各自の従者にも分け与えられる量を作り始めたのは、もちろんパネブたちにもういちゃもんを付けられないために、である。

「うん。よろしくな、タハルカ」

「任せてくれ。その代わりいつも通り、俺の分は多めに頼むぜ」

ニッと白い歯を見せて笑ったタハルカに、隼人は苦笑して頷いた。

「あはは、分かったよ。大盛りにしとく」

「そうこなくちゃな。じゃあ行ってくる」

自分の従者にも皿を持たせたタハルカが、厨房を出ていく。隼人はタハルカの分のドーナツを揚げつつ、ウマルに声をかけた。

「ウマル、サラちゃんたちには揚げ立て出したいから、入り口まで見に行ってきてくれるか?

来たら教えてくれ」

「かしこまりました」

行ってきます、と厨房を出て行くウマルを見送って、隼人はサラとジェセルに出す分のドーナツの盛りつけの準備を進めた。量が量なので側室たちに配る分にはここまでしないが、二人の分にはそれぞれ好みに合わせてトッピングをしようと思ったのだ。

「えっと、サラちゃんにはブドウのジャム添えて、ジェセルのにはナッツまぶしてやるか。あいつ、ナッツ出すといつも真っ先に食べるんだよな」

相変わらず無言で完食するのは変わらないジェセルだが、見ていればなんとなく食の好みは分かる。本人は隠しているつもりのようだが、好物が出てくると片方の眉がピンと上に上がるのだ。まるでネコ科の動物がお気に入りの玩具《おもちゃ》を見つけて、尻尾《しっぽ》を高く上げるみたいに。

「今日のドーナツも絶対、プレーンのより先にナッツの方食べるぞ、あいつ」

くすくす笑いながら、隼人は煎《い》ったナッツを器に入れてごりごりと砕いていった。

一週間前、隼人が突然、側室たちにもおやつを作りたい、できれば侍従たちにも分け与えられるような量をと言った時、ジェセルは少し思案した後、思わぬことを言い出した。

『分かった、材料はこちらで手配しよう。ただし一つ、条件がある。サラ王女が帰る際、同じものを女王陛下への土産として用意しろ。陛下からのご配慮で側室たちにも振る舞うという形をとれば、誰も侍従に分け与えることをとやかく言わないだろう』

『……もしかしてジェセル、おれがパネブに嫌がらせされたって知ってたのか？』

チクるような真似をするのが嫌でパネブとの一件は黙っていたのだが、どこかで聞きつけたのだろうか。

驚いた隼人に、ジェセルは肩をすくめて言った。

『いや。だが、いずれ衝突するだろうとは思っていた。どう考えても、お前とパネブは相性が悪いからな』

『だったら最初から教えとけよ……』

唸った隼人に、ジェセルはしれっとプリンを口に運びながら言った。

『私は陰口を叩《たた》く者が一番嫌いだ。……その点、お前は少し信頼できるようだな、隼人』

どうやら自分は、あの野生の豹《ひょう》のような男に少し懐かれつつあるらしい。プリンを完食したジェセルは、隼人がお茶請けに出した蜂蜜漬けのナッツも綺麗に平らげて、サラと共に満足気に帰っていった。

（ある意味これも餌付《えづ》け、なのか？）

なんにせよ、無事に後宮のトップのお墨付きももらえたので、隼人は遠慮なく大量のおやつを作り続けている。人数が人数なので大変だが、現代のスイーツは古代エジプト人にとって珍しいらしく、今のところ概《おおむ》ね好評だ。

――パネブ一派を除いては。

（……ま、とりあえずは従者におとなしく受け取らせてるみたいだけどな）

受け取ったスイーツをパネブが食べているとは思えないが、文句をつけてこないところを見ると、女王の計らいというジェセルの案がうまく働いているらしい。

タハルカに配膳を頼んでいるのも、屈強なタハルカ相手ならパネブもそうたいした嫌がらせができないだろうと踏んでのことだ。

最初、隼人は他の誰にも嫌な思いをさせないよう、パネブのところには自分が届けに行こうと思っていた。だが、自分が行けば十中八九ケンカを売られるだろうし、そうなれば元ヤンの性《さが》で買わずにはいられないだろう。

それでもなるべくケンカを買わないよう、堪えるしかないと思っていたのだが、それなら自分がとタハルカが申し出てくれたのだ。パネブは属国の出身だという理由で自分を忌《い》み嫌っているが、力では敵《かな》わないことを熟知しているため、嫌みを言うくらいがせいぜいだから、と。

タハルカに代わりを頼んでいる隼人のことを、パネブたちは腰抜けだなんだと陰口を叩いているらしい。ナメられたら終わりだ、が信条の隼人としては非常に腹立たしいが、タハルカが我慢してくれているのに、自分が暴走するわけにはいかない。

（……タハルカの取り分にも、ブドウのジャム添えとくか）

パネブの嫌みくらい屁《へ》でもないと、笑って請け負ってくれている友人への報酬に、隼人が色を付けようかと思った、その時だった。

厨房にタハルカの従者が飛び込んでくるなり、叫ぶ。

「隼人様、大変です！　ウマルさんがパネブ様に咎められて……！」

「っ、ウマルが⁉」

すぐ来て下さい、と慌てる彼に頷いて、隼人は厨房を飛び出した。後宮の中庭へと向かいながら、タハルカの従者が告げる。

「先ほどパネブ様の元へお届けに行ったのですが、しばらくしてウマルさんが呼ばれたのです。気になったので物陰から様子を窺っていたところ、お皿が欠けていてパネブ様がお怪我をされたと、ウマルさんが叱責を受けていて……」

「……っ、あの野郎……！」

おとなしくしているとばかり思っていたが、どうやらパネブは、いちゃもんを付ける機会を窺っていたらしい。

「皿が欠けてただと⁉　そんなの運ぶ前に気づくっつの！　ああもう、それでウマルは？」

走りながら聞いた隼人に、タハルカの従者が気圧《けお》されたように頷きつつ言う。

「は、はい。主人の過失なのだからお前が責任を取れと迫られていて……。私はすぐにタハルカ様を呼びに行ったのですが、先に自分が仲裁に向かうから、隼人様を呼んでくるようにと」

「……っ、分かった」

頷いた隼人の目に、中庭に集まる人だかりが映る。隼人は叫びつつ、その人だかりに突っ込んでいった。

「どいてくれ！　悪い、そこ通してくれ！」

人ごみをかき分けつつ、中心にたどり着く。そこには、仁王立ちで睨み合うタハルカとパネブ、そして地面に膝をついたウマルがいた。

「隼人様……」

「ウマル、大丈夫か⁉」

ほっとしたように声を上げたウマルは涙を浮かべている。どうやらひどく殴られたらしく、その顔は腫《は》れ上がり、唇に血が滲《にじ》んでいた。

「……ふん、ようやく主人のお出ましか」

鼻白んだようにこちらを見るパネブは、わざとらしく指先に包帯を巻いている。だが、痛がる素振りもなければ、包帯に血が滲んでいる様子もない。

どう見ても怪我というほどの怪我は負っていない様子に眉を寄せた隼人だったが、口を開くより早く、タハルカがパネブに詰め寄った。

「お前の横暴にはほとほと愛想が尽きたぞ、パネブ！　言いがかりにもほどがある！　俺が運んだ時、その皿は欠けてなどいなかった！」

「……下等なヌビア人めが、知ったような口を利くな」

タハルカの勢いに怯《ひる》みつつも、パネブが嫌悪に顔を歪《ゆが》める。

「現に私はこうして怪我を負わされたのだぞ？　貴様らヌビア人は、いつも欠けた皿で食事しているから気づかなかっただけだろう？」

「なんだと……！」

一族を侮辱《ぶじょく》されて憤るタハルカの腕を引いて、隼人はいさめた。

「タハルカ、落ち着け。挑発に乗るな」

「隼人、しかし……！」

悔しそうにするタハルカに、隼人はきっぱりと言った。

「これはおれに売られたケンカだ。悪いけど、おれに買わせてくれ」

パネブの狙いは、最初から自分だ。そうでなければ、わざわざウマルを呼びつけたりしないだろう。

一歩前に出てきた隼人を、パネブが嘲笑《あざわら》う。

「ケンカだと？　やはり発想が野蛮人だな。私は怪我をさせた責任を取れと言っているだけだというのに」

相手がタハルカから隼人に代わったことで、ほっとしたのだろう。パネブの声がどんどん大きくなる。

「大体、ニホンなど聞いたこともないような国の者が、誇り高きエジプト王家に名を連ねるなど、おこがましいにもほどが……」

「……うるっせぇな」

調子よく囀《さえず》る小心者を遮った隼人は、大股で一歩距離を詰めた。パネブの首に下げられている大仰な首飾りをわし摑《づか》むなり、低く唸る。

「陰険な真似してんじゃねぇぞ、このタコ野郎……！」

「な……っ、っ⁉」

鋭く目を光らせた隼人にパネブが息を吞んだ瞬間、間髪入れず頬に拳《こぶし》をお見舞いする。ドッと尻餅をついたパネブは、わけが分からないという様子で頬を押さえ、ぽかんとしていた。

「隼人様……！」

慌てたように叫ぶウマルの声に、先日の忠告が頭をよぎる。

ジェセルのいないところで、パネブと争ってはならない。

――だが。

(言いがかりでウマルが殴られてんのに、黙ってなんてられないだろ……！)

相手が誰であろうが、仲間を傷つける奴は許せない。

言いがかりなんて卑怯《ひきょう》な真似をする奴は、尚更《なおさら》だ。

「……ウマル、何発殴られた」

「え……」

「お前を殴ったのはこいつだけか？　あいつらは？」

問いかけつつ、隼人はパネブの後ろにいる取り巻きたちを見やってスッと目を眇《すが》めた。

今までおとなしかった隼人がいきなり刃向かってきたのが予想外だったのだろう。彼らもまた、呆気《あっけ》にとられたように目を瞠っている。その一人一人を見据《みす》えた後、隼人はパネブに視線を移して言った。

「ウマルが殴られた分、おれが全部殴り返してやる。……まずはパネブ、お前からだ」

「ひ……っ！」

ギラリと目を光らせた隼人に、パネブが思わずといったように悲鳴を上げる。慌てて逃げようとしたパネブの上に素早く馬乗りになり、隼人は再度豪奢《ごうしゃ》な首飾りをわし摑んだ。

「や……、やめ……」

声を震わせるパネブを無表情に見下ろし、拳を振り上げる。怒りが振り切れたのか、頭は妙に冷静に冴《さ》えていた。

「安心しろ。タハルカを侮辱した分も、きっちり『お礼』してやる」

ウマルがどれだけ怖くて痛かったか、タハルカがどれだけ悔しかったか、思い知るといい。

そう思いつつ隼人が拳を振り下ろそうとした、――次の瞬間だった。

「……っ、隼人様！」

それまで固唾《かたず》を飲んで見守っていたウマルが、突然悲鳴を上げる。自分をとめようとするのとは少し違う声の響きに顔を上げた隼人は、目の前の光景に驚いた。

「パ……、パネブ様の上からどかないか、この野蛮人！」

進み出てきた取り巻きの一人が、こちらに毒々しい色の蛇を突きつけていたのだ。わし掴みにされた蛇が、シャーッと牙《きば》を剝いてこちらを威嚇《いかく》してくる。

「な……」

「……っ、どけ！」

目を見開いた隼人の隙をついて、パネブが隼人の下から素早く這《は》い出る。よろけながらも立ち上がったパネブは、取り巻きから蛇を引ったくった。

「この私に楯突《たてつ》くとは、いい度胸だな！　お前など、蛇の毒で苦しみ抜いて死ぬがいい！」

「っ！」

憤怒に顔を歪めて叫んだパネブが、隼人めがけて蛇を放る。地面に打ちつけられた蛇がスルスルッとこちらへ向かってくるのを見て、隼人が思わず息を呑んだ、その時。

「隼人様、危ない……！」

悲鳴と共に、ウマルが隼人に抱きついてくる。同時に、蛇がウマルに飛びかかってきた。

「い……っ、う……！」

「ウマル！」

呻いたウマルの足に蛇が嚙みついているのを見て、隼人は慌てて蛇を引き剝《は》がす。隼人が遠くへと放った蛇を、すかさずタハルカが追いかけていった。

「ウマル！　大丈夫か!?」

「は……、隼人様、お怪我は……」

痛みに呻きながらも必死に聞いてくるウマルを抱き起こし、隼人は叫んだ。

「おれは大丈夫だ！　それよりお前が……！」

そう叫ぶ間にも、ウマルの顔色はどんどん悪くなっていく。額に脂汗が浮かび始めたウマルを見て、隼人はパニックに陥ってしまった。

（ど……、どうしよう……！　どうすれば……！）

うろたえる隼人をよそに、戻ってきたタハルカが叫ぶ。

「っ、誰か、医者を呼んでこい！」

「はい！」

人だかりの中から、一人が駆け出そうとする。しかしそれを鋭く制する声があった。

「ならん！　自業自得だ、医者など呼ぶ必要はない！」

言わずと知れたパネブの声に、隼人は彼を睨み上げる。

「なに言ってやがる！　お前のせいでウマルは……！」

隼人の腕の中でぐったりと目を閉じ、息を荒らげているウマルは、明らかに蛇の毒で危険な状態にある。パネブの放った蛇でこうなったというのに、この上邪魔をするとはどういうつもりか、と眦《まなじり》を決した隼人に、パネブが嘲笑を浮かべて言う。

「私のせいなどではない。お前が私に逆らったから、こうなったのだ。こいつが蛇に噛まれたのも、愚かな主を庇ったこいつの自業自得だ」

「……っ、お前……！」

あまりにも身勝手なパネブに憤った隼人だったが、パネブはその場の全員をジロリと見渡して言う。

「いいか、医者など呼ぶ必要はない。こいつが命を落とすかどうかは、すべてラーがお決めになることだ。医者など呼んだら……」

「……呼んだら、どうすると言うのだ」

と、その時、人だかりの向こうから、パネブを遮る声がする。低く鋭いその声に振り返った人々が慌てて道を開け、その場に膝をついて頭《こうべ》を垂れた。

現れたのは、サラ王女を抱き上げた——、ジェセルだった。

「ジェセル……！」

「一体なんの騒ぎだ。……タハルカ」

サッとその場を見渡したジェセルが、タハルカに説明を求める。さっと片膝をついたタハルカが、端的に告げた。

「……諍いがあり、パネブ殿が隼人に毒蛇を投げつけたのです。それを庇ったウマルが、足を噛まれました」

「毒蛇はどこに？」

「先ほど私が仕留めてございます」

「ならば危険はないな。タハルカ、王女を」

命じたジェセルが、駆け寄ってきたタハルカにサラ王女を抱き渡す。同時にジェセルは、引き連れていた自分の護衛の一人に命じた。

「医者を呼んでこい、今すぐに」

「は！」

駆けだした衛兵に、パネブが悔しそうに表情を歪める。ジェセルはそれに構わず、さっとその場に膝をつくと、ウマルの足に触れた。

「毒が広がっている……。隼人、彼を押さえていろ」

「え……」

素早く状態を確かめたジェセルが、躊躇《ちゅうちょ》なく屈《かが》み込む。蛇に噛まれて変色し始めている患部に口をつけたジェセルは、毒を強く吸い出して吐き捨てた。

「う……！」

びくっと震えたウマルの体を、隼人は慌てて押さえ込む。

「ウマル、堪えろ……！」

「隼人、様……、うぅ……っ！」

吸い出される度に痛みが走るのだろう。脂汗をかいたウマルが、苦悶《くもん》に呻きながら必死に隼人にしがみついてくる。

隼人はジェセルが応急処置を施す間中、その細い体を必死に抱きしめ続けた。

「大丈夫……、大丈夫だからな、ウマル」

呻くウマルに懸命に声をかける隼人を、ちらりとジェセルが見上げる。しかしすぐまた目を伏せ、ウマルの足から蛇の毒を抜くことに集中し始めた。

「……もうよいだろう」

幾度も処置を繰り返した後、ウマルの様子を確かめたジェセルが、そう呟く。

部下が持ってきた水で口をゆすぐ彼に、隼人は礼を言った。

「ありがとう、ジェセル。助かった」

「いや。あとは医者に任せろ。王宮付きの医師ならば、毒蛇にもよく効く薬を常備している」

「分かった。……本当に、ありがとう」

ジェセルに頷いて、隼人は頭を下げた。

毒蛇に噛まれた時の対処法は、知識としては知っていた。だが、実際にあんな緊急事態に直面して、自分はパニックに陥ることしかできなかった。

(ジェセルがいてくれなかったら、危なかった……)

駆けつけた医師が手当てし始めるのを見守りつつ、意識が朦朧《もうろう》としている様子のウマルの額

いか」

「よってたかって大げさな……。召使い一人死んだところで、代えなどいくらでもきくではないか」

を布で拭《ぬぐ》ってやる。と、その様子を見ていたパネブが、忌々《いまいま》しそうに呟いた。

「……なんだと？」

聞き捨てならない言葉に、隼人はパネブを睨み据えた。

「今、なんて言った？　召使い一人死んだところで？　……代えがきく？」

あまりにも人の命を軽視するパネブに、ふつふつとまた怒りが込み上げてくる。

「冗談じゃない……！　人の命をなんだと思ってるんだ！　この世に代えのきく人間なんていない！　お前があぐらをかいてる身分だって、人間が作り出した、ただの制度だろうが！」

一喝《いっかつ》した隼人に、その場の誰もが息を呑む。だが、パネブはすぐにフンと鼻を鳴らしてこちらを睨み返してきた。

「これだから不作法者は……。ジェセルウナス様、どうかこの者に罰を。先に私に殴りかかってきたのはこの者です」

「……っ、お前な……！」

自分のしたことを棚上げして言うパネブに再度憤りかけた隼人だったが、ジェセルは静かに問いかけてきた。

「隼人、パネブの言ったことは本当か？」

じっとこちらを見据えてくるジェセルは、毅然《きぜん》とした態度で隼人の答えを待っている。

隼人はいったん呼吸を落ち着けてから、ジェセルをまっすぐ見つめ返して告げた。

「……確かに、パネブを殴ったのはおれだ。けどそれは、パネブが言いがかりをつけてウマルを殴ったからだ」

隼人の腕の中で呻くウマルの腫れ上がった顔を見て、ジェセルが更に聞いてくる。

「言いがかりとは？」

「おれがタハルカに頼んで運んでもらった皿が欠けてて、指先を切ったらしい。……けど、おれが盛りつけた時、皿は欠けてなかった」

「私が運んだ時も、欠けてはおりませんでした」

隼人の後に続いて証言したタハルカに頷いて、ジェセルがパネブに視線を戻す。

「……ということだが、どうだ、パネブ」

「どうだ、と申されましても。彼らのせいで私が怪我をしたことはこの通り、事実ですから」

これみよがしに包帯を巻いた指先を見せつけて、パネブは鼻で笑った。

「まさか、王弟殿下ともあろうお方が、このような者たちの言葉をお信じになるのですか？　片や野蛮な属国、片や名前も聞いたことのない未開の地から来た者どもですよ？　第一この者たちの言うことが真実である証拠など、どこにもないではないですか」

「……っ」

（この野郎……！）

言いたい放題のパネブをギリッと睨みつけて、隼人は必死に怒りを堪えた。

今すぐ殴りかかりたいところだが、腕の中には意識も朦朧としているウマルがいる。自分を庇ってこんな目に遭った少年を放り出すことなど、できるはずがなかった。

怒りに打ち震える隼人をちらりと見やって、ジェセルが言う。

「……確かに、パネブの言うことにも一理ある」

「な……！」

まさかジェセルがパネブの肩を持つとは思っておらず、隼人は驚いて目を見開いた。愕然《がくぜん》とした隼人を見て、パネブが喜色を浮かべる。

「ええ、そうでしょうとも。さすがジェセルウナス様は公明正大な……」

「勘違いするな、パネブ。私は一理ある、と言ったのだ。隼人たちの言葉が真実である証拠はない。……だがそれは、お前も同じだ」

パネブを遮ってそう言ったジェセルが、理路整然と続ける。

「皿がいつ欠けたのか確たる証拠がない以上、どちらかを一方的に責めることはできない。だが、お前たちにはそれぞれ過失がある。まず第一に、後宮で諍いを起こした罪。加えてパネブはウマルに怪我を負わせ、その命を危険に晒《さら》したのみならず、タハルカと隼人を侮辱した」

「お……、お待ち下さい！　私は侮辱など……！　それに、召使い一人怪我をしたからといって、どうだと言うのです！」

つらつらとあげつらわれたパネブが、顔色を変えて慌て出す。

しかしジェセルはパネブの言い訳に耳を貸すことなく、きっぱりと断じた。

「黙れ。ウマルはこの後宮に欠かせぬ働き手だ。彼は立派に自分の務めを果たし、この後宮の、ひいては女王陛下のお役に立っている。その命を軽んじることは許さぬ」

「……っ、で、ですが……！」

「タハルカと隼人への侮辱については、先ほどこの耳でしかと聞いた。彼らの故国を野蛮な属国、未開の地と、必要以上に貶《おと》めたであろう。女王陛下がお認めになった側室を侮辱することは、女王陛下を侮辱するも同じことだ。よってパネブ、お前にはひと月の謹慎を命じる」

「な……！　わ、私に罰を与えるおつもりですか⁉」

ジェセルに言い渡されたパネブが、わなわなと震え出す。ちらりと彼を一瞥《いちべつ》したジェセルが、冷たい声で問いかけた。

「王弟たる私の裁可に異を唱えるのか？　ならば鞭《むち》打ちも追加となるが……」

「……っ、滅相もございません……！」

ギリッと歯を食いしばったパネブが、低く唸るようにそう言い、くるりと後ろを向く。

そのまま自室へと早足で戻っていく背を見送って、ジェセルが隼人に向き直った。

「隼人、お前にも一週間の謹慎を命じる。理由はどうあれ、お前がパネブに怪我を負わせたことは事実だ」

「……分かった」

ジェセルの鮮やかな裁きに少し溜飲《りゅういん》を下げて、隼人は頷いた。

パネブのやったことは許せないが、自分も彼を殴った。その罰は受けなければならない。

本音を言えば、ウマルが味わったのと同じ痛みと苦しみを、自分の手でパネブに味わわせたかった。けれど、きっとウマルはそれを望まないだろう。被害者である彼が望まないことを、自分が怒りのまま行うわけにはいかない。

それに、ジェセルはきちんと、ウマルの味方をしてくれた。召使いだからと軽んじることなくウマルを助け、一人の人間としてウマルの命を尊重してくれたのだ。

(ウマルのことだけじゃない。ジェセルはちゃんと、パネブの言い分も聞いてた。自分に敵意を持ってる相手の言い分も聞いた上で公正な判断を下すなんて、そうできることじゃない)

王族の彼なら、どちらか片方の言い分だけ聞いて、自分に都合のいい方の味方もできただろう。しかしジェセルはそれをしなかった。

そのジェセルの下した判断なら、受け入れようと思える。

「ジェセルがそう言うのなら、おれに異論はない。罰はちゃんと受ける」

きっぱりと言った隼人に、ジェセルが少し意外そうに目を見開き、ふっと表情をゆるめる。

「……そうか」

頷いたジェセルは、先ほどよりも穏やかな声で告げた。

「ウマルの意識が戻るまでは猶予を認める。……そばにいてやれ」

「あ……、ありがとう」

思わぬ計らいに戸惑いつつ礼を言った隼人に、ジェセルが低く呟く。

「……礼を言うのは、こちらの方だ」

「え……」

どういう意味か、と目を見開いた隼人が問いかけるより早く、ジェセルが踵《きびす》を返す。

「タハルカ！」

駆け寄ってきたタハルカが、サラ王女をジェセルの腕に抱き移す。

大人たちのやりとりを一言も発することなく、じっと見守っていた王女は、隼人に向かってぷうっと頬を膨らませて言った。

「……隼人のおやつをいっしゅうかんも食べられないなぞ、妾がいちばんそんではないか？」

「ご……、ごめん、サラちゃん」

返す言葉もありませんと謝った隼人に、ジェセルの腕の中からサラが言い渡す。

「ぱんけーき、ごだんがさねでゆるす。げんきになったらいっしょにたべようと、ウマルに伝えておけ！」

ではな、と手を振ったサラが、ジェセルと共に去っていく。

小さな王女のあたたかな気遣いに心の中で感謝を告げて、隼人はその背をじっと見送り続けた——。

四章

ピラミッド建設の視察に同行する気はないか、とジェセルに誘われたのは、隼人《はやと》の謹慎が解けたその日のことだった。

「ピラミッドって……、あのピラミッド⁉」

驚きのあまり思わず叫んだ隼人に、ジェセルがうるさいと顔をしかめて言う。

「お前の言う『あの』がどのことかは知らぬが、姉上が崩御された際に入られる予定のものだ。これから視察に行くから、隼人も一緒にどうかと思ってな」

「マジか……」

呻《うめ》いた隼人に、ジェセルがまたそれか、と呆《あき》れたような視線を送ってくる。しかし隼人はそんなことも気にならないほど、ジェセルの言葉で頭がいっぱいになっていた。

だって、ピラミッド。

エジプトといえばやはり、ピラミッドは外せないだろう。謎に満ちた巨大な墓について、現代日本ではよくテレビで特番が組まれている。本物を見てみたいと思わない人はいないんじゃないだろうか。

そのピラミッドが、見られる。しかも、実際に建てているところを。

「そんなの絶対、見に行きた……」

一も二もなく頷《うなず》こうとした隼人はしかし、そこでハタと思い留《とど》まった。

後宮の中庭にあるこの小さな東屋《あずまや》では今、久しぶりのお茶会が開かれている。敷物の上には隼人とジェセルの他にもう一人の人物の姿があった。

言わずと知れた、サラ王女である。

(見に行きたいけど、今日はサラちゃんといっぱい遊ぶ約束だからな……)

久々に後宮に遊びに来たサラ王女は今、食べかけのパンケーキを握りしめたまま、うとうとと舟を漕《こ》いでいる。今日は皆で追いかけっこをしたのだが、全力で遊んだ後におやつで満腹になり、眠くなってしまったのだろう。

まだ二段ほど残っているパンケーキに、今にも顔を突っ込みそうになっているサラを見やって口を噤《つぐ》んだ隼人を見て、ジェセルがウマルに声をかける。

「ウマル、王女をお連れしろ。どこかでしばらく昼寝させるように」

「かしこまりました。サラ様、あちらでひと眠りいたしましょう」

頷いたウマルが、サラの手からそっとパンケーキを取って抱き上げる。

蛇の毒も抜けて全快したウマルは、今日はサラ王女から直々に『どくみ』役を仰《おお》せつかり、小さな手でパンケーキを食べさせてもらうという栄誉に与《あずか》っていた。

ご機嫌でウマルにパンケーキを食べさせる小さな王女と、身に余る光栄に頬を紅潮させながらも、しっかり毒味役をこなさねばと真剣な面もちでそれを食べるウマルはなんとも微笑《ほほえ》ましくて、居合わせた大人たちは皆骨抜きだった。

すっかり仲良くなったウマルの腕の中で、王女がむにゃうにゃと不満そうに唸《うな》る。

「いやじゃ……、妾《わらわ》はまだたべる……」

「お目覚めになられたら、またお持ちしますから」

くすくす笑いながらなだめるウマルにしがみついたサラが、やくそくじゃぞ……、と呟《つぶや》きながら寝入る。

ふくふくの頬にパンケーキの欠片《かけら》をくっつけているサラを見て、隼人はなんだか懐かしくなってしまった。

「そういえば満里奈《まりな》も小さい頃、おやつ食べてる途中でよく寝ちゃってたなあ」

電池切れを起こした妹を布団に連れていってやるのは、いつも自分の役目だった。

思い出しながら呟いた隼人に、ジェセルがぴくりと反応する。

「……満里奈というのは確か、お前の妹だったな」

「ああ。あいつ、昔から食い意地張っててさ。起きるといつも、私のおやつ！　って叫ぶんだよ。うっかり片付けようもんならもう、泣き喚《わめ》いてなだめるのが大変で……」

（……会いたいなあ）

一つ思い出すと、あんなこともあった、と次々に記憶が引きずり出されてくる。

こちらに来る直前、シェアしてやったパンケーキとクレープにご満悦だった妹を思い出し、すっかり懐かしくなってしまった隼人だったが、ジェセルは何故《なぜ》か面白くなさそうな顔で言う。

「そういえばお前はここに来た時も、随分とその妹のことを気にかけていたな。なんだ、将来の約束でもあるのか」

「将来の約束？」

どういう意味かと聞き返した隼人に、ジェセルが腕組みしつつ憮然《ぶぜん》と聞いてくる。

「妻にするのか」

「つまぁ⁉」

思ってもみなかった単語が飛び出してきて、隼人は大声を上げていた。んむ、とむずがったサラを見て、ジェセルが眉を寄せる。

「声が大きい」

「わ、悪い。……いや、そういうんじゃないから。満里奈はただの妹だよ」

そういえばジェセルは姉であるアイーシャと結婚しているんだったと思い出しつつ答える。

「おれの国では、兄妹で結婚することはなくてさ。ちょっと年が離れてて、それでなにかと面倒見てやってただけ」

「……そうか」

フンと鼻を鳴らしたジェセルが、ならばよし、と呟く。

(ならばよし？？？)

なにがいいのか分からず困惑した隼人をよそに、少し表情を和らげたジェセルはサラへと手を伸ばした。幼い姪《めい》の頬からそっとパンケーキの欠片を取ってやり、優しい声で言う。

「タハルカ、王女の護衛を頼む。夕方には戻る」

は、と一礼したタハルカがウマルと共にサラを連れていったところで、ジェセルが先ほどの問いを再び口にする。

「それで、どうする？　あの分では、王女は夕方まで目覚めぬだろう。お前も暇を持て余すのではないか？」

すました顔でお茶を飲みながら聞くジェセルの前には、すっかり空になった皿が残されている。今日は毒味の必要がなかったにもかかわらず、五段重ねのパンケーキタワーをぺろりと平らげた男は、どうやらどうしても自分を連れ出したいらしい。

(……なんでだ？)

ジェセルの意図が分からず、隼人は内心首を傾《かし》げてしまった。

「そりゃ行きたいけど……。でもおれ、外に出てもいいのか？　謹慎解けたばっかだけど」

自分がここに来た当初、ジェセルは部屋から出るなとまで言っていた。

むしろしばらく大人しくしていろと釘《くぎ》を刺してきそうなものだがと思いながら聞いた隼人に、ジェセルが何故だか視線を泳がせて言う。

「……お前はあの時、私が言うなら異論はないと言っただろう」

「え？　ああ、うん」

確かにあの時、ジェセルの裁きならちゃんと罰を受けると言った。そのことだろうかと首を傾げた隼人に、ジェセルが言う。

「だからだ」

「……もう少し詳しく説明してくれませんかね、ジェセルサマ」

言葉が足りないんだよ言葉が。なにがどうしてそうなったか、ちゃんと説明しやがれと口元をひくつかせる隼人に、ジェセルが渋々といった様子で口を開く。

「あの時、パネブは私に逆らうことを恐れて罰を受け入れたが、お前は私を信頼し、私の言うことならと不満を呑《の》み込んで罰を受け入れた。……そのような者は、初めてだった」

「…………」

「もちろん、今までも私の言うことだからと従う者は多くいた。だがそれは、私が王族に名を連ねる者だからだ。王族の言うことは絶対だというだけで、そこに私個人への信頼はない」

それは、ジェセルにとっては当たり前のことなのだろう。淡々と語るジェセルの声には、なんの感傷も滲《にじ》んでいなかった。

「だがお前は、私を恐れてはいない。お前だけは、私に盲目的に従うことはない。そのお前が罰を受け入れたのは、私のことを信頼したからなのだと、そう思った」

一度瞬《まばた》きしたジェセルが、こちらをまっすぐ見据《みす》えて言う。

「あの時の裁きに、過ちはない。だが、お前が私を信頼したように、私もお前がさしたる理由もなく暴力を振るうような男だとは思っていない。そのお前に一週間、窮屈な思いをさせたことは事実だ。……だからだ」

もう少しどころか、だいぶ詳しく説明してくれたジェセルに、隼人はしばらくの間呆気《あっけ》に取られていた。

(……え？　つまりジェセル、おれに悪いことしたって思ってるのか？)

どうやらジェセルは、隼人がパネブを殴るにはそれなりの事情があったと思っているが、あの場では双方に罰を与えるしかなかったことを後ろめたく思っているらしい。その埋め合わせで外に連れて行こうとしている、ということか。

(しかも、おれがジェセルを信頼したようにって……)

確かにあの時自分は、ジェセルの下した判断なら受け入れようと思った。それは、ジェセルが公正な人間だと思ったからだ。

気にくわない相手だけれど、人間性は信頼できる。

自分がそう思ったように、ジェセルも自分のことを信頼できる人間だと思っている――。

「…………」

驚きすぎて無言になっている隼人に焦《じ》れたのか、ジェセルが若干早口で言い募る。

「別に、お前が行きたくないのなら来なくていい。ただ私は、お前が外に出なければカビが生えるとまで言うから、後宮の管理を任された身として一応は気にかけてやらねばと思っただけで……。……っ、それで、行くのか行かないのか、どっちだ！」

言っていて自分でも言い訳がましいと思ったのだろう。しまいには憮然とした表情で唸る。

（いや、ツンデレかよ）

ジェセルのあまりにも見事なツンデレっぷりに我に返った隼人は、こっそり苦笑を零《こぼ》しつつ立ち上がって言った。

「行く行く。ピラミッド、めっちゃ見たい。おれもついでに連れてってくれよ、ジェセル」

「……よかろう」

どうやら王弟殿下は、ねだるような言い方がお気に召したらしい。途端に機嫌がよくなったジェセルの後に続いて歩き出しながら、隼人はこっそり笑いをかみ殺した。

そういえば今日は、ジェセルと縮めて名前を呼んでも、いつものように文句を言われていない。隼人とこちらを呼ぶ声に以前のような刺々《とげとげ》しさはないし、こんなに感情を露《あら》わにしているのも初めてだ。

（これは本格的に懐かれたかもなあ）

胸の奥に込み上げてくるくすぐったさを堪《こら》えつつ、隼人は前を行くジェセルの背を見つめた。

今日も今日とて上半身裸の彼は、素肌に直接アクセサリーを着けている。なめらかな褐色の肌に黄金を光らせたジェセルの足取りは軽く、どうやら相当ご機嫌麗しいご様子だ。

（おれが誘いに乗ったのがそんなに嬉《うれ》しいとか、なんかちょっと可愛《かわい》くね？　っていうか、本当はちゃんとおれのこと信じてくれてたとか、かなり嬉しいんだけど）

この一週間、後宮にあてがわれた自分の部屋で謹慎していた隼人は、ウマル以外の誰とも会わなかった。じっとしているのが苦手な隼人にとってかなりつらい一週間だったが、それでもケンカは両成敗と相場が決まっているし、あの裁きは公正だったと納得もしている。

けれどそれはそれとして、ジェセルが自分のことを、理由もなく暴力を振るうような男ではないと思ってくれていたのは嬉しい。彼は隼人がどんな人間なのかきちんと理解し、そして信じてくれていたのだ。

（……なんだよ。やっぱいいやつじゃん、ジェセル）

パネブとの諍《いさか》いの時も、公正な判断ができる彼のことを見直したけれど、今日のこれはそれ以上だ。

ピラミッドを見に行けるというだけでなく気分を昂揚《こうよう》させながら歩いていた隼人だったが、その時、王宮の外廊下を進んでいたジェセルが唐突にぴたりと足をとめる。

見ると、一人の女性が大勢の侍女や護衛を引き連れて向こうから歩いてきていた。

真っ白な亜麻布のドレス姿の女性は、色とりどりの宝石が連なった首飾りや腕輪を幾つも身に着けている。全身飾っていないところはないほどで、金色に輝くサンダルにまで、キラキラと宝石がちりばめられていた。

左右に従えた侍従に色とりどりの羽根で飾りたてた団扇《うちわ》で自分を扇《あお》がせ、悠然《ゆうぜん》と歩いてくる彼女をまっすぐ見据えたまま、ジェセルが低く呟く。

「……ネフェルタリだ」

「っ、あれが……」

息を呑んだ隼人が見つめているのに気づいたのだろう。近づいてきたネフェルタリが、ぴくりと眉を跳ねさせてジェセルに問う。

「ジェセル殿、その者が噂《うわさ》になっている異国の王子ですか？　新しく後宮に入ったと聞きましたが……」

無遠慮にじろじろと隼人を見たネフェルタリは、大ぶりな宝石がついた指輪がいくつも嵌《は》まった手で口元を隠すと、ころころとおかしそうに笑いながら言った。

「早々に問題を起こしたそうですが、陛下も何故そのような者を側室に迎え入れたのか……。私にはとても理解ができませぬ」

鮮やかな紅が引かれた唇から、辛辣《しんらつ》な言葉が飛び出す。眉を寄せ、くっくっと小馬鹿にしたような笑いを零すネフェルタリに呆気に取られた隼人だったが、その時、ジェセルが一歩前に進み出た。

「控えられよ、ネフェルタリ殿。隼人は陛下がお決めになられた正当なる側室。それに彼は、ただの異国人ではありません。彼は、ホルス神の使いです」

（……え？）

わけの分からないことを言い出したジェセルに、隼人はぱちくりと目を瞬《しばたた》かせた。

ホルス神の使い？　――自分が？

戸惑う隼人をよそに、ジェセルが続ける。

「ホルスの加護を受けた彼に害を為《な》そうとする者は、神々の怒りを買うことになるでしょう。そのこと、御身もよく肝にお銘じ下さい」

「……仰《おつしや》る意味が分かりかねますわ」

静かに答えたネフェルタリの口元を隠す手の端から、くっと歪《ゆが》んだ唇が一瞬見える。

と、ネフェルタリはすぐ、にこりと美しい笑みを浮かべて軽く一礼し、何事もなかったように通り過ぎていった。

「……女狐《めぎつね》め。行くぞ、隼人」

小さく悪態をついたジェセルが、再び歩き出す。その背を小走りに追って、隼人は聞いた。

「なあ、今のなんだよ？　おれがホルス神の使いって……」

「隼人がそう言ったのだろう？　王女が仰っていたぞ」

平然と答えるジェセルに、そんなわけないと返しかけて目を見開く。そういえば言った。

「いやでもそれは、おれの名前がたまたまハヤブサっていう意味で……」

「ならば問題あるまい？　嘘《うそ》はついていないのだからな」

しれっと言うジェセルに、隼人は困惑してしまう。

「だとしても、なんでわざわざあの人にそんなこと言ったんだ？」

ジェセルの話では、ネフェルタリはアイーシャ女王を敵視しているとのことだったし、確かに彼女からはこちらへの敵意を感じた。しかし、自分はアイーシャ女王側の人間とはいえ、表向きはただの末席の側室だ。

自分に危害を加えると神の怒りを買うなんて、わざわざそんな脅しめいたことを言う必要はないのではないか。

「肝に銘じておけって、そんなのまるで……」

言いかけた隼人だが、その時唐突にジェセルが足をとめる。つられて足をとめた隼人に、ジェセルが問いかけてきた。

「そういえば隼人、馬には乗れるか？」

「……は？」

顔を上げた隼人に、ジェセルが馬だ、と繰り返して指さす。

その先には、何頭もの馬が繋《つな》がれた厩舎《きゅうしゃ》があった——。

木でできた大きなソリの上に乗せられた巨石が、野太いかけ声と共に動いていく。汗を浮かべてソリを引く半裸の男たちを眺めて、隼人は感嘆の声を上げた。

「博物館の模型とそっくりじゃん……」

「モケイ？」

怪訝《けげん》な声が、隼人の背後から上がる。馬に乗ったことはないと答えた隼人を、問答無用で自分の前に乗せたジェセルだった。

ジェセルと共に王宮を出た隼人は、馬で少し離れたピラミッドの建設現場を訪れていた。

馬上からの目線の高さにも慣れてきた隼人は、ジェセルの愛馬の真っ黒なたてがみに摑《つか》まって説明する。

「昔の人の生活はこうだったんじゃないかとか、人形とか使って再現したやつのこと。おれ、ここに来る前、ちょうどピラミッド建設の模型を見てたんだよ。奴隷の人たちが、ああやって一生懸命石を引いててさ」

もし奴隷が監督役の役人に鞭打《むちう》たれる場面に出くわしたらどうしようと、ちょっとびびっていたが、今のところ彼らを監督しているらしき役人の手に鞭は見あたらない。

期待していたわけではないが少し拍子抜けした隼人に、ジェセルがムッとしたように言う。

「彼らは奴隷などではない」

「え？」

「彼らは誇り高きエジプト人だ」

きっぱりと言ったジェセルが、馬首を巡らせる。ゆったりと歩き出した愛馬の上から立ち働く人々を見渡して、ジェセルは隼人に告げた。

「アケトの四ヶ月間、農地はナイルに呑み込まれる。ナイルの氾濫《はんらん》は豊かな恵みをもたらすが、農地が使えぬ間、民は収入の手だてを失う。ピラミッドや神殿の建設は、王の権威を世に広く知らしめるとともに、民を餓えさせぬための手段だ」

石を引く人々から少し離れると、そこには立派な集落があった。大きな竈《かまど》ではパンが焼かれ、ビールが入っていると思《おぼ》しき壺《つぼ》がいくつも並んでいる。

交代で食事をとっているのだろう、木陰に集まり、談笑しながらパンや焼いた魚を食べている男たちは、どう見ても過酷な強制労働を強いられている奴隷には見えなかった。当然ながら、その体に鞭の痕《あと》などもない。

こちらには気づいていない彼らをそっと遠くから見守って、ジェセルが続ける。

「彼らはアケトの間ここで働き、終われば家族の元へ帰る。それぞれの畑に小麦を蒔《ま》き、その実りが我が国を一層強くする」

大国エジプトの圧倒的な国力は、ナイルの賜《たまもの》と呼ばれる豊かな実りに支えられている。そしてそれは、一粒の小麦、一人の農夫が、一年一年、歴史を積み上げてきたものなのだ――。

砂漠に吹く熱い風に黄金の髪をなびかせながら、ジェセルが言う。

「彼らは偉大なる王のために集まってくれた、大切な民たちだ。決して奴隷などではない」

「……悪かった」

先入観から勝手な思い込みをしていたことを、隼人は謝った。

「こんな大きなピラミッド、たくさんの奴隷が無理矢理働かされでもしない限りできないだろうって、そう思ってた。でも、違ったんだな」

彼らは自分たちが尊敬する王のため、そして自分たちが生きるために、この場にいる。その姿は逞《たくま》しく、力強く、美しかった。

「おれ、誤解してたみたいだ。ごめん、ジェセル。……教えてくれてありがとう」

言いながら、ジェセルに謝るべきことではないかもしれないなと思ったので、礼も付け加える。すると、隼人越しに手綱を握っていた手が片方離れ、腹部にそっと回された。

ぐっと体を引き寄せられ、隼人の背にジェセルの熱い肌が当たる。瑞々《みずみず》しい睡蓮《すいれん》のような香りが、ふわりと香った。

「お前のその、まっすぐに謝るところと、すぐに感謝を述べるところは、嫌いではない」

「え……」

目を瞠《みは》る隼人の耳元で、ふっと、笑み混じりの吐息が弾《はじ》ける。

「いや、正直に言えば……、好ましいと、思っている」

「な……」

「ジェセルウナス様！」

近すぎる距離で聞こえたその甘い声に思考が停止した隼人だったが、その時、一人の青年が走り寄ってくる。

白い頭巾を被《かぶ》った彼は、どうやら現場の監督をしている役人のようだった。年齢はまだ若そうで、二十そこそこに見える。

近くまで走り寄ってきた彼は、片膝をつくとジェセルに向かって頭《こうべ》を垂れた。

「わざわざ足をお運び下さり、光栄にございます！」

「ああ、ナクトか。ちょうどよかった。お前に話を聞きたかったのだ」

青年に視線を向けたジェセルが、すっと身を起こして隼人から離れる。

遠くなった睡蓮の香りに、隼人はそれでもまだ頭の中が真っ白に固まっていた。

（え？　今の……、え？　……え？）

静かに混乱している隼人をよそに、ジェセルが馬上からナクトに問いかける。

「その後、滞りなく引き継ぎは済んだと聞いているが、不都合はないか？」

「はい、ジェセルウナス様の迅速なご配慮のおかげで、現場の者たちも安心して働けるように

なりました」

「ナクトの手腕が見事だからだろう。私はなにもしていない」

謙遜《けんそん》めいたことを言ったジェセルが、思いついたように言う。

「ああ、新しい上役にも念のため釘を刺しておきたいのだが、今どこにいる?」

「あちらへ……、ご案内致します!」

勢いよく言ったナクトだが、ジェセルは首を横に振ってそれを断った。

「よい。それよりナクト、この隼人をどこか日陰に案内してやってくれるか。彼は女王陛下の後宮に新しく入った側室だ」

「かしこまりました。どうぞお任せ下さい!」

嬉しそうに請け負うナクトに頷いて、ジェセルが隼人に声をかけてくる。

「隼人、そういう訳だから、馬から降りろ」

「……え?」

「降りろ」

繰り返し言っても、脳に言葉が浸透せずぽかんとしている隼人に焦れたように、ジェセルが後ろから隼人の脇に手を差し込む。ひょいっと持ち上げられそうになった隼人は、そこでようやく我に返って慌てた。

「な……っ、じ、自分で降りる!」

「……細いな」

「ううううるせー！　お前と比べるな！」

自分でもどうかと思うくらい分かりやすく動揺しながら、隼人はジェセルの手を振り払って馬から飛び降りた。

地面に着地した隼人を見て、ジェセルが言う。

「すぐ戻るから、しばらく休んでいろ。ナクト、頼んだ」

は、とかしこまるナクトに頷いて、ジェセルが馬首を返す。

護衛たちと共に去っていく馬上の背を見送りながら、隼人は改めて首をひねった。

（……今の、なんだったんだ？）

嫌いではないと言われた後、わざわざ好ましいと言い直された。

甘く香った睡蓮の香り。それより数段甘かった、低い囁《ささや》き。

近すぎるくらい近かった、熱い肌──。

「隼人様」

「……っ」

考え込んでいる最中に声をかけられ、隼人はびくっと肩を震わせた。隼人の反応に、ナクトが慌てて詫《わ》びる。

「も、申し訳ありません……！」

「あっいや、おれがぼーっとしてたせいだから、謝らないで下さい。えーと、ナクトさんだっけ？　顔を上げて下さい」

「そ……っ、そのような呼び方、恐れ多い……！　どうぞ、ナクトと……」

なだめようとしたのに、かえって恐縮したナクトは地面に平伏して額を擦《こす》りつけようとする。

隼人は慌てて片膝をつき、彼の肩を抱き起こした。

「わ、分かった。分かったから。あの、じゃあナクト、案内をお願いしてもいいかな？」

ぼうっとしていたのでろくに聞いていなかったが、ジェセルは確かこの青年に自分を日陰に連れていくよう頼んでいた。馬上ではジェセルの体の陰にいたから分からなかったが、確かにずっと謹慎していた今の自分に強い日差しはちょっと厳しい。

頼んだ隼人に、ナクトがパッと顔を輝かせる。

「もちろん、お任せ下さい！」

嬉しそうに笑ったナクトが、ようやく立ち上がる。

こちらへどうぞ、と先導する彼の後に続いて、隼人はゆっくり歩き出した。ジェセルが残していった護衛たちが、後ろからついてくる。

（……さっきのは結局、なんだったんだ？）

ひと呼吸置いたことでようやく冷静になった頭で、先ほどのことを思い返す。

抱きしめられるような格好だったし、好ましいと思っているだなんて、なんだか告白めいた言葉にびっくりして一瞬パニックに陥ってしまったけれど、自分たちは男同士だ。きっと深い意味はないのだろう。

そもそも彼には、アイーシャという伴侶がいる。誠心誠意アイーシャを支えている彼が、形だけとはいえ一応は側室である自分にそういう意味で好意を抱くことなど、ありえない。

おそらくジェセルは、今まで友達がいなかったから、距離感がおかしいのだろうと結論づけて、隼人はふっと苦笑を浮かべた。

（懐いたら全力で距離詰めるって、ほんとに獣っぽいなあ、あいつ）

ゼロか百しかないのかよ、とくっくっと笑いを噛《か》み殺した隼人に、ナクトが不思議そうな顔で振り返る。

「隼人様？」

「ん、ああ、なんでもない。そういえば、ジェセルは誰に会いに行ったんだ？　なんか、釘を刺すとかなんとか言ってたけど……」

てくてく歩きながら問いかけると、ナクトが声を弾ませて教えてくれる。

「ジェセルウナス様が会いに行かれたのは、私の上司です。私はこちらで小麦の管理をしているのですが、実はつい先日、上司が替わったばかりなのです。前の上司は立場を利用して私腹を肥やしていて……、私がそのことを王宮に訴え出ました」

こちらへどうぞ、と促したナクトが、小高い丘の上に設《しつら》えられた東屋に隼人を案内する。屋根のあるそこはちょうど風の通り道で涼しく、建設現場で働く人たちの様子が一望できた。

あちらが私が普段働いているところです、と倉庫を指さしながら、ナクトが言う。

「私が王宮に訴え出ることを決意した時、周囲は皆無駄だからやめておけと言いました。下級役人の訴えなど、誰も耳を貸さないと。しかしジェセルウナス様は、私の訴えを直接聞き届けて下さいました」

おそらくそれは、これまででは考えられなかったことなのだろう。

思い出して涙ぐみさえしているナクトに、隼人は言った。

「おれの世話してくれてる子も、アイーシャ女王が王になって、世の中がいい方に変わったって言ってた。アイーシャ女王とジェセルのおかげで、有能な平民も重要な役職に就けるようになったって」

「ええ、その通りです。私もジェセルウナス様のお取り計らいで、学びの機会をいただけることになりました」

心底嬉しそうに、ナクトは顔を輝かせて続けた。

「ジェセルウナス様は私に、もっと学んでもっと出世せよ、と仰いました。お前のように不正を許さない者が、上の役職に就くべきだ、と。昼間は仕事、夜は勉学と寝る暇もありませんが、女王陛下のためのピラミッド建設に携わりながら勉強までできるなど、私は幸せ者です」

微笑むナクトに、隼人はウマルの言葉を思い出した。

――民は皆、アイーシャ様とジェセルウナス様を心から尊敬しています――。

（本当に、ジェセルとアイーシャ女王は皆に慕われてるんだな……）

眼下に広がる建設現場では、多くの人々が立ち働いている。測量の道具を使って確認している役人、巨石を所定の位置に積み上げていく人足たち、少し離れたところでオベリスクを彫る職人、休憩中の人々にパンを配る者。

この人たちは皆、尊敬する王のために集まった人々なのだ――。

「……きっと立派なピラミッドができるよ」

博物館で見たアイーシャ女王のピラミッドの写真を思い返して、隼人は請け合った。

しかし隼人の言葉を聞いた途端、ナクトは表情を曇らせる。

「ええ、私もそう願っています。ですが……」

「？　なにか問題でもあるのか？」

気になって問いかけた隼人に、ナクトが躊躇《ためら》いがちに告げる。

「実は、現場監督をしている友人から、最近人手が減ってきていると聞いているのです。なんでも、他の現場に人手が流れてしまっているとかで……」

「他の現場？」

いったいどういうことなのかと首を傾げた隼人に、ナクトが言いにくそうに告げる。

「これはすでにジェセルウナス様にもご報告しているのですが……、ネフェルタリ様がご自身の神殿建設のために広く人を集めていらっしゃるようなのです。そちらではワインが報酬として振る舞われているらしく、おそらくそれを目当てに人が集まっているのだろう、と」

「ワインって……」

そんなもので、と拍子抜けしかけた隼人は、以前ウマルに聞いた話を思い出した。確かワインは高級品で、庶民の食卓には滅多に上らないはずだ。

(でも、高級品のワインを報酬にするなんて、どうしてそんなことができるんだ?)

集まった働き手全員に毎日振る舞うとなれば、相当な量だ。ネフェルタリはどうやって調達しているのだろうか。

疑問が顔に出ていたのだろう、ナクトがカラクリを説明してくれる。

「ネフェルタリ様は、ご自身で所有する農地で葡萄《ぶどう》を作らせているのです。そこで作らせたワインを、ビールで薄めて出しているようです」

「……ちゃんぽんじゃん」

一応、白ワインとビールで作るビアスプリッツァーというカクテルはあるが、この場合はちゃんぽんだろう。

呆れかえった隼人に、ナクトがチャンポンとは、と不思議そうな顔をしつつ続ける。

「そういうわけで、出されているのはワインとは到底呼べない粗悪品なのですが、庶民はそもそもワインを知りませんので、騙《だま》されていることにも気づかず……。滅多に口にできぬワインが飲めるとの噂ばかりが膨《ふく》らみ、連日続々と人が集まっている様子なのです」

「……まあ、その人たちの気持ちは分かるよなあ」

粗悪品をワインだと偽って人を集めているネフェルタリのやり口はどうかと思うが、それに惹《ひ》かれてしまう庶民の気持ちは分かる。

誰だって、滅多に口にできないものが振る舞われると聞けば、心が動かないわけがない。古代エジプトは食材が豊富とはいえ、現代に比べたらやはりバリエーションに乏しいし、庶民の食卓となれば尚更《なおさら》だ。

同じ労働をするならば、より報酬の魅力的な方を選ぶのは当然のことだろう。――だが。

「それにしたって、ネフェルタリのやり口は卑怯《ひきょう》すぎないか？　ケンカ売るにしても、ナメくさってる」

「な……、なめ……？」

「あー、バカにしてるって言ったら分かるか？　こっちのこと見下してるって意味」

不機嫌に唸りながら説明した隼人に、ナクトはなるほど、と頷いて続ける。

「私も、隼人様の仰る通りだと思います。そもそも王や王妃以外の者が自分の神殿を建てるなど、あってはならないことなのです。ですがネフェルタリ様は、ご自身は国母なのだからと仰って工事を強行して……」

「えっ、そうなのか？　でも、正式にはまだ国母じゃないだろう？」

彼女の立場は、今はあくまでも前王の側室だ。息子が即位する前に国母を名乗っていいものなのかと驚いた隼人に、ナクトが腹に据えかねるといった様子で告げる。

「もちろん、今のネフェルタリ様が国母の称号を名乗るなどもってのほかです。しかし、ネフェルタリ様は一事が万事この調子なのです。女王陛下の決められた以上の作物を民から取り立てて私腹を肥やし、それを咎《とが》められても、国母の自分に命令できるのは正当なる王だけだと突っぱね……」

「……やりたい放題じゃん」

どうやらネフェルタリは、権力を笠《かさ》に着て随分と横暴な真似《まね》をしているらしい。

以前アイーシャもネフェルタリは強欲な女だと言っていたが、確かにそんな人間に政治の実権が渡ったら、この国は滅茶苦茶になってしまうだろう。

(どこの世界にもいるんだな、自分さえよければって人間は)

顔をしかめる隼人に、ナクトが頷いて言う。

「本当にその通りなのです。今回のように働き手を奪うのも、女王陛下への嫌がらせにほかなりません。ですがこのまま人手が減り続けてはいつまで経《た》ってもピラミッドが完成しませんし、女王陛下のご威光に傷がつきます」

「ネフェルタリの狙《ねら》いはそれか……」

隼人が唸ると、ナクトもおそらく、と苦々しい表情を浮かべる。一見しただけでは分からなかった事情を垣間見《かいまみ》て、隼人は改めて建てられている途中のピラミッドを見つめた。

眼下の建設現場では、大勢の人々が動き回り、誰もが懸命に作業に従事している。だがこのままでは、ピラミッドは無事に完成しないかもしれないのだ。

（……ちょっと待てよ。それって、歴史が変わっちゃうってことじゃないか？）

博物館で見た立派なアイーシャのピラミッドの写真を思い返して、隼人はふと気づいたその事実に目を見開いた。

もしも、このピラミッドが完成されなかったら。そんなことになったら、自分の知っている未来は確実に変わってしまう。

それはかなり、否、とてもまずいのではないだろうか。

いくらエジプトが日本からは遠く離れていて、これまで自分とはあまり関わりのない国だったとはいえ、変わってしまったその未来に自分は戻れるのだろうか。

もしもまるで違う世界になっていて、自分の戻る場所がなくなっていたら――？

（……でも、いくらなんでもそこまで大きく歴史が変わるなんてこと、あるのか？）

焦燥に駆られつつ、隼人はじっと立ち働く人々を見つめた。

自分が過去に来たことで、もしかしたらなにか歴史に影響しているのかもしれないが、それにしてもここまで大きな影響が出るとは思えない。だとすれば、今のこの状況は放っておけばいずれ解決するのではないだろうか。

（けど、もし解決しなかったら？　もしも、このままピラミッドが完成しなかったら？）

万が一そんなことになれば、自分は帰る世界を失うのではないか。

無事に家族の元に戻ることは、できないのではないか――。

（……そんなこと、きっとない）

胸の奥に広がる不安感を、隼人はぐっと拳《こぶし》を握りしめて抑え込んだ。

今のこの状況は、ジェセルにも報告が上がっていると、ナクトは言っていた。ならばきっと、彼がなにかしらの手を打つはずだ。

（きっとそれがうまくいって、人手は戻ってくる。ピラミッドはちゃんと、完成する）

隼人が自分に言い聞かせるようにそう思った、――その時だった。

少し離れた場所で、ワッと声が上がる。

「大丈夫か⁉」

「おい、誰か監督官を呼んで来い！」

喚《わめ》く男たちは、どうやら誰かを取り囲んでいるらしい。どうしたのかと様子を窺《うかが》っていると、気づいたナクトが教えてくれる。

「おそらく、暑さに耐えかねて倒れた者が出たのでしょう。残念ですが、ああなっては手の施しようがありません」

「えっ、なんでだ⁉」

暑さに耐えかねて倒れたのなら、熱中症ということだろう。

すぐに処置をすれば助かるだろうに、手の施しようがないというのは一体どういうことだと驚いた隼人に、ナクトが悲しそうに言う。

「あの者はラーの怒りを買い、ああなったのです。神々の怒りを鎮めるためには祈るしかありませんが、砂漠で倒れた者はいくら祈ってもそのまま命を落とす者がほとんどなのです」

「……っ、そりゃそうだろ！」

あんまりにもあんまりだった処置に思わずそう叫んで、隼人は東屋を飛び出していた。

「隼人様⁉」

「ナクト、一番近い水場は⁉」

慌てて追いかけてくるナクトを振り返りつつ、人だかりへと駆け寄る。あちらに、と戸惑いながらもナクトが指さした方向を確認して、隼人は集まった人足たちに叫んだ。

「すみません、誰かその人、あっちの水場に運んで下さい！」

突然駆け寄ってきた肌の色の異なる隼人に、男たちが戸惑った表情を浮かべる。高価なアクセサリーを着けていない隼人は、どう見ても身分が高そうには見えず、かといって役人であるナクトと一緒にいる異国人がどういう地位の人物か、計りかねているのだろう。

顔を見合わせる彼ら越しに地面に倒れている男が見えて、隼人は語気を強めた。

「早くしないと、助かる命も助からなくなる！　誰でもいいから手を貸してくれ！」

「し……、しかし、ラーの怒りに触れた者に触れれば、こっちまで怒りを買うかもしれないだろう」

人だかりの中の一人が、戸惑ったように言う。

「可哀想《かわいそう》だが、俺たちにできるのは祈ることしか……」

「っ、じゃああんた、自分が同じ目に遭ったとして、誰も助けてくれなくても仕方ないって思えるのか⁉」

信じられないような理由で迷う男を睨《にら》んで、隼人は叫んだ。

「今すぐ助ければ助かるのに、仲間を見殺しにするなんて、どう考えたってそっちの方が罪深いだろ！」

「け、けど……、なあ？」

戸惑う男が、周囲の仲間たちと顔を見合わせる。隼人は焦れて彼らをかき分け、倒れた男に駆け寄った。

「っ、もういい！　どいてくれ！　大丈夫か、今助けるからな！」

こうなったら一人でもやるしかないと彼を担ごうとしたところで、ナクトが進み出てくる。

「隼人様、私もお手伝い致します！」

「本当か、助かる！　ありがとな！」

ナクトと二人がかりで男を水場近くの日陰へと運び、無我夢中で井戸へ駆け寄る。

「どいてくれ！」

ついてきた人々を下がらせ、隼人は汲《く》んだ水を男の体にバシャッと浴びせた。

「ナクト、他に井戸は⁉」

「あちらに！　汲んで参ります！」

「お……、俺も手を貸すぜ！」

走り出したナクトを見て、人だかりの中から一人が名乗りを上げる。すると、俺も、と次々に手伝いを申し出る者が現れ始めた。

「ありがとう！　とにかく水、たくさん運んできて！　あと、誰か布と塩、持ってきて！」

鬼気迫る勢いで指示する隼人に、人々が慌てて井戸や厨房《ちゅうぼう》へと走る。

隼人は持ってきてもらった布を水で濡《ぬ》らすと、軽く絞って男の首と太腿《ふともも》を冷やし始めた。余った布にも水を含ませ、男の口元で絞って水を飲ませる。

「しっかりしろ……！　頑張るんだ！」

苦しそうに呻く男を介抱し続けていた隼人に、厨房から戻ってきた一人が息を弾ませて告げる。

「すまん、塩は駄目だった！　王からお預かりしている大切な食材だからと！」

「……っ、この人だって、女王陛下のために一生懸命働いてる大事な働き手だろうが……！」

唸る隼人に、一同が息を呑む。

「あ……、あんた、一体……」

「おれのことはどうでもいい……！　そこの人、この人の処置、頼む！　首と太腿中心に冷やして、この布で水飲ませててくれ！　すぐに塩もらってくるから……！」

こうなれば自分が行って直談判しようとした隼人だったが、その時、辺りがざわめき出す。人だかりの向こうから姿を現したのは、ジェセルだった。

「なんの騒ぎだ？」

馬から降りて歩み寄ってきたジェセルに、隼人は顔を上げて頼んだ。

「ジェセル、いいとこに！　塩！　厨房から塩持ってきてくれ！」

「塩？　なんに使うのだ」

怪訝な顔をして問いかけるジェセルに、隼人は叫んだ。

「いいから早く！　この人の命がかかってる！」

「……よく分からぬが、塩があればいいのだな？」

隼人の慌てようを見たジェセルが、部下に塩をと指示する。すぐに運ばれてきた塩を水に溶かして、隼人はそれを男に飲ませた。

「頑張れ……！」

祈るように思いながら、懸命に男の体を冷やし、塩水を飲ませ続ける。

やがて、男の瞼《まぶた》がぴくりと動き、彼が低い呻き声を漏《も》らした。

「……ここ、は……？」

「気がついた！」

男の顔を覗《のぞ》き込んで、隼人は勢いよく聞く。

「大丈夫か⁉　気分は⁉」

「あ……、あんた、は……？」

突然現れた見慣れない異国人に、男が訝《いぶか》し気な顔をする。その目に光が戻っているのを見て、隼人はほっと胸を撫《な》で下ろした。

「よかった、もう大丈夫そうだな！　誰か、この人建物の中に連れてってあげて。とにかく水分とらせて、安静にさせて……」

言いかけた隼人は、周りが皆ジェセルに向かって平伏していることに気づいた。

これでは誰も、彼の手当ての続きができない。

「……ジェセル」

不服そうに唸った隼人に、ジェセルがため息をつく。

「……私のせいか？」

彼の言う通りに、と命じたジェセルに、人々が戸惑ったように顔を見合わせる。

びしゃびしゃに濡れた手で前髪を搔《か》き上げながら、隼人はもう一声、と苦笑混じりにジェセルを促したのだった。

帰りは後ろがいいと言ったのは、ちょっと失敗だったかもしれない。

(摑まりにくいんだよ、この裸族め！)

厳密に言えばジェセルは下半身には布を巻いているから裸族ではないのだが、隼人の視界にはむき出しの背中しか映っていないのだから、こちらの気持ち的には同罪だ。

ピラミッドの建設現場で熱中症の男を助けた後、隼人はジェセルと共に帰路に就いていた。

揺れる馬の上、ジェセルの後ろに乗せられた隼人は、彼の腰布をしっかりと摑んで思いつく限りの熱中症対策を並べたてる。

「まず、適度な水分補給と休憩だろ。あと、塩分補給な。水だけじゃ駄目」

愛馬の手綱を操りながら、隼人を振り返ることなくジェセルが聞いてくる。

「何故だ？」

「水だけだと体に取り込まれにくいんだよ。ほら、汗ってしょっぱいだろ？　汗で出た分の塩分を取り込まないと。肉体労働してる人はたくさん汗かくから、その分塩分が必要なんだ」

説明する隼人に、ジェセルがふむ、と考え込む。今後現場でどう取り入れるか考えているのだろう彼に、隼人は続けて告げた。

「それでも倒れちゃったら、すぐ日陰で体冷やして、安静にしなきゃ駄目だ。冷やす時は首とか太腿を冷やすと回復が早い」

「……ああ、血を冷やすのか」

隼人の説明を聞いて少し考え込んだ後、ジェセルが納得したように言う。即座に原理を理解したジェセルに、隼人は驚いてしまった。

「ジェセル、医術の知識もあるのか？」

「人体のひと通りの造りは、知識として学んでいる。あとは、戦場で得た知識だな。敵の首や腿を切ると、他の箇所よりも大量の血が出る。太い血管が通っている証《あかし》だ。そこを冷やせば体も早く冷えるのは道理だろうなと思った」

「………………」

思っていたより物騒な知識の出所だった。

後ろで隼人がしょっぱい顔をしたことなど露知らず、ジェセルが問い返してくる。

「私より隼人の方がよほど不思議だ。見たこともないような甘味を次々作り出すかと思えば、あのように見事な手際でラーの怒りに触れた者を蘇《よみがえ》らせ……。お前は本当に、何者なのだ？」

「……おれは、普通の人間だよ」

ただ、ここより三千年後の世から来たというだけだ。

ジェセルの腰にぎこちなく掴まりながら、隼人はぼんやりと遠くに視線を投げた。

建設現場は王宮からほど近いとはいえ、間にいくつかの砂丘を挟んでいる。遥《はる》か彼方《かなた》にある地平線には真っ赤な夕陽《ゆうひ》が沈みかけていて、少し離れた空に一番星が輝いていた。

（当たり前だけど、ここってやっぱり三千年前なんだな……）

暑さに倒れたのは神の怒りを買ったからだと思われているし、現代人なら誰もが知っているような熱中症対策も知らない。祈りや呪《まじな》いを用いず男を助けた隼人を見て、人々はまるで神のようにアガメタテマツっていた。

古代エジプト文明はミイラ作りの影響で人体について詳しく、医術が発達していたはずだが、あくまでもそれは同じ時代の他の文明に比べてに過ぎないのだと、今更ながらに思う。

ここは、隼人のいた現代日本での常識が通じない世界なのだ——。

（……おれ、本当に無事に帰れるのかな）

隼人が古代エジプトにタイムスリップして、およそ一ヶ月半が過ぎた。儀式を行えるようになるまでには、まだあと二ヶ月半待たなければならない。

もしもその間に、今日熱中症で倒れたあの男のような状況に自分が陥ってしまったとしたら。現代日本ならば救急車を呼べば助かる見込みはあるが、ここではそうはいかない。

神の怒りに触れるからなんて、そんな理由で見殺しにされる可能性だってあるのだ。

（ここでの生活は刺激的で面白いけど……、でもやっぱり、早く元の時代に戻りたい）

体力に自信はあるけれど、それでもあと二ヶ月半、自分がなんの怪我《けが》も病気もしない保証などない。

もしここで死んでしまったら、自分もミイラにされるのだろうか。

そうなってしまったら、たとえ三千年後に発掘されたとしても、自分が現代人だなんて誰も思うわけがない――。

ぎゅ、と知らず知らずのうちにジェセルの腰布を掴む手に力を込めていた隼人だが、その時、低く穏やかな声が聞こえてくる。

「……普通の人間、か。隼人、お前は先ほど、神の怒りを買うことより仲間を見殺しにする方が罪深いと言ったそうだな？」

「ん……、ああ、うん」

前を向いたままのジェセルに問われて、隼人は頷いた。

「別に、神様を信じることを否定するわけじゃないけどさ。でもおれは、信じるだけで救われるなんて、ちょっと都合よすぎじゃないかなと思うんだ」

自分の考えは現代日本人だからこそのものだろうから、ジェセルには理解し難いものかもしれない。そう思いつつも、隼人は続けた。

「だってそれって、要するに運任せってことだろう？　やれることがあるのに運任せにして仲間が命を落としたり、悪い結果になったりしたら、おれならすごく後悔すると思う。だったらおれは神様アテにするより、自分でなんとかしたい。そうしたら、どんな結果になったとしたって後悔しないと思うから」

「神より自分を信じる、ということか」

呟いたジェセルの声には、驚いたような響きがあった。

やはり古代エジプト人である彼に分かってもらうのは難しいかと思いかけた隼人だったが、ジェセルは意外なことを言い出す。

「お前だから打ち明けるが……、ここだけの話、私も常々そう思っていた。神々などアテにはならぬ、とな」

「え……」

思わぬ一言に目を見開いた隼人に、ジェセルがまっすぐ前を向いたまま言う。

「私の母は、とても身分の低い女性だった。異国から来た側室の、奴隷だったのだ」

「……うん。ちょっと前にウマルから聞いた」

ジェセルはこんなことでウマルを責めないだろうという確信があったので、正直に言う。案の定、ジェセルはそうかと静かに頷いただけだった。

「母は私を産んですぐに亡くなり、私は後宮で育てられた。奴隷の子と、差別されながらな。だが、いくら神に祈ろうとも生まれは変わらぬし、救いなどあろうはずもない。生き残るには、己の才覚を磨くしかなかった。……神々などアテにせずな」

淡々と話すジェセルだが、彼が壮絶な半生を送ってきたことは隼人にも想像がつく。

神々への信仰が篤いこの国で、彼は神よりも己を信じることで生き抜いてきたのだ――。

黙り込んだ隼人に、ジェセルが苦笑混じりに言う。

「まあ、王弟という立場上、表だってそのようなことは言えぬが。……だからこそ、先日のお前の言葉は、私の思いを代弁してくれたようで嬉しかった」

「おれの言葉？」

そう言われても、思い当たる節がない。首を傾げる隼人に、ジェセルが穏やかに告げる。

「パネブに向かって、人の命をなんだと思っている、と怒鳴っていただろう。この世に代えのきく人間などいない、と」

「あー……、あの時はその、夢中だったから」

一週間前、パネブとやり合った時のことを持ち出されて決まりが悪くなった隼人だが、ジェセルはおかしそうに笑みを含んだ声で告げる。

「あれを聞いた時、私は嬉しかったのだ。三千年の時を越えた先の未来では、そのような考えが当たり前になっているのだな、と。人間の作り出した身分に囚《とら》われず、一人一人が尊重される。そんな社会がこの先にあるのか、と。そう考えたら、たまらなく嬉しかった」

「……ジェセル」

思わぬ思いを打ち明けたジェセルを、隼人は驚いて見つめた。

そういえばあの時、ジェセルは去り際、隼人にお礼を言っていた。あの時は何故礼を言われたのか分からなかったが、そういうことだったのだ。

「私は王族でありながら、奴隷の子でもある。生まれついての身分に悩んだことは、一度や二度ではない。それだけに、隼人が身分など人間の作ったただの制度だと言い切った時、目が醒《さ》めるような心地がした。長年手足に嵌まっていた枷《かせ》が外れたような、そんな心地がしたのだ」

「……そっか」

自分の一言をジェセルがそこまで受けとめてくれていたということが嬉しくて、少しむず痒《がゆ》い。けれど同時に、それは彼が今までずっと自らの境遇に苦しんできたからこそだということも分かるから、単純に嬉しいとも思えない。

相槌《あいづち》を打つにとどめた隼人に、ジェセルが続ける。

「今日のこともそうだ。お前はあの男を大事な働き手だと言い、水に濡れることも、汚れることも厭《いと》わず、必死になって助けた。しかも、それを普通のことだと思っている」

「だって、目の前で苦しんでる人がいたら助けるのは当たり前のことだろ。ジェセルだって、ウマルが毒蛇に噛まれた時に助けてくれたじゃないか」

隼人がそう言うと、ジェセルが少し苦い声で頷く。

「ああ、まあな。だがお前の場合は、見も知らぬ平民が相手だったろう。側室が平民を助けるなど、前代未聞だ」

民も皆驚いていたと苦笑して、ジェセルはまっすぐ前を向いて言った。

「私は、悪しき風習は変え、民がより豊かに暮らせる国を作りたいと思っている。だが、今の制度を即刻廃止することは難しいし、反対する者も多い。私が不甲斐《ふがい》ないばかりに、民には未《いま》だに不自由な思いをさせてばかりだ」

「不甲斐ないって……、いや、そんなことないだろ」

思わぬことを言い出したジェセルに、隼人は驚きつつ口を挟む。

「皆、お前やアイーシャ女王に感謝してる。平民を重要な役職に就けたり、現場の声を聞いたり、そんな王族は今までいなかった、二人がこの国を治めてくれてありがたいって」

もしかしたらジェセルは今まで、面と向かって感謝を告げられる機会があまりなかったのかもしれない。

なにせ、通りかかっただけで誰もがひれ伏すのだ。皆、感謝どころか声をかけるのも恐れ多いと思ってしまうのだろう。

(そんなんだから、おれがちょっとお礼言っただけで嬉しいって思ったのか、こいつ)

しかも、あの不遜《ふそん》な男が、自分のことを不甲斐ないとまで言うとは。

(……多分だけどジェセル、今までこういう弱音、誰にも吐けなかったんだろうな)

古代エジプトにおいて、王族は絶対的な権力を持っている。神と等しい存在として崇《あが》められている彼は、その生い立ちも相まって常に完璧でなければならなかったはずだ。

特にアイーシャが女王になってからは、自分よりも上の立場の者は姉しかおらず、その姉は自分が守るべき存在だ。悩みを打ち明けられる友達なども、当然いるはずがない。

(誰も対等な相手がいないってのは、苦しいよな……)

思わず同情してしまいながら、隼人は続けた。

「おれから見ても、ジェセルはすごいことをしてるって思う。立派に姉さんのこと支えてるし、他の誰もできないことをやってる。そんなお前が不甲斐ないなんて、絶対にない」

力強く言い切った隼人の言葉を、ジェセルは無言でじっと聞いていた。しばらくしてから、どこか照れくさそうな声で言う。

「お前はいつも、私の欲しい言葉をくれるな」

それも、私自身も気づいていなかった望みを。

ふ、とため息とも笑みとも判別がつかない吐息混じりに呟いて、ジェセルが話を元に戻す。

「……私は、民に不自由な思いを強いていることを悔しく思っていた。だが、三千年後の未来から来たお前は、自分のことを普通の人間だと言う。身分などただの制度だと言い、苦しんでいる者ならば誰であろうが助けるのが普通のことだと思っている」

「ああ」

実際その通りなので、隼人は頷く。するとジェセルは、噛みしめるようにして言った。

「私はそれが、嬉しいのだ。お前のような男が三千年後の世界では普通の人間なのだと思うと、たまらなく嬉しい。自分が今やっていることが決して無駄ではない、三千年後の世に確実に繋がっているのだと、そう分かったことがなによりも嬉しいのだ」

穏やかな声でそう告げたジェセルが、ゆっくりとこちらを振り向く。

茜《あかね》に染まった褐色の肌、青空の下で見るよりやわらかな黄金の髪、まっすぐで衒《てら》いのない、夜色の瞳――。

「ありがとう、隼人。お前がここに来てくれて、私は救われた」

「……っ、そ、れは、どうも……」

至近距離で微笑みかけられて、隼人は思わず言葉に詰まった。うろうろと視線を泳がせながらどうにか答えると、うむ、と満足そうな頷きと共にジェセルがまた前を向く。

(うむってなんだよ、うむって)

ナチュラルに偉そうにして、とちょっと悔しく思いながら、広いその背に額をくっつけてみる。ふ、とくすぐったそうな小さな笑みがひとつ聞こえてきたが、文句は言われなかった。

ぎゅっとジェセルの体に腕を回して、隼人はトクトクと普段より速い自分の鼓動に内心ため息をつく。不意を突かれてちょっと悔しいが、嬉しいものは嬉しい。

(ジェセルにあんなこと言われたら、来てよかったなとか思っちゃうじゃないか)

先ほどまで早く帰りたいと思っていたというのに、我ながら現金だ。けれど、あのプライドの高い男に救われたとまで言われては、嬉しいと思わずにはいられない。

そっと目を閉じて、隼人は心地いい馬上の揺れに身を任せた。

(早く帰りたいし、帰らなきゃとも思うけど……、でも、ここにいる間はやっぱり、できる限りのことをしたい)

自分になにができるのかは分からないけれど、ジェセルの心の枷が少しでも軽くなるよう、なにかできたらと思う。

この男の力になりたい。

三千年の時を越えて巡り合った、この不遜でまっすぐで、不器用で孤独な男に、できる限り寄り添ってやりたい――。

(それにはやっぱり、あの事をどうにかしないとだよな)

「……あのさ、ジェセル」

隼人が、先ほどナクトと話してからずっと心の中で燻《くすぶ》っていたことを聞こうとした、――その時だった。

「……っ、伏せろ！」

突然、ジェセルが叫んだかと思うと、上体を捻《ひね》って隼人の頭をわし掴みする。

グッと無理矢理頭を下げさせられ、驚いて息を吞んだ隼人の耳元を、ヒュンッと鋭い音が走り抜けた。

「……っ、な……！」

「敵襲だ！　応戦せよ！」

叫んだジェセルが、腰に下げていた半月型の刃の剣、ケペシュで、飛んでくる矢を叩《たた》き落とす。手綱を操って矢を避けるジェセルの腰にしがみついて、隼人は混乱して叫んだ。

「て、敵襲⁉」

「いいからお前は身を低くしていろ！　全員私に続け！」

鋭い声で兵士たちに命じたジェセルが、ハッと愛馬の腹を強く蹴《け》って駆け出す。向かった先は、少し離れた砂丘だった。

どうやら先ほどの矢はそこから飛んできたものだったらしい。潜んでいたらしい男たちが、馬に乗って逃げていく姿が見える。

ジェセルの後を追ってきた兵が、息を荒らげて聞く。

「追いますか⁉」

「……いや、いい」

馬上で目を眇《すが》めたジェセルに、兵士は忌々《いまいま》しそうに敵を見送りながら唸った。

「またあの女狐めの手先ですね。まったく、こんなところまで隼人様を狙ってくるとは……」

「……おい」

ジェセルが咎めるような声で兵士を遮るが、彼の腰にしがみついたままの隼人には兵士の言葉がばっちり聞こえていた。

「え……、おれ？　さっきの奴《やつ》ら、おれ狙いだったのか？　それに女狐って……、まさか、ネフェルタリ？」

しかも、こんなところまでと、彼は確かにそう言った。それはつまり。

「今までも……、もしかして後宮でも、狙われてたのか？　な、なんで？　いつから？」

「…………」

混乱と動揺に声を揺らした隼人に、ジェセルは無言だった。ややあって、真っ青な顔をしている兵士にため息混じりに告げる。

「……仕方ない。警戒を怠らず、このまま王宮へ戻るぞ」

「は……、も、申し訳ありません……！」

丁寧に頭を下げた兵士を下がらせて、ジェセルが馬を進め出す。

隼人は無言の背中をジトッと睨んだ。

「説明しろよ、ジェセル」

どうやら彼は隼人がネフェルタリに狙われていると知っていて、隠していたらしい。道理で先ほど王宮を出る際、行き遭ったネフェルタリに脅しめいたことを言っていたはずだ。

背に突き刺さる隼人の視線に耐えかねたのだろう、ジェセルが渋々告げる。

「どうやらあの時川に身を投げた神官の一人が、奇跡的にナイルを渡りきり、ネフェルタリに隼人のことを伝えていたらしい。儀式は失敗し、肌の白い男を召還した、と」

「……だろうと思った」

自分を狙っているのがネフェルタリならば、情報の出所と狙いは自《おの》ずと分かる。はあ、と天を仰いで、隼人はジェセルに問いかけた。

「あの儀式の時、神官たちは腕輪の力がなくなったからって、おれを殺して儀式をやり直そうとしてた。ネフェルタリも、それが狙いなのか？」

「ああ。そのために、お前を拐《かどわ》かそうとしているらしい。とはいえ、儀式を再びとり行えるのはまだ先だ。今はまだ嫌がらせだろう」

「嫌がらせで人に矢を射かけるなよ……」

古代エジプト物騒だな、と呟きつつ、隼人はジェセルを咎めた。

「で？　ジェセルはなんで、おれにそのことを言わなかったんだよ」

いつから狙われていたのか、まったく心当たりがないから分からないが、少なくともジェセルは自分より先にこの事態を把握していた。

言ってくれればこちらだって気をつけようがあったのにと恨みがましく思った隼人だったが、ジェセルはわざとらしくため息をついてみせる。

「お前が私の言うことをおとなしく聞くような性格か？　部屋に閉じこもっていろと言っても勝手に王宮をうろつき回り、いつの間にか王女と親しくなり、果ては第一側室と殴り合いのケンカをするようなじゃじゃ馬だぞ？」

「……じゃじゃ馬じゃねぇし」

これまでの行動を次々あげつらわれ、すっかりふてくされた隼人だったが、ジェセルはおかしそうにくっくっと笑って言う。

「じゃじゃ馬でなければ野良猫だな。とても躾《しつ》けることなどできない、気が強くて無鉄砲な野良猫だ」

「悪かったな無鉄砲で！」

猫はお前じゃないか、猫っていうより豹《ひょう》だけど。

思わず出かかった言葉を呑み込んでむくれた隼人がよほどおかしかったのか、目の前の肩はまだ揺れっぱなしだ。

（この野郎、本当に猫みたく引っ掻いてやろうか）

振り返ったら迷わずメンチ切ってやる、と心に決めた隼人だが、ジェセルはまっすぐ前を向いたまま、ふっと笑みを零して呟いた。

「だが、お前のそういう自由で誇り高いところを、私は気に入っている。……とてもな」

甘く香る、睡蓮の香り。それより数段甘い、低い囁き。

近すぎるくらい近い、熱い肌――。

「だから、余計な不安を与えてお前の顔が曇るのを見たくなかった。……許せ」

「……っ」

先ほどまでのからかいとは明らかに色の違う、やわらかな笑み混じりの声に、自然と頬に熱が集まる。

　それが何故だか無性に恥ずかしくて、でもどうしてか分からなくて、隼人はゴン、とジェセルの背に額をくっつけた。顔を伏せたまま、低い声で呻く。

「なんだよ、許せって。ちょっと前のツンデレはどこ行ったんだよ」

「つんでれ?」

「デレだけ寄越すな、バーカ」

　文句を言いつつ、ゴリゴリと思いきり額を擦りつける隼人に、ジェセルが言う。

「さっきからなんなんだ、隼人。痛いぞ」

「……猫の挨拶だっつーの」

　お前が猫って言ったんだろ。

　小さな声で呟きながら、隼人はやっぱり前も後ろも駄目だな、とため息をついたのだった。


　――数日後。

　後宮の厨房の一角で、隼人はじっと石窯《いしがま》の中を覗き込み続けていた。

　頬に当たる熱風は懐かしい感覚で、しかし以前よりも格段にぬるく感じる。

「やっぱり現代の窯と違って、温度は低いよなあ。でもその分、じっくり焼けば……」

肌で大体の温度を計りつつ、漂ってくる香りと焼けていく生地の様子を見て、タイミングを見計らう。

「……そろそろかな」

呟いて、隼人は木を削って自作した柄の長いピザピールを窯の中に突っ込んだ。ヘラの部分にそっとピザを載せて引き抜き、ニンマリと笑う。

「よし、上出来！」

丸く薄い生地の上には、綺麗《きれい》に並べたイチジクとスライスしたアーモンドが載っている。とろりと溶けたチーズにうっすらついた焦げ目が、なんとも香ばしい匂いを漂わせていた。

「欲を言えばもうちょい焦げ目つけたいけど、やっぱ難しいよなあ」

金属製のピザピールがあれば窯の中で生地の位置を細かく調整できるが、木製だとこれが限界だ。それでも納得できるクオリティに仕上がったと満足していると、厨房にひょこりとウマルが顔を出した。

「隼人様、ジェセルウナス様とサラ様がご到着されました」

「おっ、ナイスタイミング！　じゃあウマル、こっち運んでくれるか？」

一緒に焼いていた別のピザを皿に移し、ウマルに頼む。焼き立てを食べさせたいと、隼人は急いで後宮の中庭に向かった。

「お待たせ！　今日はちょっと変わり種を用意したんだけど、食べてみてくれるか？」

「変わり種？」

いつもの東屋であぐらをかいて待っていたジェセルが、怪訝そうに見上げてくる。隼人はニッと笑って、その前に先ほど焼いたばかりのイチジクのピザを置いた。

ふわりと香るチーズの塩っぽい香りに、サラが首を傾げる。

「かわったぱんけーきじゃの？」

「これはピザって言うんだ。簡単に言うと、薄いパンに具材を載せて焼いたもの、かな」

「ふむ、ぴじゃか！」

隼人の説明に、サラが得心したとばかりに声を上げる。可愛い言い間違いに、隼人はくすくす笑って言った。

「ピザね、ピザ。ちょっと待って、今仕上げするから」

持ってきた包丁でピザを切り分け、取り皿に分ける。別の小皿に入れてあった蜂蜜をとろりとかけた隼人は、ハイ、と改めてピザをサラの前に出した。

「イチジクのピザ、蜂蜜がけです。どうぞ召し上がれ」

「ウマル、どくみ！」

先日の一件以来、すっかり王女のおやつの毒味係に定着しているウマルが、サラに促されてひと切れ手にとる。

「では、お毒味させていただきます。……っと」

とろーっと零れ落ちそうなチーズを見て、ウマルが慌ててピザにかぶりつく。一口食べた途端、目を瞠った彼の反応を見て、隼人はニヤッと笑みを浮かべた。

「美味《おい》しい……！　なんですか、これ！　すごく、すごく美味しいです！」

「……っ、妾もたべるぞ！」

ウマルの反応を見て我慢できなくなったサラが、ピザに飛びつこうとする。隼人は慌ててサラを押しとどめた。

「サラちゃん待って、今冷ますから」

焼き立てが美味しいとはいえ、サラには熱すぎる。ふーふーと少し冷まし、食べやすいように半分に折り畳んであげると、サラは元気よくうむ！　と頷いて隼人からピザを受け取った。

あー、と口を大きく開けてかぶりつき、小さな頬をむぐむぐと動かして目を輝かせる。

「む！　んむ！　む！」

まんまるの目を更に丸く見開く王女に、隼人は笑って問いかけた。

「はは、味はどう？」

「うまい！　あまくて、しょっぱくて！　でもあまくて！　でもしょっぱい！」

興奮したように言うサラは、どうやら口の中が大忙しらしい。あまい、しょっぱい、でもあまい、と大喜びのサラを見て、隼人はよっしゃと小さくガッツポーズをした。

自信はあったが、やはりこれだけ全力で美味しいと言ってもらえると作り手冥利《みょうり》に尽きる。

「なるほど、これは美味《うま》いな」

手を伸ばして一切れ食べたジェセルも、じっくり味わいながら唸る。

「蜂蜜の甘味とチーズの塩味が癖になる……。アーモンドも香ばしくて、よく合っている」

「言うと思った。ほんとナッツ好きだよな、ジェセル。まあ、だから入れたんだけど」

くすくす笑いながら言った隼人に、ジェセルが軽く目を見開く。

「私の好物だから入れたのか？」

「うん、今日のはジェセルへのお礼も兼ねてるからな」

「礼？　なんのだ？」

隼人の一言に、ジェセルが訝し気な顔つきになる。

まるで心当たりがないその様子に、隼人は苦笑して言った。

「なにって、この間ネフェルタリの手先に襲われた時に守ってくれただろ。今までもおれの知らないところでずっと守っててくれたみたいだし、そのお礼。……ありがとな、ジェセル」

さすがに面と向かって言うのは少し照れくさくて、へにゃりと笑ってしまう。照れ笑いを浮かべた隼人を見て、ジェセルは驚いたように目を見開き、固まってしまった。

思いもしなかった反応に、隼人は首を傾げる。

「ジェセル？　おーい、どうした？」

「………」

しかしジェセルはこちらを見つめたまま、微動だにしない。よく見ると、褐色の耳の先は微妙に赤くなっている様子だった。

（なんで赤面？）

意味不明なジェセルに首を傾げつつ、隼人はとりあえず話を進める。

「まあいいや。で、こっからが本題なんだけど」

「……本題？」

我に返ったように問い返してきたジェセルの前に、隼人はイチジクのピザと一緒に焼いてきたもう一種類のピザを置いた。

ジェセルがピザを見つめて問う。

「これは？」

「こっちは肉を使ったピザ。ピザってさっきみたいな甘いのもあるけど、本来はこういう食事系の方が多くてさ。具材はなんでもアリだから、いろんな組み合わせが楽しめるんだよ」

包丁で六等分に切りながら説明する隼人に、ジェセルが不思議そうに問いかけてくる。

「随分と詳しいな？」

「まあな。……実はおれ、このピザが専門の料理人なんだ」

サラとウマルがイチジクのピザに夢中なことを確認して、小声で告げる。するとジェセルは、驚いたように数度瞬きして唸った。

「……すいーつ職人なのだろうと思っていた」

どうやら今までおやつばかり作っていたので、そう思われていたらしい。

スイーツ職人て、と苦笑しつつ、隼人は切り分けたピザをジェセルに勧めた。

「とりあえず、こっちも一口食べてみてくれ」

「ああ。……ん」

ひょい、と一切れ取ったジェセルが、具材が零れ落ちないよう注意しながら口に運ぶ。一口食べた途端、小さく目を瞠った彼は、無言でゆっくり咀嚼《そしゃく》して味わい始めた。

ジェセルの反応を少し緊張しながら見守っていた隼人だが、その時、イチジクのピザを食べ終えたサラがくいくいと服の裾を引っ張ってくる。

「隼人、こっちもたべてよいのか？」

「あ……、うん、もちろん。はい、どうぞ」

適度に冷めた一切れを取って、また半分に折り畳んであげる。

あーむ、と大きな口でかぶりついた彼女は、すぐにニコニコと笑って言った。

「うむ！　これもうまいの！　妾のすきなあじじゃ！」

「ほんと？　よかった。ウマルも味見してくれるか？」

少しほっとしつつ勧めた隼人に、お言葉に甘えて、とウマルが手を伸ばす。一口食べたウマルもまた、パッと顔を輝かせた。

「こちらも美味しいですね！　スパイスが効いていて、いくらでも食べられそうです！　これは牛肉ですか？」

「いや、これは……」

実は、と口を開きかけた隼人だったが、それより早くジェセルの声が響く。

「この肉は、ヤギだな？」

「えっ、ヤギ⁉」

ジェセルの一言に、ウマルが驚いて声を上げる。隼人は少し驚きながら頷いた。

「ああ、実はそうなんだ。よく分かったな、ジェセル」

頷いた隼人に、サラが不思議そうな顔をする。

「ほんとうにヤギか？　ぜんぜんくさくないぞ？」

ぎゅうにくかとおもった、と言うサラの口元は、チーズとソースでベタベタになっている。

苦笑した隼人は、布でその口元を拭《ぬぐ》ってやりつつ説明した。

「実はこの味付けは、タハルカに教わったんだ。ヌビアではヤギをよく食べるって聞いたから、臭み消しに使うスパイスを教えてもらって作ったんだよ」

隼人が作ったもう一つのピザ、それはヤギの肉を使ったピザだった。

細かく刻んだ野菜と豆をオイルで煮込んで味付けしたソースの上に、玉ネギとニンニクのスライス、タハルカ直伝のスパイスで味付けしたヤギの肉を載せ、チーズを散らして焼いている。生地はイチジクのピザより厚めにして、がっつりと食べ応えのあるピザに仕上げた。

「……先ほど本題と言ったな？」

しげしげとピザを観察していたジェセルが、視線をこちらに移して聞いてくる。

「このピザは、その本題とやらに関わっているのか？　わざわざヤギの肉を使ったのにも、なにか意味が？」

「……ああ」

隼人は腹にぐっと力を入れて頷くと、ジェセルをまっすぐ見つめ返して告げた。

「ジェセル、俺はこれを、ピラミッドの建設現場の報酬として提案する」

きっぱりと言った隼人に、ウマルが驚いたように息を呑む。しかしジェセルは、夜色の瞳を静かに一度瞬かせて、隼人に続きを促した。

「……詳しく聞かせろ」

こちらの真意を探るように目を細めるジェセルに、隼人は緊張しつつ話を切り出した。

「実はこの間視察に行った時、ナクトから聞いたんだ。ネフェルタリの神殿の建設現場に人手が流れてるって。向こうではワインが報酬に出るから、それ目当てに人が集まってるんだろうって話だった」

「ビールと混ぜた、粗悪品だがな」

苦々しげにジェセルが呟く。隼人は頷いて続けた。

「それも聞いた。でも、たとえ粗悪品だと知っても、滅多に呑めないワインが呑めるなら混ぜものでもいいって人はきっと大勢いる。そういう人たちをこっちの現場に呼び戻すには、やっぱり報酬を工夫するしかないと思うんだ」

「……それで、このピザか」

唸ったジェセルが、難しい顔つきになる。

隼人は緊張しながらも、ああと頷いた。

あの日、ピラミッドからの帰り道で隼人が言いかけたのは、このことだった。ナクトから聞いた話がずっと引っかかっていた隼人は、ジェセルから詳しい話を聞こうと思ったのだ。

結局その後、ネフェルタリの手先に襲われてしまい、話を聞くことはできなかったが、後宮に帰ってからも隼人はずっとそのことについて考えていた。

――自分になにか、できないかと。

「ちょっと珍しいかもしれないけど、ピザならパンの一種ってことで受け入れやすいと思うんだ。具材も、ヤギ肉は王宮で余ってるけど、庶民は滅多に口にできないものだし」

王宮では毎日、神々に捧《ささ》げられた後に下げられた生け贄《にえ》が調理され、食卓に並ぶ。しかし、牛肉は好んで食べられているが、ヤギ肉は臭みがあるからと、よく余って捨てられていた。

だが庶民からしてみたら、ヤギ肉はとんでもないご馳走《ちそう》だ。

以前ウマルから聞いたが、ここでは牛やヤギは庶民にとって農作業に欠かせない、大切な労働力だ。毎日乳を絞ったりもするし、彼らが牛やヤギの肉を食べることはまずない。

その肉を、報酬として毎日食べられるとしたら。

（きっと、食べたいって思う人は大勢いる）

確信を持って、隼人は続ける。

「ワインが目当てで向こうに流れた人手なら、こっちも滅多に食べられないものを用意すれば、きっと戻ってきてくれる。それに肉を食べれば体力もつくし、その分作業もはかどる。アケトが終わって自分たちの畑に戻っても、前より健康的に働けると思うんだ」

「…………」

「問題があるとしたら、普通のパンよりだいぶ手間がかかるってことと、焼き加減が少し難しいってことだ。でも、おれがパン焼き職人たちに作り方を教えれば、不可能な話じゃない。絶対にこのピザは評判になる」

何度も何度も試作して、ようやくこれならと納得したレシピだ。ちゃんぽんのワインなぞに負けるはずがない。

「どうかな、ジェセル。このピザを報酬にすること、一度検討してもらえないか」

ぐっと視線に力を込めて訴える隼人を、ジェセルが無言で見つめ返す。

やがて彼は、隼人ではなくウマルに向かって言った。

「……ウマル、しばらく王女を別の場所で遊ばせるように。ここは人払いを」

「かしこまりました」

すぐに立ち上がったウマルが、さあ、とサラ王女の手を取る。ウマルに手を引かれたサラは、少しこちらを気にしつつも中庭へと去っていった。

辺りに誰もいなくなったのを確認して、ジェセルが再び口を開く。

「……何故、そこまでする？」

問いかけてきたジェセルの瞳は、静かに凪《な》いだ夜の海のようだった。

「確かにお前は、今は我々の側の人間だ。だが、やがて元の場所へ帰る身だろう。そんなお前が、そこまでする意味が……」

「ダチのことナメられて、黙ってられるかよ」

ジェセルの言葉を遮って、隼人は低く唸った。眉を寄せ、ため息混じりにがしがしと頭の後ろを掻いて続ける。

「おれだって、これでも色々考えたんだ。未来から来たおれが手を貸したら歴史変わっちゃうんじゃないかとか、放っておいてもきっと解決するだろうとか、そもそもおれがなにかしたところで解決するわけないじゃんとか、本当に、色々」

らしくもなく悶々《もんもん》と悩んで、どうするのが一番いいのか考えに考えて。

そうして残ったのが、『ダチのことナメられて、黙ってられるか』だったのだ。

「なにもしない方がいいのかもしれないって、何度も思った。でも、ダチがあんなナメた真似されてバカにされてるってのに、手を貸さないで見てるだけとか、おれには絶対無理だ。殴り合いのケンカすんなら一緒に行くけど、今回はそういうんじゃないだろ？　だったら他におれのできることで、なんかお前の力になれることはないかって、考えたんだ」

自分にできるのは、料理だ。一番得意で一番自信のあるピザで、ジェセルの窮地を救うことができないかと、そう考えた。

ジェセルをまっすぐ見つめて、隼人は続ける。

「おれの気持ちだけの問題じゃない。ジェセルはこの間、王族の言うことは絶対だから皆自分に従ってるって言ってた。けど、おれはそれだけが理由じゃないと思う」

ピラミッドの建設現場には、彼や女王を慕う者たちが多くいた。もちろん、彼らが王族を敬い、恐れていることは確かだが、それだけではないと思う。

「ナクトも他の人たちも、アイーシャ女王のために働くことを誇りに思ってた。それは、女王やジェセルがこれまで一生懸命国民のために尽くしてきたからだ。この国の人たちは皆、ジェセルたちのことを信頼してる。おれはそういうお前だから、力になりたいんだ」

自分はこの国どころか、この時代の人間ですらない。

けれど、だからこそジェセルの味方でいたいと思う。

正しいことをしている彼の力になりたい。

「今までジェセルには何度も助けられたし、世話になってる。できることがあるのになにもしないなんて、そんなことはできない」

きっぱりと言い切って、隼人はジェセルに問いかけた。

「おれはこのピザで、ジェセルの力になりたい。……ならせてくれないか？」

ぐっと唇を引き結んで、彼の答えを待つ。

じっと隼人を見つめていたジェセルは、ややあってその唇をふっと開き——、静かに告げた。

「問題は、山とある」

「……問題？」

イエスでもノーでもなかった返事に、一瞬ぽかんとした隼人だったが、ジェセルは淀《よど》みなくつらつらとその『問題』を挙げていく。

「まず第一に、生地だ。お前は王宮で使われている生地を使ったのだろうが、これは発酵させたものを使っている。建設現場でこの生地を作っている余裕はないから無発酵のものを使うことになるが、当然風味が変わってくるだろう。それから、具材も改良の余地がある。いくらヤギ肉は余るとはいえ、毎日大量にというわけにはいかない。魚や鳥肉のピザは作れるか？」

「え……、あ、も、もちろん」

唐突な問いかけに慌てて頷くと、ならばよし、とジェセルが話を続ける。

「もちろん、味付けも変えた方がよいだろう。月に一度くらいなら牛肉も提供できるから、それを目玉にするといい。だが、一番肝心なのがチーズだ。お前は知らないようだが、チーズもそう数を揃《そろ》えられない。イチジクのピザにも使っていたようだが、チーズなしでは作れないか？　それから……」

「ちょ……っ、待った！　待て、ジェセル！」

滔々《とうとう》と話し続けるジェセルを、隼人は呆気にとられつつ押しとどめた。ジェセルが怪訝な顔をする。

「なんだ」

「いや、なんだ、じゃなくて。なんか今の聞いてると、問題点さえクリアすればオッケーみたいに聞こえるけど……」

まさか、そうなのか。

真顔になった隼人に、ジェセルは眉をひそめかけ――。

「……お前の言葉は相変わらずよく分からないが」

――にやりと、笑った。

「くりあすればおっけー、だ」

「や……っ、やった！」

大きくガッツポーズした隼人に、ジェセルが珍しくくっくっと笑いながら言う。

「喜ぶのは早いぞ、隼人。まだまだ問題点はあるのだからな」

「任せろって！　レシピの改良は料理人の基本だ！」

「言ったな？」

穏やかな陽の降り注ぐ中庭に、二人の笑い声が響く。

遠くで遊んでいたサラとウマルがきょとんと、顔を見合わせていた。

五章

一ヶ月後。

すっかり馴染《なじ》んだ後宮の厨房《ちゅうぼう》で、隼人《はやと》はピザの試作をしていた。

「よ……っと、さてと、どうかな？」

釜から取り出したのは、鮮やかな緑の葉野菜、モロヘイヤで作ったソースと、カッテージチーズのピザだ。ソースに使ったニンニクの食欲をそそる香りが、ふわりと立ち上る。

手早くカットして一口食べた隼人は、しばらく目を閉じて味わった後、にんまりと笑った。

「……よし、これならあの石頭も納得するだろ」

ちなみに石頭とはもちろん、ジェセルのことである。

一ヶ月前、ジェセルから指摘された問題点をクリアすべく早速レシピの改良を始めた隼人だったが、ジェセルの要求はかなり難易度の高いものだった。

予算内に抑えろ、もっと味に変化をつけろ、これではボリュームが足りない、材料費が高すぎる、もっと短時間で作れる方法はないのか、とにかく予算内に抑えろ――。

（二言目には予算、予算って……。あいつまさか、店長の前世だったりしないよな？）

古代エジプトに転生思想はないと知りつつもそう思わずにいられないのは、現代にいた頃、勤め先のカフェで新メニューを提案する時も、店長とさんざんコストがどうのとやり合っていたからだ。まさか、古代エジプトでも似たようなやりとりをする羽目になるとは思ってもみなかった。

（ま、それ言ったら、古代エジプトでもレシピの開発することになるとは思わなかったけど）

満里奈《まりな》に知られたら、お兄ちゃんなにやってんのと呆《あき》れられそうだ。

相変わらずピザバカなんだからとため息をつく満里奈の顔が容易に思い浮かんで、隼人は苦笑を零《こぼ》した。

さんざんジェセルとやり合ってどうにかスタートしたピザの報酬は、結果から言うと大当たりだった。隼人の読み通り、滅多に食べられない肉を使った珍しいパンは、古代エジプト人たちの胃袋をがっちり摑《つか》んだのだ。

おかげで隼人はまた新しいピザを考えるようジェセルに言われ、こうして試作を重ねている。

（アイーシャ女王が全面的に協力してくれたのも、影響大きかったよなあ）

思い返して、隼人は顔をほころばせる。

『サラが、隼人の作った「ぴじゃ」なるものが大層面白い食べ物だと言うのでの。我も一度食べてみたいのじゃが』

最初に二人にピザを作った翌日、そう言って現れたアイーシャ女王にイチジクと蜂蜜のピザを作って出したのだが、女王はそれをいたく気に入ったらしい。

『なるほど、サラの言う通り面白いのう。甘くてしょっぱくて、口の中が大忙しじゃ』

『おおいそがしで、しあわせじゃ！』

そう言ったサラに、本当になと笑った女王は、我が墓に入る際にはこれも埋葬するように、と従者に命じていた。

（まさか、現代でアイーシャ女王の墓から発掘されたイチジクの種とチーズの化石って……）

そう考えかけて、隼人はぶるりと頭を振った。

学術的な大発見に自分が関わっていたかもしれないなんてちょっと怖いし、自分のせいでピザの起源が変わってしまったら困る。

（……まあ、これがピザだってことはジェセルたちしか知らないし、他の人たちにはパンの一種だって言ってあるから、大丈夫だとは思うけど）

それに現代の考古学者たちも、まさか古代エジプトの女王がピザを副葬品にしたとまでは分からないだろう。……多分。

ともかく、アイーシャ女王はピザを建設現場で振る舞うことに大賛成してくれて、隼人に部下として数名の料理人を付けてくれた。隼人は完成したレシピやピザの焼き方を彼らに教え、彼らが建設現場のパン焼き職人たちの指揮をとってくれることになったのだ。

そうして報酬として提供され始めたピザは、もの珍しさと美味《おい》しさに加え、時の女王も召し上がった食べ物ということで大好評となった。評判が評判を呼び、建設現場にはあっという間に人手が戻ったどころか、今では以前より多くの人が集まっているらしい。

そうなると、大車輪となるのがパン焼き職人たちだ。しかしジェセルはその事態を見越していたらしく、すでに新しい職人を雇い入れ、パン焼き釜も増やすよう手配してくれていた。

『あれだけ美味《うま》いピザだ。こうなることは予測していた』

当然とばかりの顔で、しれっとそう言っていたジェセルを思い出して、隼人は心の中で苦笑してしまう。

（……いつも口開けばとにかく予算予算ってそればっかのくせに、あのツンデレめ）

とはいえ、他ならぬジェセルが自分のピザの味を認めてくれているというのはかなり嬉《うれ》しいし、心強い。

レシピの最終的なジャッジをするだけではなく、ジェセルは忙しい公務の合間を縫って、隼人のレシピ開発にとことん付き合ってくれた。

予算に限らず、現場での食べやすさや庶民に人気の味などについてもアドバイスをくれたし、古代エジプトの食材の知識が乏しい隼人のために様々な食材を取りそろえてくれたのも彼だ。ウマルに市場を案内してもらって食材を調達する時も、支払いはすべてジェセル持ちだったし、時間のある時には彼自身が一緒に市場に行ってくれた。

これまで様々な地を視察したり、遠征した経験のあるジェセルは遠方の地の食べ物にも詳しく、市場を回る間もその食材にはこの味が合うと何度も助言してくれた。それどころか、どんな料理に使われているのか、どんな調理方法が適しているかなど、料理人顔負けの知識を持っていて、隼人はその知識に随分助けられたのだ。

（ジェセルにはほんと、世話になりっぱなしだよなあ）

直接的なレシピ開発の手助けだけでなく、ジェセルは間接的にも隼人を手助けしてくれている。隼人をピラミッドの建設現場に連れ出してくれているのもその一つで、隼人はこの一ヶ月、ジェセルと共に数日おきに建設現場を訪れていた。

最初、隼人は実際に食べている人たちの意見を聞きたいけれど、ネフェルタリから狙《ねら》われている身だしと、王宮の外に出ることを諦めていた。

ピザの大当たりでネフェルタリがこちらへの敵愾心《てきがいしん》をより一層燃やしているらしいと、タハルカから聞いたからだ。

『元々正式には認められていない神殿建設だから、人足たちもあっという間にそっぽ向いたらしくてな。向こうの現場は人手不足で、あちこち作業を中断せざるを得ない状況らしい』

自称国母様はお冠だそうだ、とタハルカは笑っていたけれど、嫌がらせで矢を射かけてくるような相手だ。自分が外出するとなればなにが起きるか分からず、ジェセルに迷惑をかけることは必至だからと、隼人は後宮からあまり出ないようにしていた。

だがジェセルは、そんな隼人の心情に気づいたのだろう。視察に付き合えと言っては、しょっちゅう隼人を現場に連れ出してくれるようになった。

『一緒に行動した方が、護衛の兵も少なくて済む。それに先日の一件で、現場でのお前の人気が凄《すさ》まじいのだ』

どうやら、隼人が熱中症の男を助けた件が建設現場で話題になっているらしい。

さすがは女王陛下の側室と噂《うわさ》が噂を呼び、いつの間にか隼人はホルスの使いであり、彼がいればラーの怒りはたちどころに治まるとまで言われているとのことだった。ナクトなどは、隼人様は視察に来ないのか、来ていただくよう伝えてくれと人足たちから毎日のようにせっつかれているらしい。

『本当にお前は、気づかぬうちに誰も彼も味方にしてしまうから始末が悪い。今や後宮内にもお前を慕う者が山といるというのに、それに飽き足らず人足たちまでたらし込むとは……』

人聞きの悪いことを言いつつ、仕方ないから連れていってやると言わんばかりのジェセルだったが、彼が本当は忙しい政務の間を縫ってわざわざ時間を作ってくれていることを、隼人はなんとなく感じ取っていた。

(多分だけどジェセル、おれに現場の人たちがピザ食べてるとこ見せるために連れ出してくれてるよな……)

そもそも隼人がピザ職人を志したのは、自分が作ったピザを食べて美味しいと喜んでくれる人の顔を見たいがためだった。

直接作っているわけではないとはいえ、自分が考えたピザを美味しいと言って食べている古代エジプト人たちを見るのは、隼人にとってなにより嬉しいし、励みになる。

特にそのことをジェセルに言った覚えはないのだが、どうやら王弟殿下はお見通しらしい。

(あいつほんと、そういうの上手《うま》いよなあ)

自分のことだけでなく、ジェセルは人の陰の努力や望みにとても敏感だと思う。

ウマルが以前話していた、女王の役に立ちたくて武芸や勉学に励んでいた下位の側室たちもそうだ。気づけば彼らはいつの間にかそれなりの役職を与えられ、多方面で頭角を現し始めている。

側室たちは、これもジェセルが後宮に通うようになったからだと言い、隼人のおかげだとお礼を言ってくれたが、そんなのはきっかけに過ぎない。

彼らの努力に気づき、報いたのは間違いなくジェセルだし、そもそも彼らがひた向きにしていた努力が実を結んだだけのことだ。

(あいつがそういうのに敏感なのは、やっぱりあいつ自身が今まで陰で努力し続けてきたからなんだろうな)

口には出さないけれど、ジェセルのそういうところを隼人は尊敬しているし、見習いたいなと思っている。

（……ま、建設現場行くといっつもひっつき虫なんだけどな）

視察中の彼を思い出して、隼人は苦笑を零した。

隼人が現場を回っている間、ジェセルはぴったりそばをついて離れない。また襲われでもしたら大変だろうと言う彼は、行き帰りの馬では隼人を必ず自分の前に乗せるようになった。

隼人も一人で馬に乗れるよう、時間を見つけては乗馬の練習をしているが、まだ思うように馬を操るまでには至っていない。

この時代の常識が分からない隼人ではあるが、王弟である彼に護衛してもらっている上、馬にまで一緒に乗せてもらっているのは、どう考えても破格の待遇だろう。実際、ジェセルの馬に乗っている隼人を見たタハルカは目を丸くして驚いていた。

隼人としてはジェセルと一緒なら安心ではあるのだが、さすがに毎回彼の馬に乗せてもらうのは少し申し訳ない。

しかし、隼人がそう言うとジェセルは決まって、複雑そうに笑って言うのだ。

『なにをらしくもなく遠慮しているのだ。我々は友人なのだろう？』と――。

（……ああいうこと言う時、なんかジェセルいつも変な顔してるんだよな）

一ヶ月前、最初にピザを報酬にしてはどうかと提案した後に、そういえば『ダチ』とはなにかとジェセルに聞かれて答えた時も、同じ顔をしていた。

友達のことだと答えた隼人に、ジェセルは一瞬虚をつかれたような表情を浮かべた後、少し目を伏せて、そうかと呟《つぶや》いたのだ。

くしゃりと歪《ゆが》んだその笑みは、どうしてかひどく歯がゆそうで、もどかしそうで——。

（どうしたんだって聞いても、なんでもないとしか答えないし。おれとダチなのが嫌ってわけじゃないと思うんだけど……）

そうだとしたらかなりショックだが、彼の人となりを知った今は、それは違うという確信がある。ジェセルは理由もなく人を嫌うような男ではないし、嫌っている相手にここまで協力するようなお人好《よ》しでもない。

彼は自分を信頼してくれているし、単なる友人以上に思ってくれている。それは確かだ。

（……親友って言ったらよかったのか？）

でもそれもこっ恥ずかしいしなあ、と照れくさく思いながら、隼人はさてと、と残りのピザ生地を手早く伸ばし始めた。

今日はこれからジェセルとサラ、そしてアイーシャ女王が来る予定だ。ジェセルにはモロヘイヤのピザを試食してもらうが、サラと女王には他に甘いものを用意するつもりだった。

「二人とも『ぴじゃ』でも喜んでくれるけど、今日はちょっと変わり種にしようかな」

すっかり定着してしまったサラの言い間違いにくすくす笑いながら、広げた生地に蜂蜜をまんべんなく塗《ぬ》っていく。これを端からくるくる丸めて適当にカットし、並べて焼けば、蜂蜜ロールちぎりパンの完成だ。

これは隼人が余ったピザ生地でよく作っていたレシピで、海外修業時代には蜂蜜の代わりにハムやチーズを巻いて作り、まかないとして出していた。外はパリッと、中はふんわりと仕上がり、食べ応えもあって美味しい鉄板メニューだ。

「ちぎりパンってなんでかテンション上がるんだよなあ」

これならきっとサラも喜んでくれるだろうと顔をほころばせながら、生地に蜂蜜を塗り広げていく。

（……アケトが終わるまで、あと一ヶ月半、か）

ジェセルには人聞きの悪いことを言われたが、自分は本当にいろいろな人と知り合うことができた。

サラやアイーシャ女王とも随分仲良くなれたし、ウマルやタハルカとも信頼関係を築くことができたと思う。

建設現場の人足たちも、最初はこちらが女王の側室という身分なので恐縮していたが、今ではピザの味について遠慮なく意見をくれるようになった。一緒に昼食をとりつつ、彼らの身の上話を聞くことだってある。

（あと少しで皆とお別れだと思うと、やっぱちょっと寂しいな……）

現代に帰れるのは嬉しいが、ここで知り合った人たちも自分にとって大事な友人だ。その人たちともう二度と会えなくなると思うと、複雑な思いが込み上げてくる。

特にジェセルとも会えなくなることは、寂しいという一言ではとても言い表せない。

ぶつかり合ってばかりだったけれど、だからこそ彼とは誰よりも親しくなれたし、誰よりも信頼し合えた。

彼のような人間には、きっとこの先そう出会えないだろう——。

(……それでも、帰らなきゃ。おれはこの時代の人間じゃないんだから)

現代には、家族や友人がいる。自分の店を持つという夢だってある。

どれほど別れがたくても、寂しくても、自分の居場所はここではない。

(せめてあと一ヶ月半、サラちゃんに美味しいおやつ作って、ジェセルと建設現場の人たちのために美味しいピザ作ってやらないと)

思いを新たにしながら、隼人が蜂蜜を塗った生地を丸めようとした、その時だった。

「失礼する」

厨房の出入り口から、声がかけられる。振り返った隼人は、思わず顔をしかめてしまった。

「……パネブ」

そこに立っていたのは、パネブだったのだ。

彼と顔を合わせるのは、あの騒動以来だ。

苦い表情になった隼人を見て、パネブが苦笑を浮かべる。

「そう構えないでくれないか。一応こっちは詫《わ》びに来たんだ」

「詫びぃ？」

どう考えてもパネブから一番縁遠い言葉に、つい語尾が上がってしまう。

眉を寄せた隼人に、パネブが力なく笑う。

「なにを今更と、そう思うのは当然だ。私はそれだけのことをしたからな。だが、今回のことは私が悪かったのだと、思い知った」

（……なんか悪いものでも食べたのか？）

思わず口をついて出そうになった言葉を、隼人はすんでのところで呑《の》み込んだ。

だが、表情には出ていたのだろう。パネブが肩を落として言う。

「あの一件以来、皆私の元から去ってしまってな。こうなっては、さすがに自分が間違っていたと認めざるを得ないさ。本当に、悪かった」

「……別に、おれはあんたに謝ってもらうようなこと、なにもないから」

警戒しつつ、隼人はパネブに答えた。

パネブが取り巻きたちに見限られ、孤立しているという噂は、隼人も耳にしている。

真正面からジェセルに非難され、謹慎を命じられた彼は、すっかり後宮における影響力を失ったらしい。ジェセルが下位の側室たちに役職を与え始めたのを見て、取り巻きたちは慌てて武芸や学問に取り組み始めた様子で、ここ最近パネブはいつも一人でいるということだった。

実際今ここに現れた彼も、かつての取り巻きたちと一緒ではなく、従者を一人連れているきりだ。

（でも、だからってこいつが言葉通り、本当に改心したとは到底思えない）

もしかしたら孤立したことで焦って、ゴマスリにでも来たのかもしれないが、だとしてもあの高慢な性格はそうそう変わりはしないだろう。表面上は反省した振りをしていても、内心では自分がこんな目に遭ったのは隼人のせいだと逆恨みしていてもおかしくない。

パネブの言葉をそのまま信じる気にはなれない隼人は、素っ気なく返した。

「話がそれだけなら、もういいか？　悪いけど、今忙しいんだ」

正直彼にはもう関わりたくないし、そんな時間もない。追い返そうとした隼人だったが、パネブは慌てて引き留めようとする。

「ま、待ってくれ。実は君に手土産があるんだ。……おい」

パネブに声をかけられた侍従が、失礼します、と厨房に入ってくる。その両手には、大きな籠《かご》が抱えられていた。中には数種類の果物と陶製の壺が一本入っている。

「……これは？」

首を傾《かし》げた隼人に、パネブが告げる。

「遠方から取り寄せた果物と蜂蜜酒だ。君はよくサラ王女や女王陛下に果物を使った菓子を作ると聞いて、取り寄せた。珍しい果物を使ったら、きっと喜ばれると思ってな」

「それは……、どうも」

いったいどういう風の吹き回しだと面くらいつつも、隼人は一応お礼を言う。食べ物に罪はない。

そこに置いておいて、と侍従に指示する隼人に、パネブが寂しげな笑みを浮かべて言う。

「実はあの一件が、女王陛下のお耳にも入ったらしくてな。この蜂蜜酒も陛下がお好きなもので、以前は直接お渡ししていたのだが、最近は受け取っていただけなくなってしまったのだ。だからせめてこういう形で、陛下のお心をお慰めできたらと思ってな」

なるほど、パネブの狙いは隼人というよりむしろ、アイーシャ女王の歓心を買うことにあるらしい。

(確かパネブは下《しも》エジプトの有力者の息子、だったっけ)

今までは実家の影響力を盾にやりたい放題していたが、王弟であり、王と同等の権力を持つ正室であるジェセルから罰せられたことで、そうもいかなくなったのだろう。

結局自分の権力の回復が目的かと、隼人はため息を零した。

「……おれからわざわざ、あんたからの差し入れだって言うつもりはないぞ?」

聞かれたら普通に答えるが、パネブに口添えしてやる気はない。

それが目当てなら誰か他を当たってくれと思った隼人だったが、パネブは意外にも神妙に頷《うなず》いて言う。

「もちろん、それで構わない。私はただ、女王陛下に好物をお召し上がりになって、くつろいでいただきたいだけだ」

「……なら、ありがたくいただいとく」

色々複雑な思いは湧《わ》き上がるが、それでもやはり食べ物に罪はない。

隼人の言葉に、パネブがほっとしたように頷く。

「ああ、是非使ってくれ」

それでは、と侍従と共に彼が去ってから、隼人はふうと緊張を解き、手早く調理を再開させた。並べた生地をまだ熱い竈《かまど》に入れ、使い終えた調理器具を片付ける。

一通り片付けを終えた隼人は、ちぎりパンの焼け具合を確認しつつ、パネブが置いていった籠をちらりと見やった。

遠方から取り寄せた珍しい果物と言っていたが、籠の中にあるのは隼人にとっては見慣れたリンゴや小さめのメロン、スイカなどだ。

だが思い返せば、確かに古代エジプトでこれらの果物を見たことはない。この時代ここではまだ栽培されておらず、貴重な品なのだろう。

「アップルパイ作れるじゃん。サラちゃん喜ぶだろうなあ」

リンゴはまだ数日もつだろうが、メロンやスイカは早めに食べた方がいいだろう。隼人は果物の状態を確認して、特に熟れているものを選んで切り、毒味がてら味見してみた。

「おお、完熟。……ん、甘い！」

現代のものと比べると控えめな甘さではあるが、どれも瑞々《みずみず》しくて美味しい。惜しむらくは冷蔵庫がないことだ。冷やして食べたらもっと美味しいだろう。

「ゼリーとかアイスとか食べさせたら、きっとジェセル驚きすぎて固まるんだろうな」

あいつ驚き方も猫っぽいよなあ、とくすくす笑いながら飾り切りする。フルーツの盛り合わせを作り終えたところで、隼人は焼き上がったパンを取り出した。

「……うし、美味そう！」

綺麗《きれい》なキツネ色に焼けたちぎりパンは、香ばしい小麦と甘い蜂蜜の香りが漂っていて、我ながら会心の出来だ。

調理台の上に置いて少し冷ましながら、隼人は籠の中から壺を取り出した。

「蜂蜜酒って言ってたっけ。せっかくだから、これも出すか」

アイーシャ女王が好きな飲み物だと言っていたし、蜂蜜酒ならこのパンとも合うだろう。

一応相性を見ておこうと、小さな杯を取り出して注ぐ。金色の酒にはハーブが漬け込まれているらしく、ふわりと爽《さわ》やかな香りが辺りに広がった。

「へー、いい香りだな。……ん」

くんくんと匂いを嗅《か》いだ後、杯を傾けて少量口に含んでみる。

「……っ、結構ハーブ効いてるな」

蜂蜜酒は日本ではあまりメジャーな飲み物ではないが、修業していたリストランテのメニューにあったため、何度か飲んだことはある。その時はこんなにハーブが強かった記憶はなかったが、製法が違うのだろうか。

「まあ、この時代だとビールもホップとか使ってないしな」

ワインにしても現代とは味が異なるし、これはこういう酒なのだろう。

納得しつつ、隼人はちぎりパンの端っこを一つつまんで頬張った。

パリッと焼けた生地を嚙《か》みしめると、小麦の香りが口いっぱいに広がる。中の生地はたっぷり塗った蜂蜜でしっとりふんわり仕上がっていて、優しい甘さに思わず頬がゆるんだ。

「ん、上出来！　これなら蜂蜜酒も合うな」

もう一口蜂蜜酒を含んでみて、塩気の強いチーズとナッツも用意する。もしかしたらジェセルも飲むかもしれないと杯を二つ出して、隼人は残りの蜂蜜酒を一息に呷《あお》った。

ぽか、と胃のあたりがあたたかくなる感覚を覚えつつ、ちょうどよく冷めたちぎりパンを皿に盛りつける。

「よし、あとは、と……」

サラ用に牛乳を用意したところで、下腹部にじんわりとした熱が走る。どうやらよほど度数が高い酒だったようで、あっという間に体が火照《ほて》り始めた。

「こんな酒が好きとか、女王陛下よっぽど酒強いのかな……」

隼人もそれなりに酒は強い方だと思うが、古代エジプト人は日頃から水代わりにビールを飲んでいるくらいだし、現代人よりアルコールに強いのかもしれない。

残りは水で割って飲めばよかったかなと思ったところで、ウマルが厨房に顔を出した。

「隼人様、ジェセルウナス様をお連れしました」

「ん？　ジェセル？」

いつもは中庭の東屋《あずまや》で待っているのにどうしたのだろうと思っていると、ウマルの背後からジェセルが現れる。

隼人は歩み寄ってくるジェセルに問いかけた。

「どうしたんだ、ジェセル？　女王陛下とサラちゃんは？」

「ああ、二人は所用で少し遅くなる。だから、もしピザの試作ができているならと思って、先にこちらに……」

と、そこまで言いかけたところで、ジェセルが急に顔つきを険しくする。

「この匂い……」

すん、と鼻を鳴らすジェセルに、隼人は首を傾げた。

「匂い？　ああ、パンの匂いか？　今日は蜂蜜ちぎりパン作ったから……」

「いや、そうではない」

厨房に満ちている小麦と蜂蜜の香りのことだろうかと思った隼人だったが、ジェセルは首を横に振ると、大股で隼人との距離を詰める。

「……えっ」

くんくんと、確かめるように口元の匂いを嗅がれて、隼人は面食らって一歩後ずさった。

「な、なんだよ、いきなり」

「……なにを飲んだ、隼人」

「なにをって……、あ、蜂蜜酒」

妙に真剣な表情のジェセルに問いつめられて、隼人はたじろぎながら壺を指さす。

「さっきもらったんだ。女王陛下が好きだって聞いたから、今日出そうと思って味見してみたとこで……」

隼人の言葉を聞くなり、ジェセルは壺に歩み寄った。蓋《ふた》を開け、くんと匂いを嗅いですぐ、蓋を元に戻す。

「……どれくらい飲んだ」

「え……、そ、その杯に一杯、だけど……。もしかして、ものすごい高級品だったのか？」

まさか女王専用の飲み物で、勝手に飲んだら大罪だったりするのだろうか。

鋭い目つきのジェセルに思わず怯《ひる》んでしまった隼人だったが、ジェセルはそれには答えず、隼人の胸ぐらを掴んで命じる。

「吐け！　今すぐ！」

「は⁉　無理だって、そんなの！」

いくらなんでも飲み込んでしまったものを今更吐けやしないし、吐いたところで自分が飲んでしまった事実は変わらない。

無茶を言うなと目を白黒させた隼人だったが、ジェセルはチッと舌打ちすると、入り口でおろおろと成り行きを見守っているウマルに口早に命じた。

「ウマル、水を持って来い！　早く！」

「は、はい、ただいま！」

慌てたウマルが、厨房の隅にある水瓶《みずがめ》に走り寄る。

それを横目に見つつ、ジェセルは低く唸《うな》った。

「……お前の飲んだ蜂蜜酒は、媚薬《びやく》だ」

「……は？」

「吐けないのなら、せめて水で薄めろ」

手遅れかもしれんが、と呟くジェセルに、隼人は目を点にして聞き返す。

「びやく？　って、……媚薬？　え？　は？　なんで？」

「聞きたいのはこちらだ」

呻《うめ》いたジェセルが、駆け寄ってきたウマルから引ったくるようにして水の入った壺を奪い、杯に乱暴に移す。

「飲め」

突き出された杯を受け取ろうとして——、隼人はかくりと、膝から力が抜けてしまった。

「あ……？」

「っ、危ない！」

叫んだジェセルが、杯と壺を放り出して隼人の体を抱きとめる。

ふわりと立ち上った睡蓮《すいれん》のようなジェセルの香りを吸い込んだ隼人は、腹の奥にじわりと生まれた疼《うず》きに目を瞠《みは》った。

（な……、んだ、これ……）

甘い、甘い香りに、くらくらと目眩《めまい》がする。

さっきまで普通だったはずなのに、今はまるで薄布で覆われたように全身の感覚が鈍い。だというのに、ジェセルの素肌に触れている部分だけは、敏感にその熱を拾い上げている。

どこもかしこも力が入らなくて、息が急に上がって、目の前の力強い腕にしがみつくことしかできない。戸惑っているうちに、思考までもが霞《かすみ》がかったようにぼんやりしてくる。

ドッドッと強く拍動する心臓の音が、急速に集まっていく下腹の熱が、自分のすべてになっていく——……。

「ジェセ、ル……」

「……っ」

荒くなり始めた息の下、かすれた声でどうにか名を呼んだ隼人に、ジェセルが息を詰める。

ぐっと褐色の腕に力を込めたジェセルは、ハ、と強く短い息をついて呻いた。

「……そのような声を出すな」

（そのような声……？）

熱に浮かされたようにぼうっとしてしまって、自分がどんな声を出したのかも分からずにいる隼人を、ジェセルが肩に担ぎ上げる。

じゃがいも袋のように担がれた隼人は、眉を寄せて文句を言おうとした。

「な、にす……」

しかし、抵抗しようとしても手足に力が入らないどころか、ろくに舌も回らず、言葉すらうまく発することができない。

うーうーと不機嫌に唸る隼人にため息をついて、ジェセルがウマルに命じる。

「ウマル、新しい水を。隼人の部屋まで案内しろ」

「おろ、せ……」

やっとの思いで言葉を紡いだ隼人の尻を、ジェセルがペンとはたく。

「おとなしくしていろ、この野良猫」

だから、猫はお前だろ。

呻きは声にならず、隼人は頬に当たる熱い褐色の肌から逃げるようにそっと、目を閉じたのだった。

ドサ、と寝台の上に降ろされた途端、肌に走った甘い疼きを、隼人は唇を噛んでどうにか堪《こら》えた。

「……っ、う……」

「……ウマル、お前はここまででよい。下がって、女王陛下と王女に今日は隼人の体調が悪いから後宮へはお出《い》でにならないようにと伝えろ。……人払いも頼む」

「かしこまりました」

少し心配そうな声でジェセルに答えたウマルが、部屋から出ていく。

はあ、と息をついたジェセルが、ウマルの置いていった水差しからコップに水を注ぎ、歩み寄ってきた。

「……飲め」

「……っ」

腕を引いて身を起こされた途端、走った甘い感覚に眉を寄せつつ、隼人はジェセルの手からコップを受け取ろうとする。しかし、どうしても手に力が入らず、きちんと持てない。

「う……」

　今にも取り落としそうな隼人を見かねて、ジェセルがコップを支えて飲ませてくれる。冷たい水が喉を滑り落ちる感覚に皮膚が粟立《あわだ》つようだったが、すべて飲み干すと少しだけ頭がはっきりとして気持ちが落ち着いた。

「ん……、っ、は……、悪い、ジェセル」

　声を震わせながらも謝った隼人に、ジェセルが問いかけてくる。

「……大丈夫か」

「いや、めちゃくちゃ体熱い……。レタスすげーわ」

　以前、畑でレタスが媚薬だと教わったことを思い出して苦笑すると、ジェセルが複雑そうな顔で唸る。

「馬鹿者。これはレタスなどよりよほど強力なものだ」

　ハア、とため息をついたジェセルは、金色に光る前髪を掻《か》き上げて隼人に問いかけてきた。

「それで？　お前にあの蜂蜜酒を渡したのは、一体どこのどいつだ？」

「それは……」

　答えかけた隼人は、剣呑《けんのん》に瞳を光らせるジェセルを見て口を噤《つぐ》んだ。

（なんかジェセル、激おこじゃね……？）

　鈍い思考でも分かる。彼はものすごく、怒っている──。

（……当たり前か。よりによってアイーシャ女王に媚薬なんて怪しいもの、盛られそうになっ

たんだもんな)

ジェセルにとってアイーシャ女王は大事な姉で、尊敬する王で、最愛の人だ。その彼女に未遂とはいえ危害を加えられそうになったとあっては、彼が怒るのも無理はない。

黙り込んだ隼人をよそに、ジェセルが怒りを募らせていく。

「姉上の好物を使ってお前を陥れようとするなど、断じて許してはおけぬ。すぐに捕らえて、二度とそのような企《たくら》みができぬよう、舌を切り落として八つ裂きにしてくれる……!」

「……っ、待て、ジェセル……!」

憤怒《ふんぬ》に瞳を燃やすジェセルを、隼人は咄嗟《とっさ》に制止して言った。

「わ……、悪い、間違えた。あれは、おれが……、おれが、買ってきたんだ」

急に先ほどと違うことを言い出した隼人に、ジェセルが片方の眉を跳ね上げる。

「……なんだと?」

「市場で、昨日。前に女王陛下の好物だって聞いてたから、それで」

ちょうど昨日、ウマルと一緒に市場に行ったことを思い出して、そう嘘《うそ》をつく。

ジェセルがなにか言う前にと、隼人は必死に言葉を重ねた。

「ただの蜂蜜酒だと思ってたんだ。まさかそんなものだと思わなくてさ。でも、女王陛下に出す前に味見してよかったよ。あやうくお前に八つ裂きにされるとこだった」

「……媚薬入りの蜂蜜酒が、市場でそうそう売られているものか」

横たわったまま茶化すように言った隼人を見下ろして、ジェセルが眉を寄せる。

「見え透いた嘘をつくな、隼人。お前が犯人を庇《かば》う必要はないだろう？」

「……嘘じゃ、ない」

はあ、と息を荒く零しながらも、隼人は懸命に舌を動かした。

媚薬が本格的に回ってきたのか、腹の奥の方から甘い疼きが湧き上がってきている。性器はもうとっくに反応していて、麻の貫頭衣を押し上げていた。

固く膨《ふく》れ上がった熱を、今すぐ扱《しご》いて楽になりたい。

けれど、ここでジェセルを納得させなければ、彼は犯人を捜し当てて報復するだろう。しかも、以前のような公正さの欠片《かけら》もなく、感情的に罰するに違いない。

（それは絶対、ジェセルのためにならない）

本能的な衝動を、寝台の敷物を握りしめながら堪えて、隼人は膨らみが目立たないよう体を捩《よじ》った。

（確かに、パネブのやったことは罪に問われて当然のことだ。でも、舌を切るとか八つ裂きにするとか、そんな厳しい罰を下すほどのことじゃない）

おそらくパネブは、隼人への嫌がらせでこんなことをしたのだろう。

女王への献上品に媚薬を混ぜるなどなんとも浅はかだが、ジェセルが匂いで気づくくらいだ。毒味の段階で企てが露見することは最初から分かっていたはずで、彼の狙いはそこで隼人が罪に問われること、それだけだ。

(仮にパネブが女王に敵意を持っているなら、もっと確実な方法で女王の命を狙うだろうし、そもそも媚薬じゃなくて毒を使うはずだ。あいつはただ、おれに嫌がらせしたかっただけだ)

あの場にいたのは、パネブと隼人の他には、彼の従僕一人だけだった。事が露見し、隼人が自分の名前を出しても、従僕に口止めしてシラを切るつもりだったに違いない。

だが、今のジェセルがそんな言い訳を聞き入れるとは思えない。

今の彼は、最愛の人を危険に晒《さら》された怒りに我を忘れ、冷静さを欠いてしまっている。

(おれがここで名前を出せば、ジェセルは絶対にこの間よりも厳しくパネブを罰する。パネブなんてどうなったっていいけど、でも、後宮の皆はどう思う？　この国の人たちは？)

公明正大でまっすぐで、誰にでも公平で。そういうジェセルだからこそ、皆は彼を慕っているはずだ。それなのに、怒りに任せてパネブを罰したりしたら、人心はあっという間に離れていくだろう。

(パネブの狙いは、あくまでもおれだ。おれが現代に帰れば、きっと落ち着く)

自分はあと一ヶ月半もすれば、ここからいなくなるのだ。だったらその間、自分が今回みたいなことがないように気をつけて、我慢すればいいだけだ。

ジェセルがパネブのためにその名を貶《おとし》めることなど、あってはならない。

「……おれが、間違えただけだ。他の誰も……、誰も、悪くない」

固く拳《こぶし》を握りしめ、あくまでも自分の失敗だと主張する隼人に、ジェセルがため息をつく。

「隼人。報復を恐れているのなら、そんな必要はない。お前を陥れようとした罪は、その者の命をもって贖《あがな》わせる」

「っ、だから、そんな必要ないって言ってるだろ……！」

恐ろしいことを言うジェセルに、隼人は必死に叫んだ。

（やっぱり、今のジェセルはどうかしてる）

聡《さと》い彼のことだ。きっともう、犯人の目星はついていて、その動機にだって薄々気づいているに違いない。

それでもこんなに怒り狂っているのは、やはりアイーシャ女王が狙われたからなのだろう。

理性的な彼が我を失うほど、彼は女王のことを深く愛しているのだ――。

「……っ」

そう思った途端、ズキッと胸の奥が痛んで、隼人は眉を寄せた。

（……痛い？　なんでだ？）

何故《なぜ》、今胸が痛んだのか。

ジェセルがアイーシャ女王を深く想《おも》っていることなんて、今更だ。

ジェセルがどれだけ彼女のことを献身的に支えているか、どれだけ彼女のことを大切に守っているか。そんなことは、ここに来てまだ日が浅い自分だってよく知っている。

最初こそ姉弟で結婚なんてと驚いたけれど、かつて苦境にいた自分を救ってくれた姉を愛し、一途《いちず》に慕い続けているジェセルを好ましいと思っていた。

形こそ違うけれど、自分もまた妹を大切に、大事に思っている。だからこそ、少し行き過ぎた行動も理解できると思っていた。

それなのに何故、ジェセルがアイーシャ女王を愛しているということを考えただけで、胸が痛むのか。

喉が塞《ふさ》がれたように、苦しいのか——。

(……いや、これもきっと媚薬のせいだろ)

熱っぽい頭でそう結論づけて、隼人は改めてジェセルを見据《みす》えた。

「……おれが、自分で買ってきて、自分で飲んだんだ。お前が誰かを罰する必要なんてない」

ジェセルの怒りも分かるけれど、こんなことで臣下を殺していたら、それはもはや恐怖政治だ。民に尊敬され、愛される彼が、そんなことをしてはいけない。

隼人はハア、と熱い息を切らし、ジェセルに背を向けてごろりと横になった。

「……話がそれだけなら、悪いけど出てってくれ。一人に、してほしい」

自分さえ口を割らなければ、ジェセルが暴挙に出ることはないだろう。時間を置けば、彼の怒りも少しは収まるかもしれない。

それに、早く一人になってこの熱をどうにか散らしたい。

ジェセルの前で下肢に手を伸ばすこともできず、もどかしさに熱い吐息を零した隼人だったが、その時、ギシリと寝台が音を立てる。

首だけ振り返った隼人は、いつの間にか寝台に膝をかけて背後に迫っていたジェセルに息を呑んだ。

「な……、なんだ？」

「頭にきた」

「は？」

わけの分からないことを言い出したジェセルに、隼人は目を点にする。

しかしジェセルはそんな隼人には構わず、おもむろに自分の手首に唇を寄せると、巻き付けていたアクセサリーに白い歯を立てる。ぶつっと音を立てて切れた革紐《かわひも》から、ビーズ状の宝石がバラバラと音を立てて散った。

「ジェセル？　なにして……」

「どうでも言わぬと言うのなら、言いたくなるようにしてやる」

ギラ、と暗い色の瞳を光らせたジェセルを見て、隼人は咄嗟に身を起こそうとする。だがそれより早く、ジェセルの手が隼人の手首を捕らえた。

「なっ……！　放せ！」

強い力に驚く間もなく、両の手首を革紐で括《くく》られてしまう。あっという間の出来事に、隼人は呆気《あっけ》にとられてしまった。

「な……、なんだよ、これ……」

ジェセルが突然こんなことをする意味が分からない。自分を拘束して、一体どうしようというのか。

「……解けよ、ジェセル」

がっちりと手首を縛《いまし》める革紐は、隼人が力んでみても容易には千切れそうにない。

自分を見下ろす男を睨《にら》み上げて、隼人は低い声で唸った。しかしジェセルは一向に怯む様子
もなく、じっと隼人を見据えて言う。

「解いて欲しければ、お前を陥れようとした者の名を言え」

「だから、そんな奴《やつ》いないって……、っ、もういい！」

執拗《しつよう》な問いかけに、このままでは埒《らち》があかないと判断して、隼人は縛られた両手でジェセル
の胸元をドンッと強く押し返した。

「どけ！　お前が出て行かないなら、おれが出て行く！」

媚薬のせいで全身燃え上がるように熱いし、目の前もくらくらする。早く一人になってこの
熱を発散させないと、おかしくなってしまいそうだ。

これ以上押し問答している余裕はないと身を起こそうとした隼人だったが、ジェセルは隼人
の手首を摑むと、易々《やすやす》と寝台に押し戻す。

片手で隼人の手首を寝台に縫いとめた彼は、剣呑に目を眇《すが》めた。

「……誰が逃がすか」

「……っ、は、なせ！」

ジェセルに触れられている手首が、その熱を拾い上げて甘く疼く。

あからさまなその感覚に焦って、隼人はジェセルを蹴《け》り飛ばそうとした。しかしジェセルは、隼人の渾身《こんしん》の蹴りを空いていた手でパシッと受け流すと、そのままその足を寝台に押しつけ、自らの下肢で押さえ込む。

気づけば隼人は、仰向《あおむ》けのまま両腕と片足の自由を奪われ、ジェセルに覆い被《かぶ》さられていた。

「……ハ、随分手慣れてるな。悪趣味な王弟殿下もいたもんだ」

自分より体格の勝る男にのしかかられているという初めての状況に怯みつつも、相手にそれを気取られないよう、睨みつける。

息を荒らげながらも挑発的な態度を取り続ける隼人に、ジェセルは至極冷静に答えを返してきた。

「寝首を掻きにきた暗殺者への対処も、王族には必要なのでな」

「……暗殺者扱いかよ」

悪態をつきながらも、隼人はじりじりと焦りを募らせていた。

先ほど足を蹴り上げたせいで貫頭衣の裾は捲《めく》れ上がっており、下着をつけていないそこが今にも見えてしまいそうで落ち着かない。

だというのに、腰の奥から込み上げてくる強制的な快感は一秒ごとにその濃度を上げ、じゅわりと隼人の欲を濡《ぬ》らしている。男に押さえつけられている屈辱的な体勢なのに、触れ合う素肌の熱さに自分の息が勝手に上がっていくのが分かって、隼人は内心舌打ちをした。

(最悪だ)

暴れたことで一気に回り出した媚薬が、思考をどろどろに蕩《とろ》かそうとしてくる。自分の意思とは裏腹に体ばかりが昂《たか》ぶっていくのが腹立たしくて、それなのにどうしようもなく疼いて仕方がない。

このまま腰を上げて、ジェセルの腿《もも》に擦《こす》りつけて楽になってしまいたい。

恥も外聞もなく、甘い欲に溺《おぼ》れてしまいたい——。

(……っ、誰がするか、そんなみっともないこと……!)

理性を押し流そうとする強烈な衝動に必死に抗《あらが》い、隼人は唯一自由になるもう片方の足で反撃するチャンスを窺《うかが》った。

ジェセルはこのまま自分が耐えきれなくなって、解放と引き替えにパネブの名を出すのを待つつもりだろう。だが、彼の怒りが収まらないうちにパネブの名を明かしてはならないし、なによりもこんなことでジェセルに屈するのは絶対に嫌だ。

「……放せよ、ジェセル」

ハ、と息を荒らげて、隼人はジェセルを睨む。

長い手足で自分を押さえつける男は、さながら獲物に喰《く》らいつく寸前の獰猛《どうもう》な肉食獣のようだった。

だが、彼は獣ではない。

彼は理性のある人間だ。

「お前、ダチにこんなことするのか」

ここまで言えば、きっと頭を冷やす。

そう思って放った言葉に、ジェセルが大きく目を見開く。

（……よかった。少しは刺さったか）

これでジェセルも思い直すだろうと、隼人が安堵《あんど》しかけた、――次の瞬間。

「……では、ない……！」

「え……、ジェセ、……っ⁉」

怒りに満ちた低い声で唸ったジェセルが、隼人の服の裾を一気に捲《まく》り上げる。

ぶるんと飛び出た性器に溜《た》まっていた蜜が、ぱたぱたと己の下腹に散って、隼人は大きく目を見開いた。

「な……っ、おま、なにして……っ、ひ……！」

動揺しつつも慌てて身を捩ろうとした隼人だが、それより早く、ジェセルの手が隼人のそこを包み込む。

電流のように駆け抜けた鮮烈な快楽に、隼人はびくんっと全身を震わせた。

「や、め……っ、あ、あ、あ！」

抵抗する間もなく、熱く滾《たぎ》った欲望を大きな手が容赦なく扱き立ててくる。

限界まで耐えていたそこに与えられる目も眩《くら》むような快感に、隼人はひとたまりもなく溺れてしまった。

「やっ、あっ、あ、あ……！」

ずっと堪えていた甘い、甘い快楽が、瞬く間に膨れ上がる。

体の奥でくすぶっていた熱が一気に燃え上がり、出口を求めて駆け上がってくる――。

「出、る……っ、あ、やだっ、や……っ、イく……！」

なけなしの理性に縋《すが》りついて、こんなのは駄目だ、嫌だと必死に頭を振るのに、いけないと思えば思うほど、体が快感に引きずられる。

押し寄せる衝動になすすべもなく呑み込まれかけた隼人だったが、その時、ジェセルが性器の根元をぎゅっと強く握りしめる。

瞬間、目の前が真っ赤に染まって、隼人は思わず悲鳴を上げた。

「ひっ、うあ……っ、あ……！」

パンパンに張りつめた蜜袋の中で、寸前でせき止められた奔流がぐじゅりと渦を巻く。限界まで滾ったそれを圧迫され、知覚できないほどの痛みと狂おしさに、隼人は呻いた。

「な……、にす……っ、ジェセル！」

あまりの仕打ちに、彼を拒もうとしていたことも忘れて声を荒らげた隼人に、ジェセルが暗い声で唸る。

「……そう簡単に達《い》かせてなどやらぬ」

びくびくと脈打つ隼人の熱茎の根元をきつく縛め、絶頂を阻みながら、ジェセルが言う。

「達したければ、真実を明かせ。私に嘘をつくな。……友だと、言うのならば」

「……っ、勝手なこと言ってんじゃねえ！」

脅すようなことを言うジェセルに、隼人はカッとなって怒鳴り返した。

驚いたように目を瞠るジェセルに、衝動のまま叫ぶ。

「なんで……っ、なんで分かんないんだよ！　おれはお前に人殺しなんて、させたくないんだよ！」

分かっている。

こんなのは、ただの自分のエゴだ。

今まで何度も遠征に赴き、戦いに身を投じてきたジェセルにとって敵は排除すべきもので、罪を犯した者を厳しく罰するのは当然のことだ。

でも、それでも、こんなことでジェセルに手を汚してほしくないと思う。

こんなことで、彼が今まで築き上げてきたものに傷をつけてほしくない——。

「そりゃ、自分の奥さんに媚薬盛られそうになって頭に来んのは分かる……！　でも未遂だったし、狙いはあくまでもおれへの嫌がらせだろ！　そうと分かってて殺すなんて、いくらなんでもやりすぎだ……！」

握りしめられたままの熱がズキズキと痛くて、それなのにその奥の疼きはちっとも治まらなくて、もうわけが分からない。自分の体が自分のものじゃないみたいで、息をするのも精一杯なくらい欲情しているのに、それ以上の怒りで、悔しさで、どうにかなりそうで。

上擦《うわず》りそうになる声を懸命に堪えて、隼人は目の前の男を必死に睨んだ。

「そんな……っ、そんなことしたら、誰もお前について来なくなる……！　なのに、なんでそれが分かんないんだよ！　おれはお前のこと守りたくて……っ、それだけで……！」

どうしてジェセルは分かってくれないのか。

どうして、こんなことになっているのか。

分からなくて、力でねじ伏せるような真似《まね》をされていることも、力で敵《かな》わないことも悔しくて、目頭が熱くなる。

いきなりタイムスリップした時も、捕らわれて牢《ろう》に入れられた時も泣いたりなんてしなかったのに、勝手に涙が滲《にじ》んでしまう——。

「……くそ」

悪態をつき、敷布に強く頬を押しつけた隼人に、ジェセルが小さく息を呑む。隼人を拘束していた彼の両手から、力が抜けていった。

「……すま、ない」

おそらく物心ついてから今まで、誰にも謝ったことなどないのだろう。

ぎこちない、けれど真摯《しんし》な謝罪と共に、隼人の手首と熱茎を縛めていた手が離れていく。

は、と緊張を解いて息をつく隼人を見つめて、ジェセルが再度詫びた。

「悪かった。お前が私のことを考えて黙っているのだとは思わなかった。てっきり犯人を庇っているのだとばかり……」

「……庇う義理なんかねぇよ。分かれよ、それくらい」

ジェセルの瞳から凶暴な光が消えたことにほっとしつつ、隼人は文句を言う。

無意識のうちに拗《す》ねたような響きになった声が、少し気恥ずかしい。結局自分は、この男に嫌われることをなによりも恐れ、それだけ信頼しているのだろう。

いつの間にか自分の心の大事な部分に彼を据えていることを自覚しながら、隼人はジェセルを見上げて言った。

「おれにとってお前より大事なダチなんか、いるわけないだろ」

「……大事な友、か」

しかしジェセルは、隼人の言葉を聞いた途端、くしゃりと表情を歪める。

歯がゆそうな、もどかしそうなその表情は、これまでも幾度か見てきたもので――。

「私は、そうは思わぬ」

「……っ」

ぽつりと落ちてきた呟きが、隼人の心に消えない染みを作る。

(なんで……)

自分が感じていた友情は、一方通行だったのか。

彼は同じ感情を抱いてはいなかったのか。

声もなく目を瞠った隼人だったが、ジェセルはきつく眉を寄せると、思わぬことを告げた。

「私にとってお前は、もう単なる友ではない。先ほども、頭にあったのは姉上のことではなく、お前のことだった。私は、姉上を危険に晒されたから怒りに囚《とら》われたのではない。お前を陥れようとした者が許せなくて、お前がその者を庇うのが憎らしくて……」

「ジェ……」

名前を呼ぼうとした隼人に、ジェセルがそっと身を寄せてくる。

隼人の肩口に顔を埋めた男は、なにもかもを投げ出すような声で熱く、低く呻いた。

「……好きだ」

「……っ」

「お前が好きだ。……好きだ、隼人」

目の前で強《こわ》ばる広い肩を、震える金色の髪を、隼人は呆然《ぼうぜん》と見つめた。

ひとつ、ふたつ、瞬《まばた》きをする。

(今……、今、なんて……?)

あまりにも予想外すぎて、耳に入ってきたはずの言葉の意味が汲《く》み取れない。

考えようと、考えなければと思うのに、いくら働かせようとしても頭が働かなくて、思考が回らない——。

目を見開いたまま、ただ瞬きだけを繰り返していた隼人だったが、その時、不意に隼人の下肢にジェセルが手を伸ばす。

そっと性器を包み込んできた手に、隼人はようやく我に返った。

「っ、あ……っ、えっ、なに、な……っ⁉」

混乱している間にも、放《ほ》ったらかしになっていた熱がジェセルの手で高められていく。

「やめっ、ちょ……っ、あっ、なにす……っ、ジェセ、ジェセル!」

「……楽にするだけだ」

囁《ささや》いたジェセルが、首筋にくちづけてくる。

きつく吸い上げられた途端、そこから腰にかけて走った甘い疼痛《とうつう》に、隼人は慌ててジェセルを押し返そうとした。

「や、めろって、バカ、あ、あ……!」

けれど、縛られたままの両手ではろくな抵抗もできない。艶《つや》のある金の髪を引っ張って彼を引き剝《は》がそうとした途端、弱い先端の割れ目を指の腹で優しくくすぐられて、隼人は蕩けきった声を上げた。

「んああ……っ、あっ、それ……っ、それ、やめ……っ」

「ん……、ここだな……？」

ぺろ、と仰《の》け反《ぞ》った首筋に浮いた喉仏を舐《な》めたジェセルが、ぬちゅぬちゅとそこばかり狙って責め出す。

先走りの蜜でぬるつく孔を徹底的に弄《いじ》られ、浮き出た血管を指先でなぞり上げられた隼人はもう、ジェセルのやわらかな髪を掻き混ぜることしかできなくなってしまった。

「は、あ、あ……っ、あ……！　や……っ、やだ……っ、ジェセル……！」

先ほどとはまるで違う、労《いたわ》るような愛撫《あいぶ》に、甘い声が抑えられない。

感じ入った高い声が自分のものだなんて思いたくないのに、唇から熱い吐息と共に零れるのは嬌声《きょうせい》としか言いようのないもので、恥ずかしいと思う自分がまた、恥ずかしくて。

「うっ、く……！　うー……！」

声を、快感を、必死に堪えようとする隼人に気づいたジェセルが囁く。

「……我慢するな、隼人」

顔を上げたジェセルは、苦しそうに目を眇めてこめかみにくちづけてきた。触れるだけの優

しいキスを幾度も繰り返しながら、熱く真摯な声で隼人に言い聞かせる。

「これはただの詫びだ。私はお前からなにも奪うつもりはない。答えも、……望まぬ。お前はただ、快楽に身を委ねればいい……」

「ジェセ……っ、あっ、あ、あ……！」

名前を呼ぼうと唇を解いた瞬間、きゅっと大きな手にやわらかく締めつけられ、激しく扱き立てられる。

思わずぎゅっと目を瞑《つむ》った隼人は、欲望のままに腰を浮かせ、気持ちいいその筒に己を擦りつけて快楽を貪《むさほ》った。

「イ、く……っ、イくっ、ああっ、あっ、出る……！」

限界まで膨れ上がった欲望が、びくびくっと脈打つ。腰を甘く震わせながら、隼人はジェセルの手の中に思い切り精を散らした。

「は……っ、あ、あ……！」

これまで感じたことのないほど深い絶頂に、いつまでも体が跳ねてしまう。

ようやく与えられた解放にドッと疲労感が襲ってきて、――だから。

「……隼人」

だから、囁きと共にこめかみに落ちてきた唇に、隼人は気づかない振りをした。

今だけはなにも、――なにも、考えたくなかった。

いや、好きってなんだよ。

フリーズしていた隼人の思考が再起動したのは、翌日のことだった。

「……なに言ってんだ、あいつ」

「隼人？　どうしたのじゃ？」

リベンジで作った蜂蜜ちぎりパンをご機嫌で頬張っていたサラが、突然呻いた隼人に首を傾げる。

慌ててなんでもないよと笑みを作って、隼人はサラのコップに牛乳を注いであげた。

今日はサラの招きで王宮の学び舎《や》まで来ているため、周囲には他の王女やお付きの侍女たちもいる。広い中庭に集まった彼らは、隼人が手土産で持ってきたちぎりパンを手に、楽しそうにお喋《しゃべ》りをしていた。

昨日、あれから媚薬が抜けるまで幾度か隼人を手淫《しゅいん》で追い上げたジェセルは、疲れ切ってぐったりしている隼人の身を綺麗に清めた後、すまなかったと一言詫びて部屋を出ていった。

部屋には誰も近づけさせないからゆっくり休むといいと言われた隼人は、もうなにを考えるのも億劫《おっくう》で、そのまま朝までぐっすり眠ってしまった。

おかげで、起きた時には体の調子はすっかり元通りに戻っていた。さすがにあらぬところは擦られすぎたせいでヒリヒリするが、もう媚薬が残っている様子もない。

心配するウマルにもう大丈夫、昨日はごめんなと詫びた隼人は、遅れを取り戻すべく、厨房に籠もってピザの試作をしていたのだが。

(今日だけで何枚ピザ丸焦げにしたか……)

普段ならピザを釜に入れてからは絶対に気を抜かない隼人だが、今日に限ってはどうしても集中できず、黒焦げ製造機と化していた。頭の中が真っ白で、なにも考えることができなかったのだ。

(だって好きとか……、あり得ないだろ)

昨日ジェセルにされたあれこれも非現実的というか、まるで夢の中の出来事みたいだったけれど、それよりなにより信じがたかったのが、ジェセルの告白だ。

時の女王の正室である彼が、同性である自分を好きだなんて、いったいなんの冗談か。

(あんなにアイーシャ女王のこと尊敬して、誰よりも大切にしてるジェセルが、おれのことを好きとかそんなこと……)

あり得ない、ともう一度思いかけて、隼人は俯《うつむ》く。

――あり得ないと真っ向から否定するには、ジェセルの目はあまりにも真剣だった。

それに彼は、あんなことを嘘や冗談で口にするような男ではない――。

「……………」

「隼人？　隼人はたべないのか？　うまいぞ？」

「……ん、ありがとう、サラちゃん」

黙り込んだ自分を心配してくれたのだろう。ちぎったパンを差し出してくるサラにお礼を言って、隼人は微笑《ほほえ》んだ。

昨日、後宮に遊びに来る予定が突然白紙になったサラは、相当駄々をこねたらしい。隼人と遊びたい、隼人のおやつが食べたいと言っているのだが、王宮に来られないだろうかとお付きの侍女から打診された隼人は、少し躊躇《ためら》いつつもそれを引き受けた。

確かにピザの試作作りに身が入っていなかったし、それに隼人も昨日の埋め合わせをしたいとは思っていた。しかし、王宮に行ってジェセルと鉢合わせしたらと思うと気まずい。

けれど、サラがどうしてもと言っていると聞いては、行かないわけにはいかない。行くなら美味しいおやつを作ってあげなければと気持ちを入れ替えて蜂蜜ちぎりパンを作り、学び舎にやって来た隼人に、サラは大喜びだった。

隼人は今日初めて訪れたが、サラはいつもこの学び舎で他の王女たちと共に様々な学問を学んでいるらしい。彼女たちは皆、前王の側室の娘、つまりサラにとっては異母姉妹ということだった。

（ジェセルが育ったのも、こういう環境だったのかな……）

うまうまと蜂蜜ちぎりパンに夢中なサラのそばには、今日はお付きの侍女たちしかいない。おそらくジェセルは政務で忙しくしているのだろう。

気づけばまたジェセルのことを考えている自分に、隼人はため息をついた。

鉢合わせしたらどうしようと思っていたのに、いなければいないで気になってしまう。

（……あいつがあんなこと言うのが悪い）

ぐっと唇を引き結んで、隼人は心の中でジェセルに悪態をついた。

（本当に、なに言ってんだ、あいつ。結婚してんのにおれのこと好きとか、そんな不誠実な奴じゃないはずだろ。しかもなんだよ、ただの詫びって）

昨日、ジェセルは隼人に触れながら、これは詫びだと言っていた。

隼人からなにも奪うつもりはない、答えも望まない、と。

（……なんだよ、おれの答えはいらないって）

これまでそれなりに女の子と付き合ったことはあるが、あんな一方的な告白をされたのなんて初めてだ。

普通自分の気持ちを伝えるのは、相手にも自分のことを好きになってもらいたいという気持ちがあるからではないのだろうか。だというのに自分の答えを拒むなんて、ジェセルは一体どういうつもりなのか。

（答えがいらないんなら、黙っとけばよかっただろ。それとも、気持ちは伝えたかったけど、自分には奥さんいるから応えられても困るってことか？）

だとしたら、随分身勝手じゃないだろうか。

自分はあと一ヶ月半もすればここからいなくなるのだから、黙っていてくれさえすればジェセルの気持ちには気づかなかっただろうに。

（……くそ）

考えれば考えるほど、胸の中にもやもやと息苦しさが広がっていく。

しかしその苦しさは、一体なにに対してのものなのだろう。

親友だと思っていた男から想いを向けられて、裏切られたような気がするからなのか。

ジェセルが、らしくもなく不誠実な真似をしていることが許せないからなのか。

それとも、答えを求められなかったことで、結局彼はアイーシャ女王を選ぶのだと突きつけられている気がするからか――。

（いや、おれを選ばれたって困るし、そもそもおれはあいつのこと、ただのダチとしか……）

――本当に、そうだろうか。

誰よりも力になりたくて、なにがあったって自分だけは味方になってやりたくて、なにかあったら真っ先に駆けつけてやりたくて。

今の自分は、ジェセルのことを他の誰よりも特別に思っている。

それは、その思いは、ジェセルが自分に抱く想いとなにが違うのだろうか――。

「……っ、ああもう！」

ジェセルの真意も、自分の気持ちもなにもかも分からなくなった隼人は、思わず大声を上げ、ぐしゃぐしゃと頭を掻きむしってしまう。

（あいつめ……、あいつめ、あいつめ！）

「全部ジェセルが悪い……」

自分がこんなに悩んでいるのも、全部ジェセルのせいだ。

低く唸った隼人は、そこでようやく、サラが目をまん丸に見開いてじっとこちらを見たまま固まっているのに気づく。隼人の突然の奇行にびっくりしてしまったのだろう。

「あ……、ご、ごめん、サラちゃ……」

我に返った隼人が慌てて謝りかけた、――その時だった。

「おお、よい匂いがしておるの」

笑み混じりの声と共に、アイーシャ女王が現れる。慌ててその場に平伏する人々の中、パッと顔を輝かせたサラが駆け寄り、母に飛びついた。

「母上！　どうしたのじゃ!?」

「少し時間が空いてのう。真面目に学んでおるか見に来たのじゃが、どうやらよい時に来たようじゃのう」

サラを抱き上げたアイーシャが、その小さな手に握られているちぎりパンを見て笑う。

「それは隼人の作ったおやつじゃな？　どれ、我にも一口おくれ」

「よいぞ！」

あー、と口を開けた母に、サラがくふくふ笑いながらちぎりパンを食べさせる。

「ん、美味い。サラ、これはなんと言うのじゃ？」

「ひみつのちぎりぱん、じゃ！」

「ひみつ？」

一瞬きょとんとしたアイーシャ女王は、すぐに蜂蜜の言い間違いだと気づいたのだろう。

「……なるほど、秘密か。道理で美味いはずじゃのう」

こつんとサラと額を合わせ、くすくす笑うアイーシャ女王は、この上なく優しい顔をしている。

微笑ましい光景に、周囲もほんわか和んだ空気になっているというのに、隼人は一人、居たたまれなくなってしまった。

自分が悪いわけではないが、それでも今この人と顔を合わせるのは、少し気まずい——。

「……隼人、少しよいか？」

「え……っ、は、はい」

俯いていた隼人は、アイーシャ女王に声をかけられて少したじろぎつつも頷いた。

サラを侍女に預けた女王は、中庭の片隅にある噴水へと歩み寄る。石造りの噴水の縁に腰掛けた彼女は、サッと片手で宙を払って人払いをした。

かなり離れた場所まで下がった護衛たちに戸惑った隼人だったが、アイーシャ女王はその場に立ったままの隼人に構わず、噴水へと手を伸ばす。降り注ぐ陽《ひ》の光を受けてキラキラと輝く水面からすくい上げたのは、一輪の睡蓮だった。

「この学び舎は、昔から王族の教育の場として使われてきてな。我はここに咲いているこのロータスが一等好きじゃ。……我が夫、ジェフティメスを思い出す」

「ジェフティメス……、もしかして、サラちゃんのお父さんですか？」

問いかけた隼人に頷いて、女王が告げる。

「ああ。ジェフティメスは我の異母弟……、我が父の側室の子であった。身分は低かったが、兄弟の中では飛び抜けて切れ者でな。よくここで、政治論を交わしたものよ。我はいつも、言い負かされてばかりだった」

「女王陛下を言い負かすなんて、すごい方ですね」

子供時代のこととはいえ、彼女のような女傑を論破するなど、相当頭のいい人物だったに違いない。

感心した隼人に、アイーシャ女王が苦い顔をしてみせる。

「あやつは人の揚げ足を取る天才だったのじゃ。何度煮え湯を飲まされたことか……」

「あはは」

心底悔しそうに言うあたり、二人はとても仲睦《むつ》まじい夫婦だったのだろう。

思わず声を上げて笑ってしまった隼人に、笑うでないと苦笑して、アイーシャ女王は昔語りを続けた。

「父がジェフティメスと我との結婚を決めた時は、当然のことだと思った。ジェフティメスこそ我が夫に、この国の王にふさわしいと、ずっと思っていたからの。だから、夫が病に倒れた時はさすがに堪《こた》えた。我は、我の隣にはずっと夫がいるものとばかり思っていたのじゃ」

「…………」

目を伏せたアイーシャの思ってもみなかった一面に、隼人はかける言葉を失ってしまう。

今は揺るぎない強さを誇る彼女にも、そうして悩んだ時期があったのだ――。

そっと睡蓮の花びらを撫《な》でながら、アイーシャが告げる。

「夫は、生まれたばかりの王子を後継者に指名した。そして我に、王子が成長するまでこの国を治めよと命じた。この国は我らの子供も同然、親としての責任を果たせ、と。……勝手なものじゃ。自分はその責任を果たさず、オシリスの御元へ旅立つというのに」

ちゃぷんと、睡蓮を水面に戻したアイーシャが、水流に乗って遠くへと離れていくその花をじっと見つめる。

その横顔は、ひどく寂しそうだった。

「……だが、恨み言を言っていてもなにも始まらぬ。いくら王子の産みの母とはいえ、強欲なネフェルタリに実権を渡すわけにもいかぬしの。かくして夫の遺言を果たすべく、我は王となったわけだが……、そこで問題が起きた」

「問題？」

聞き返した隼人に、アイーシャがニヤリと笑う。

「そうじゃ。なんじゃと思う？」

「え……、ネフェルタリが猛反対した、とかですか？」

そう聞かれても、古代エジプトの王座を巡る争いがどんなものかなんて詳しく知らないし、それくらいしか思いつかない。

首を傾げて答えた隼人だが、アイーシャはそれを鼻で笑った。

「そのようなこと、当たり前すぎて問題でもなんでもないわ。……正解はな、我に求婚してくる者が後を絶たなかったことじゃ」

「……なるほど」

確かに、未亡人となった女王と結婚すれば、その者は王と同等の地位を得ることになる。王位はアイーシャにあるとはいえ、彼女になにかあればその伴侶が政治の表舞台に立つことになるだろう。

納得した隼人に、アイーシャがわざと大仰に嘆いてみせる。

「あの時は本当に困った……。求婚者の列がこの宮殿を二重三重に取り囲んでの。我が美女であるばっかりに！」

「…………」

「冗談じゃ」

ちょっとむくれたアイーシャが、真顔になられるのもつらいのう、とぼやく。

隼人は苦笑して言った。

「いや、確かに陛下は美女だと思いますけど。でもそれ、自分で言います？」

「謙遜《けんそん》したところで、我の美貌は変わらぬからな！」

茶目っ気たっぷりに笑ったアイーシャが、ふっと優しい顔をする。

「……じゃが、立場も見てくれも関係なく、我自身のことを真実愛してくれたのは、ジェフテイメスとジェセルウナス、ただ二人じゃった」

「……っ」

思わぬところで出てきたジェセルの名に、隼人は動揺して視線を足元に落とした。

アイーシャがじっと、こちらを注視しているのが分かる。

その強い視線に、なにもかもを見透かされそうな気がする――。

「やはり、なにかあったのじゃな。大方ジェセルウナスから想いを告げられたのであろう？」

「な……、なんで……」

思わず目を瞠って呟いた隼人に、アイーシャが静かに断定する。

「当たりじゃの」

「……っ」

なにか言わなければ、今からでも誤魔化さなければと焦った隼人だったが、それより早く、アイーシャがため息混じりに言った。

「道理で、あやつが気もそぞろだったはずじゃ。昨夜は一晩中、後宮にいたようだしの」

「え……」

アイーシャの一言に、隼人は思わず顔を上げる。

ジェセルは昨日、夕方には帰ったはずだ。一晩中後宮で、なにをしていたのか。

目を瞠る隼人に、アイーシャが苦笑して言う。

「その様子では、そなたは気づいていなかったようだの。……しつこく聞いたら、渋々白状したぞ。そなたの部屋の前で、一晩中立っていた、とな」

「……は？　立ってた？　なんで……」

思いがけない一言に、隼人はぽかんとしてしまう。

アイーシャはそんな隼人に笑みを深めて言った。

「さあな。しかし、仮にも王弟であるあやつが衛兵の真似をするなぞ、相当気がかりなことがあったのだろうな？」

「………」

「ま、一晩くらいなんともなかろうが、どうにも政務に身が入らぬ様子だったからな。少し休めと命じてきたから、今頃は自分の部屋で休んでいるだろうよ」

世話の焼ける弟じゃ、とアイーシャが笑う。

その顔は、先ほどジェフティメスとの思い出を語っていた時とは似て非なるもので——。

「陛下は……、もしかして、ジェセルのことを愛してはいないんですか……?」

ふと浮かんだ疑問が口をついて出て、隼人は内心慌ててしまった。

(……なに言ってるんだ、おれ)

ジェセルとアイーシャの間には、他の者が入り込めない確かな絆《きずな》がある。そんなの、誰が見ても分かることだ。

けれど、仮にも正室であるジェセルが同性の自分に想いを寄せている、告白したと確信している割に、彼女は至って平静だ。

なにより、ジェフティメスのことを語る時と、ジェセルのことを語る時のアイーシャは、決定的になにかが違う気がしてならない。

色というか、温度というか、そういうものがなにか、違う気がする——。

「す……、すみません、突然変なこと言って。忘れて下さ……」

「無論、愛しているぞ?」

慌てて謝った隼人を遮って、アイーシャが言う。サッと顔を強ばらせた隼人を見て、彼女はニンマリと人の悪い笑みを浮かべた。

「……あくまでも弟として、な」

「は……、……引っかけましたね？」

今の間は絶対に、わざとだろう。自分が動揺するかどうか試したに違いない。

恨みがましい目を向けた隼人に、アイーシャが楽しそうに笑う。

「我が弟にようやく訪れた春じゃからのう。楽しむなと言う方が無理じゃて」

「……春とか、そんなんじゃないですよ」

まるで自分とジェセルが両思いであるかのような言いようをするアイーシャに、隼人は躊躇いつつも否定した。

アイーシャが目を細めて首を傾げる。

「おや、ジェセルウナスが相手では不服か？」

「不服とかそういうことじゃ……。第一あいつは、あなたの……、……っ」

それ以上言葉が続かなくて、隼人は黙り込む。

ジェセルがアイーシャの正室だから、なんだと言うのだろう。これではまるでジェセルに伴侶がいなければ、彼の気持ちを受け入れると言っているみたいだ――。

二人の間に、沈黙が落ちる。

涼やかな噴水の音が響く中、先に口を開いたのはアイーシャだった。

「……ここから先は、そなた一人の胸に留《とど》めおいてほしいのじゃが」

静かに切り出した女王の言葉に、隼人は少し緊張しつつも頷く。

うむ、と小さく頷き返したアイーシャが告げたのは、思ってもみないことだった。

「我とジェセルウナスは、本当の夫婦ではない。我らは国のため、夫婦の振りをしておるのじゃ」

「……っ、夫婦の、振り……？」

それは一体、どういうことなのか。本当の夫婦ではないとは、一体――。

驚いて目を瞠った隼人に、アイーシャが語り出す。

「先ほど、我が王位に就いてから求婚者があとを絶たなかったと言ったであろう？　特に正室の座を巡る争いは、日に日に激しくなっていっての。このままでは政《まつりごと》に差し障る、そうと分かっていても、我は正室を決められなかった。……夫を、ジェフティメスを、愛していたからの」

穏やかな水流に乗って、いくつもの睡蓮の花がアイーシャの元に流れてくる。しかし彼女の視線は、最初に自身がすくい上げた花に向けられていた。

――手の届かない遠くまで離れてしまった、ただ一輪に。

「ジェセルウナスはそんな我に、自分を形だけ正室とするよう進言してきた。王家の血を引く自分ならば、女王の正室にふさわしい。正室となった自分だけを寵愛《ちょうあい》している振りをすれば、他の側室たちを閨《ねや》に呼ばずとも事は丸く収まる。国のため、そうすべきだとな」

「…………」

「以来、ジェセルウナスは夫という立場から我を支え続けてくれておる。……我らは表向きは夫婦じゃが、男女の仲ではない。いつも閨では政の話をしているか、サラと遊んでいるかのどちらかじゃ。あやつは我のことを真実、愛してくれている。無論、姉としてな」

我と同じじゃ、と笑うアイーシャに、隼人はなんと返したらいいか分からず黙り込んでしまった。

アイーシャはそう言うけれど、ジェセルが本当に彼女のことを姉としか見ていないかどうかは、本人にしか分からないのではないか。

もしかしたらジェセルはアイーシャにずっと一途な想いを抱いていて、その想いを押し隠して彼女に献身的に尽くしているのではないか――。

「言っておくが、ジェセルウナスが私を姉以上に想っているということはないぞ？」

「え？　な、なんで分かって……」

唐突にアイーシャに言われて、隼人は慌ててしまった。心の中で思っていただけだったのに、いつの間にか口に出してしまっていたのだろうか。

うろたえる隼人を面白そうに眺めて、アイーシャが言う。

「そういった酸い甘いは、我にも覚えのある感情だからの。恋に落ちた者の考えそうなことくらい、容易に想像がつく」

「……おれは別に、そんなこと……」

「おや、ならば続きは聞かずともよいのか？」

ジェセルがアイーシャ女王を姉以上に想っているということはない、その根拠を聞きたくはないのかと聞かれて、隼人は思わず黙り込んでしまう。そんなの、聞きたいに決まっている。

むすっとした隼人の表情を見て、女王はころころと笑い声を上げた。

「すまぬすまぬ、隼人はからかい甲斐《がい》があるの」

「……いーから教えて下さいよ」

ぞんざいな口調になった隼人にますます笑みを深めて、アイーシャは言った。

「最初に言われたからじゃ。『私は姉上のことを姉としか思えない。だから、姉上にこの先好いた男ができて、その男を正室にしたくなったら、適当な罪を着せて離縁してくれ』とな」

「な……っ、罪を着せろって……！」

そんなの、冤罪《えんざい》ではないか。憤りかけた隼人に、アイーシャが苦笑する。

「我がそのようなことをするわけがなかろう。もしこの先誰ぞを気に入ったとしても、側室に留めおくくらいの分別は持ち合わせておる。ま、今のところジェフティメス以上に面白い男には出会っておらぬがの」

肩をすくめて、アイーシャが続ける。

「そもそも、ジェセルウナスがもし我に懸想《けそう》しておるのならば、堂々とそう告げて求婚すればよい話じゃ。わざわざ国のためなどと言って、回りくどい真似をする必要がどこにある」

「……陛下の気持ちを大切にしたいから、告白しないだけなんじゃ？」

ぼそぼそと反論した隼人だが、アイーシャはそれを一笑に付して言った。

「あれがそのように殊勝な男なものか！　そもそもあやつは、王の血を引く男ぞ。欲しいものがあれば真正面から奪いに行くし、己の想いを堪えることなどせぬわ」

「で……、でも、ジェセルはおれに、答えは望まないって言ったんです。おれからなにも奪うつもりはないって」

アイーシャの言うジェセル像と、自分が彼から言われた言葉が、どうにも嚙み合わない。

彼が本当に、欲しいものがあれば真正面から奪いに行くような男ならば、それこそ自分にも同じように迫るのではないだろうか。

いくらアイーシャ女王とのことが秘密だと言っても、その女王自身がこうして自分に秘密を打ち明けてくれている。ジェセルだって自分のことをそれなりに信用してくれているはずで、秘密を打ち明けられないから自分の答えを拒んだというのは、どうにもしっくりこない。

そもそもそれが枷《かせ》になるのなら、想いを打ち明けること自体を諦めるはずだ。

「あいつが陛下と本当は夫婦じゃないなら、それこそ真正面から告白すればいいだけの話じゃないですか？　わざわざおれの答えを拒む必要なんて……」

ジェセルの意図が分からず、ますます混乱する隼人に、アイーシャが目を細める。

穏やかな笑みを浮かべた彼女は、諭すように言った。

「それはそなたに、帰るべき場所があるからであろう」

「……っ」

「あやつが望まぬと言ったのは、本当はなによりもそなたの答えを欲しているからこそじゃ。奪わぬというのも、本当は奪いたいからであろう。だが、そなたには帰るべき場所があり、戻るべき家族がいる。答えを求めれば、そなたを苦しませることになる。そう思って、堪えたのじゃろうな」

似合わぬことをする、とアイーシャが呟く。

その優しい苦笑混じりの呟きを聞きながら、隼人は呆然とアイーシャの言葉を心の中で繰り返した。

（本当はなによりも、おれの答えが欲しかった……。最初からおれの答えを拒んだのは、おれを苦しませないためだった……？）

それは……、それは、本当だろうか。

本当にジェセルは、自分を思ってああ言ったのだろうか――。

「ふむ。その顔を見るに、隼人はジェセルウナスが答えを求めなかったことが、よほど不満だったのじゃな」

青いのう、と笑う女王の声で我に返った隼人は、動揺を押し隠して言った。

「……そんなんじゃないです。そもそも、おれは別にあいつのこと……」

「好きじゃろ？」

しかし、皆まで言う前に、アイーシャが隼人を遮る。

笑みを浮かべた彼女をジトッと見据えて、隼人は精一杯冷静に返した。

「おれは、今までジェセルをそういう目で見たことはありません。男同士ですし」

「ならば、今からでも性愛の対象として見てやってはくれぬか？」

間髪入れずそう言ったアイーシャが、隼人の答えを待たずに続ける。

「そなたたちが互いを深く信頼し合っていることなど、見ていれば分かる。そのような相手に巡り合えるなど、そうそうあることではない。仮にジェセルウナスが女で、誰とも結婚していなければ、そなたは一生の伴侶にと望んだのではないか？」

「そ……、れは……」

考えもしなかったことを問われて、隼人は咄嗟に返す言葉に詰まってしまう。すると女王は、優しく目を細めて言った。

「性別や出自など、些末《さまつ》なことじゃ。そのようなつまらぬことに囚われているうちに永遠の別れが来るなど、悲劇でしかないぞ」

愛する者と死別した彼女にそう言われてしまうと、もうなにも返す言葉がない。

唇を引き結んだ隼人に、アイーシャが穏やかに言う。

「あやつは誰かを愛しているのに他に目移りができるような、器用な男ではない。昔からまっすぐで、まっすぐすぎて融通のきかぬ男じゃ。……誰よりも優しい、我の自慢の弟じゃ」

「…………」

「我にはこの国を大過なく導いてゆく責務がある。それ故、ジェセルウナスを離縁してやることはできぬ。じゃが、我の使命は民が愛する者と幸せに暮らせるよう、力を尽くすことじゃ」

その言葉に、隼人は彼女に最初に会った時のことを思い出す。

王にできることはただ、民が餓えぬよう、愛する者と幸せに暮らせるよう、己の命が尽きるその時まで力を尽くすことだけだと、彼女は確かにそう言っていた──。

「弟はこれまでずっと、我に尽くしてきてくれた。その弟がようやく見つけた、ただ一輪のロータスじゃ。……花開いてほしいと、本心から願《ねご》うておる」

じっと隼人を見つめるアイーシャの瞳は、ジェセルと同じ色をしていた。

なにもかもを包み込むような、優しい、夜の色だった。

「そなたに帰るべき場所があることは、我も重々承知しておる。じゃが、あやつの想いを受け入れ、この地に残ることも考えてはくれぬか」

頼む、と響いた静かな声に、穏やかな水の音が重なる。

くるくる、くるくると回りながら、睡蓮がまた一つ、遠くへと流れていった──。

夜の帳《とばり》に、無数の星々が瞬いている。

高層ビルや電灯といった邪魔が入らない夜空は、星も月も手が届きそうなほど近い。特に満月の今夜は、灯《あか》りがなくとも十分なほど明るかった。

後宮で一番高い塔の屋上にごろりと仰向《あおむ》けに寝転んだ隼人《はやと》は、まるで砂金を流し込んだかのような夜空をぼうっと眺めていた。

砂漠に近いこの王都では、昼と夜の寒暖差が激しい。肌を焦がすような太陽が鳴りを潜めている今、麻布一枚の貫頭衣では肌寒いほどだった。

「なんか羽織るもん持ってくりゃよかったな……」

へっくし、と大きなくしゃみをしつつも、まだ部屋に戻る気になれないのは、昼間アイーシャ女王から言われた言葉が頭の中で渦巻いているからだ。

『ならば、今からでも性愛の対象として見てやってはくれぬか？』

「……無茶言うよなあ、女王陛下」

アイーシャ女王は性別や出自などたいしたことではないと言っていたが、少なくとも自分にとってはたいしたことだ。

自分はこれまで、同性を好きになったことはなかった。当然、ジェセルのことも古代エジプトでできた親友という認識でしかなかったのだ。

それをいきなり恋愛対象として見ろと言われても――。

（まあ、昨日あんなことされて、まるっきりそういう目で見られないとはさすがに言えないけどさ……）

いくら察しのいいアイーシャとはいえ、彼女が昨日の出来事をすべて把握しているとは思えない。彼女のあの言葉は、純粋に弟の恋路を応援してのものなのだろう。

アイーシャには今までジェセルをそういう目で見たことはないと言ったけれど、それは昨日までの話だ。あんなことがあって、好きだとも言われて、そういう意味でジェセルを意識するなという方が無理な話だ。

ましてや、ジェセルがアイーシャと本当は夫婦ではないと明かされてしまっては、尚更《なおさら》意識せずにはいられない――。

（……おれはジェセルのこと、どう思ってるんだ？）

白く輝く満月を見上げて、隼人は自分自身に問いかけた。

最初はただただ、気にくわない男だった。

こちらの言葉を信じず、真っ向から否定して、危険だからと排除しようとする。ジェセルにしてみれば、隼人は正体不明の怪しい人物だったのだから仕方がないとはいえ、ろくに話も聞かないのはどうかと、今だって思う。

けれどそれには、姉を守らなければならないという理由があった。女王である姉を、ひいては国を守ろうとする彼は案外不器用で、けれどいつだってまっすぐだった。

意外と食べ物につられやすいところも、嫌いじゃないと思った。誰のことも公平な目で見ているところも人として尊敬できるし、パネブとの一件では自分のことを存外買ってくれていて嬉《うれ》しかった。

頑固すぎるところはもう少しどうにかしろよと思うし、ツンデレなのかただのデレなのか分からんところもどうにかしろと思うけれど、それでもジェセルのそばは居心地がよかった。

口ゲンカは数え切れないくらいしたし、ピザのレシピ開発では何度も衝突した。でも、それはジェセルだからこそできたことだった。他の誰かではきっと、ああはならなかった。

――だからこそ、告白された時は冗談じゃないと思った。けれどそれは、彼がアイーシャと夫婦だと思っていたからだ。

(強引にあんなことしやがってとは思うけど、それだっておれがパネブのこと庇《かば》ってるって勘違いしたせいだし。ジェセルに好きだって言われたこと自体は素直に、……嬉しい)

彼がアイーシャに対して不誠実な真似《まね》をしているわけではなく、葛藤《かっとう》の末に自分に告白したのだと分かった今は、そんな苦しみを抱えるほど自分を好いてくれたのかと胸を打たれるし、そこまで想《おも》ってくれてありがたいとも思う。

ジェセルには不誠実な真似などしてほしくない。いつだって彼らしく、まっすぐでいてほしい。大切な人を傷つけるなんて、彼らしくないと思う――。

(……やっぱり、ジェセルはジェセルだ)

もし彼が女だったら、というアイーシャのもう一つの問いかけを思い出して、隼人はため息をついた。

あの時は咄嗟《とっさ》に答えられなかったけれど、ジェセルが女性だったらという仮定は、どうしても自分の中で成り立たない。

男であること、女王の正室であることも含めて、彼なのだ。女性で、守るべきものもないジェセルなんて、それはもはやジェセルではない。

ジェセルは、ジェセルだ。

自分は彼に、彼らしくいてほしいと思う――。

(ジェセルのことは、これまで友達になった誰よりも大事だと思う。あいつのためなら、できる限りのことをしてやりたい。でも、それが恋愛の意味での好きなのかって言われると……、正直、分からない)

なにせ今まで自分の恋愛対象は、異性だった。急に同性を恋愛対象に考えてみろと言われても、戸惑わずにはいられない。

(男の手で何回もイっといてなんだけど、でもあれは媚薬《びやく》のせいだし。まあ、あれが他の男だったらと思うとゾッとするし絶対嫌だけど……、でも、自分からあいつとああいうことしたいかって言われると……)

想像してみようとして、隼人は呻《うめ》いた。

「……いや、無理」

ジェセルが無理というのではなく、想像するのが無理なのだ。

昨日のアレは、確かにとんでもなく悦《よ》かった。だからこそ、あれ以上のことを想像するのが怖い。

ジェセルとしたいかどうか、できるかどうか以前に、思考が停止してしまう。

——第一。

(……そもそもおれには、帰る場所がある)

静かに輝き続ける月から逃げるように目を閉じて、隼人は唇を引き結んだ。

(女王は、ジェセルは本当はおれの答えが欲しいはずだって言ってた。奪いたいはずだって)

なにも持たずこの時代に来た自分から、ジェセルが奪いたいもの。それは、元の時代に帰ることに他ならないだろう。

ジェセルは自分に帰ってほしくないと、この時代に残ってほしいと思っているのだ。

「でも、おれはやっぱり帰りたいんだよな……」

静かな暗闇に、隼人の呟《つぶや》きがぽつんと落ちる。迷子のような頼りないその響きに、隼人は目を閉じたまま眉を寄せた。

帰れるのだろうか、という不安はずっとあった。

無事に現代に、家族の元に戻れるのだろうか。満里奈《まりな》や友人たちにまた会えるだろうかと考えて、眠れない夜を何度も過ごした。

けれど、帰らないという選択肢を考えたことはなかった。

ここでの暮らしは、嫌いではない。不便だが面白いことだらけだし、自分の焼いたピザを喜んで食べてくれる人たちだっている。

ジェセルだけでなくサラやウマル、タハルカ、建設現場の人足たちと、多くの人とも親しくなった。彼らと別れることを思うとつらいし、離れがたい、別れたくないとも思う。

だが、ここは自分が生きていた時代ではない。もしどちらかを選ぶのならば、やはり自分が選ぶのは生まれ育った元の時代だ。

その思いは、なにがあってもきっと変わることはない。――たとえ、ジェセルのことを好きだと思ったとしても。

(それが分かってるのにジェセルのこと好きかどうか考えるのは、意味のあることなのか？　好きって自覚したら余計に別れがつらくなるだけだし、そうじゃないって答えになってもジェセルを傷つけるだけじゃないか)

自分はこれ以上、この気持ちに向き合うべきではないのではないか。

答えを、出すべきではないのではないか。

考えても考えてもその思いが頭から離れなくて、隼人が再度ため息をついた、――その時だった。

「……風邪をひくぞ」

不意に低い声がして、仰向けに寝っ転がっていた隼人の腹にバサリとなにかがかけられる。

驚いて跳ね起きた隼人は、満天の星空を背にして立つジェセルに目を瞠《みは》った。

「……っ、ジェセル、なんで……」

「王宮の塔から、お前の姿が見えた。そんな格好でなにをやっているんだ」

呆《あき》れたように言うジェセルは、どうやらショール代わりにと布を持ってきてくれたらしい。

先ほど腹にかけられたそれを広げて、隼人は戸惑いつつも礼を言った。

「あ……、ありがとう。わざわざ持ってきてくれたのか？」

「ウマルに命じようとしたが、明日の準備で忙しいと断られたのだ。私の命を拒むなど、あいつも随分図太くなったものだ」

不機嫌そうに言うが、強く命じればウマルが逆らうはずはないことくらい、ジェセルも承知しているだろう。ウマルが自分たちに話をさせようと気を回してくれたことに気づいたからこそ、彼は自分でここまで来たのだ。

「……時間あるなら座れよ、ジェセル。ちょっと話したかったんだ」

こういうことは、後回しにすればするほど気まずくなる。

まだちゃんとした答えは出ていないし、向き合うこと自体に迷いはあるが、それでも残された時間を気まずい思いで過ごすのは嫌だ。

(きっとウマルも、おれの様子がおかしいから心配して、気を遣ってくれたんだろうな)

ウマルの気遣いに内心感謝しつつ、隣に座るようすすめた隼人は、ジェセルの方に布を広げて言った。

「ジェセルも一緒にあったまるか?」

「……私はいい」

慣れている、と言いながら腰を降ろしたジェセルも、さすがに夜はいつもの腰布ではなく、隼人と同じような貫頭衣を着ている。それでも寒そうなのにと思った隼人だったが、ジェセルは少し顔をしかめながら言った。

「というか、昨日あんな目に遭わせた男に、よくそんなことが言えるな」

「昨日のあれは媚薬のせいだし、第一ジェセル、本当はああいう無理矢理めいたことできる性格じゃないだろ。ツンデレだけど」

「……そのつんでれとやらは分からんが、お前に危機感がないことは分かった」

ため息をついて唸《うな》るジェセルに、隼人はあははと声を上げて笑って――、告げた。

「……今日、サラちゃんとこ行ったら女王陛下が来たんだ。それで、全部聞いた。ジェセルと陛下が本当は夫婦じゃないってことも」

「……っ、そうか」

一瞬目を瞠ったジェセルが、昨日と同じようにぎこちなく謝る。

「その……、すまなかった。行為もそうだが、気持ちを告げたことも、お前からしたら真実かどうか信じかねただろう。だが、どうしても告げずにはいられなかったのだ。たとえお前に不実な男だと思われようと、あれ以上お前の口から友だと言われることは耐えられなかった」

月明かりの下、じっと隼人を見つめながらジェセルが言う。

ジェセルが持ってきてくれた布を頭から被《かぶ》った隼人は、膝を抱えながらもジェセルの視線を受けとめ、謝り返した。

「おれの方こそ、ごめん。ジェセルの気持ちに全然気づいてなくて、無神経なこと言った。好きなやつに友達だって言われ続けたら、そりゃキツいよな」

今思えばジェセルは、自分が彼のことを友達だと言う度に複雑そうな顔をしていた。あれは彼が自分のことを、友達以上に見ていたからだったのだ。

知らなかったとはいえ、ひどいことをしていたと詫《わ》びた隼人に、ジェセルが苦笑する。

「謝るな。お前が悪いわけではない。ただ私がお前のことを、友とは見られなくなってしまっただけのことだ」

「……じゃあ、ジェセルも謝んなよ。好きになってくれたの、おれは嬉しいし、別に悪いことじゃないだろ」

感情が変化したからといって、それを彼が負い目に思う必要はない。そう言った隼人に、ジェセルが驚いたように目を瞠る。

「お前は……」

低い声で呻いたジェセルは、くしゃりと顔を歪《ゆが》めると、泣き笑いのような表情を浮かべて言った。

「……お前のそういうところが、たまらなく好ましくて……、憎らしい」

ぎゅっと眉をきつく寄せたジェセルが、思いを吐き出すように強く短く息をつく。

(好ましくて……、憎らしい？)

相反する言葉に戸惑い、返す言葉に迷った隼人に、ジェセルは静かに話し出した。

「最初は、なんと厄介な男だろうと思っていた。わけの分からぬことばかり言うし、態度は生意気だというのに、妙に弁が立つ。王の前でも怯《ひる》まないどころか、当の姉上に気に入られた時には、本当に面倒なことになったと心底うんざりした」

「随分だな、おい」

遠慮のない物言いに、ムッとしてしまう。

ジェセルの立場ならそう思うのも理解できるし、過去の感情だとは分かっているが、それにしてもうんざりだなんて、仮にも好意を寄せている相手に言う言葉だろうか。

（こいつ、おれのこと好きなんだよな？）

思わず疑いの目を向けた隼人だが、ジェセルはハアとため息をつくと更につらつらと不満を重ねていく。

「それだけではない。大人しくしていろと言ってもまるで話を聞かず、ふらふら出歩いたと思えばいつの間にか王女を手懐けている。ウマルたち従者や、タハルカたちもいつの間にかお前の味方で、挙げ句の果てにはパネブと全面対決する始末だ」

頭が痛いと言わんばかりのジェセルに、この野郎ケンカ売ってんのか買うぞと思いかけた隼人だったが、その時、ジェセルがふっと笑みを浮かべる。

こちらに向けられた笑みは、それまでの辛辣《しんらつ》な言葉からは想像もつかないくらい優しく、あたたかなものだった。

「だが、いつからか私は、そんなお前の態度を好ましく思うようになっていた。お前は他の者と違って、私を恐れない。もし私が過ちを犯せば、お前は迷いなく私を糾弾《きゅうだん》するだろう。そのような者は、今まで他にいなかった」

「……ジェセル」

いつかの帰り道、彼と共に馬に揺られながら背中越しに話した時のことを思い出す。

らしくもなく自分のことを不甲斐《ふがい》ないとまで言う彼は、とても孤独に見えた。

そんな彼の力になりたいと、確かにそう思った――。

「お前は私が知る、どんな人間とも違う」

隼人をじっと見つめて、ジェセルが続ける。

「従者や見知らぬ民のために懸命になったり、身分など人間の作り出したただの制度だと言ったり……。私はお前の言葉に、考え方に心打たれずにはいられなかった。お前を知れば知るほど、惹《ひ》かれずにはいられなかった」

「……それは、おれが未来から来たからだ」

自分がこの時代の人たちと考え方が違うのは、当然のことだ。

ひょっとしてジェセルは、彼にとって珍しい人間である自分への興味を好意と勘違いしたのではないか。そう思いかけた隼人だったが、ジェセルはゆるく首を横に振って言う。

「未来の人間が皆、お前と同じだとは思えない。悠久の時を経ようとも、愚かな人間はきっといる。そうではないか？」

問いかけられて、隼人は肩をすくめて頷《うなず》いた。

「まあ、否定はしないけど。でも、おれがこの時代の人間だったら、ジェセルはきっとおれのことを好きにはならなかっただろ？」

「愚問だな」

隼人の問いに苦笑を零《こぼ》して、ジェセルが言う。

「この時代の人間でないことも含めて、それがお前だろう。今のお前を形作っているのは、これまでのお前だ。お前がお前だから、私は惹かれたのだ。もしこの時代の人間だったならなど、そんな問いに意味はない」

「……おれが、おれだから」

ジェセルの言葉に、隼人は瞠目《どうもく》した。

隼人が隼人であるから、大切だと思う。

それは、自分が彼に抱く思いと同じだ。

自分もまた、今のジェセルを、ありのままのジェセルを好きだと思っている――……。

(……ああ、やっぱりな)

ことんと、ぐらついていた心があるべき場所に収まったのが分かって、隼人は静かに唇を引き結んだ。

(おれもジェセルのこと、本当はとっくにそういう意味で好きだったんだ)

向き合うのを、答えを出すのを躊躇《ためら》っていたのは、自分の気持ちがどういう類のものか、きっと心の奥底で気づいていたからだ。

いくら大事な存在だとしても、友達に引き留められただけで元の時代に帰ることを躊躇ったりなんてしない。それだけ隼人にとって元いた場所や家族は大切なもので、天秤《てんびん》にかけること自体、自分にとってジェセルが特別な存在である証《あかし》だったのだ。

恋愛対象として見られないという答えを出したらジェセルを傷つけるから、なんて、ただの逃げだ。

自分は、自分が傷つくのが怖かったのだ――……。

「……お前は本当に、厄介な男だ」

黙り込んだ隼人を見つめて、ジェセルが言う。

やわらかな白い月の光に照らされた黄金の髪が、さらりと夜風に揺れる。

まっすぐで衒《てら》いのない夜色の瞳は、甘く細められていた。

「なに一つ思い通りにならないのに、共にいて心地いい。思いもかけないことばかりしでかして、真正面から衝突することも多いというのに、次はなにを言い出すのか楽しみでさえある。気づけばお前のことばかり考えていて、お前の喜ぶことはなんでもしたくなる。得難い友だと思うのに、お前もそう思っているのが嬉しいのに、それ以上が欲しくて悔しくなる。お前が私にも同じだけの気持ちを持っていないことが、同じ熱量の情を持っていないことが、もどかしくてたまらない……」

一つ一つ、自分の想いを確かめるように口にして、ジェセルは昨日と同じ言葉を告げた。

「……好きだ。お前が、……隼人が、好きだ」

「……ジェセル」

「ここに、残ってくれないか。アケトが終わっても元の時代には帰らず、私のそばにいてほしい。私と共に、この地で生きてほしい」

確かな熱の宿った瞳で、声で乞われて、隼人は視線を落とした。

「……っ」

――どうしたら、いいのだろう。

確かに自分も、彼のことを好きだと思う。

きっとこれは一生に一度の出会いだと、時代も人種も含めてジェセルがジェセルだから好きなのだと、そういう強い気持ちが、自分にもある。

けれど――、けれど、それでも、元の時代に帰りたいとも、思ってしまうのだ。

もしここでジェセルを選んだとしたら、自分はきっと、家族の元に戻らない選択をしたことを一生引きずるだろう。

そうなったとして、自分は彼を恨まずにいられるだろうか。自分が選んだことだからと、ちゃんと納得できるだろうか。

ジェセルが真剣に自分を想ってくれているからこそ、容易には頷けない――……。

「おれ……、おれ、は……」

ぎゅっと膝を抱える腕に力を込めて、隼人はぐっと眉を寄せる。

迷うように声を揺らした隼人をじっと見つめていたジェセルが――、ふっと笑みを零した。

「……十分だ」

「え？　なにが……」

「いや、実のところ、お前がそれほど悩んでくれるとは思っていなかった。それでも一度だけ、言いたかったのだ。……帰るな、と」

微笑《ほほえ》んだジェセルが立ち上がる。つられて見上げた隼人に、ジェセルは告げた。

「本当は、ここに来るまでは、何度でも願おうと思っていた。お前を引き留めるためならなにをしてもいい、みっともないと思われても構わないから、なりふり構わず愛を乞おうと。だが、聞いてしまったのだ。お前が先ほど、『帰りたい』と言ったのを」

「……っ」

「それでも一度だけ、言いたかった。答えが分かっていても、……どうしても」

諦めの悪い男だろう、と苦笑するジェセルに、隼人はたまらず自分の気持ちを告げようとした。

「ジェセル、おれ……、……っ！」

しかし、それより早く、ジェセルが隼人の方に身を屈《かが》める。

腰を浮かせ、立ち上がりかけていた隼人の顔を両手で包んだ彼は、ぐっと強く瞼《まぶた》を閉じて隼人の唇を――、奪った。

「……それ以上、言うな」

一瞬触れただけで離れていった唇から、熱い吐息が零れ落ちる。

吸い込まれそうなほど近い夜色の目は、きつく眇《すが》められていた。

「聞けば、お前を帰せなくなる。だから……、言うな」

「ジェ、セ……」

これ以上ないほど大きく目を見開いて、隼人は激情を必死に堪《こら》える男を見つめた。

──彼は、分かっているのだ。

隼人が彼と、同じ気持ちを抱いていることを。

全部分かった上で、身を引こうとしてくれているのだ。──他ならぬ、隼人のために。

「……約束する。私はお前を必ず安全に、元の時代に帰す」

ゆっくりと身を起こして、ジェセルが隼人から手を離す。

「お前は家族の元に帰ることだけ、考えていろ」

一方的に告げたジェセルが、月の光の届かない暗闇へと静かに戻っていく。

するりと滑っていった指先の熱がいつまでも頬に残っていたのは、どちらが離れがたいと思っていたせいなのか、──隼人には分からなかった。

六章

雑巾代わりの布をギュッと絞って、隼人《はやと》はふうと息をついた。

「よし、こんなもんかな」

最後に厨房《ちゅうぼう》全体を見渡し、掃除し足りないところはないか確認する。使い慣れた石窯《いしがま》や調理器具も汚れが残っていないかチェックしてから、隼人は掃除道具を片付けた。

「なんか、すっかりここの主みたいになっちゃったなあ」

最近ではタハルカなどから、隼人に用があれば部屋より厨房を覗《のぞ》いた方が早いと言われる始末だ。

それだけ長い時間をここで過ごしたんだなと思って、隼人は小さく笑みを零した。

隼人がこの古代エジプトにタイムスリップして、早いものでもう三ヶ月半が過ぎようとしている。ナイルの氾濫《はんらん》もおさまりつつあり、母なる大地は長かったアケトの終わりを迎えようとしていた。

ピラミッドの建設現場に集まっていた農夫たちも、それぞれの耕作地へと戻りつつある。季節を問わず常に働いている者たちもいるため、完全に作業がとまるわけではないが、現場の人手は一時期に比べるとだいぶ少なくなった。

報酬として出すピザも十分な種類が揃《そろ》ったため、新しいレシピ開発は打ち止めだ。そのため隼人はこの日、後宮の厨房に籠《こ》もって大掃除をしていた。

（立つ鳥跡を濁さずって言うしな）

あと数日もすれば、ナイル川の水位も十分に下がる。船を出せるようになったら、隼人はすぐにジェセルと彼の信頼する神官と共にあの神殿へ行き、儀式を行って現代に帰ることになっていた。

隼人が三千年後の世界からやってきたことや、もうすぐ元いた時代に帰ることは、ジェセルとアイーシャしか知らない。本当はサラやウマル、タハルカたちにはきちんと事情を話して別れの挨拶をしたかったが、万が一情報が漏《も》れればネフェルタリに邪魔される可能性がある。そのため、隼人は誰にもなにも告げずにこの地を去るつもりだった。

（まあ、おれも湿っぽいの苦手だし、ある日突然いなくなる、くらいの方が気を遣わせなくていいのかもな）

彼らには後でジェセルから、真実と世話になった礼を伝えてもらうことになっている。

自分がこの時代の人間ではないと知って驚く皆の顔を見られないのは少し残念だなと苦笑しつつ、隼人は厨房の外に出た。

すぐ脇に置いてある小さなイスに座り、掃除で固まった手足を思い切り伸ばす。

青い空を見上げた隼人は、ゆっくり流れていく雲をぼんやりと眺めた。

――あれから一ヶ月、ジェセルとの関係はすっかり元通りに戻っている。

ジェセルは相変わらずサラを連れて後宮を訪れるし、隼人の出したおやつも毎回完食している。新しいピザのレシピを開発する時も前と同じで予算に厳しい石頭だったし、なんなら舌が肥えて前より味にうるさくなったくらいだ。

唯一変わったことと言えば、隼人が一人で馬に乗るようになったことくらいだろう。それまでジェセルは、建設現場に行く時は必ず隼人を前に乗せていたが、あの日を境に一人で乗れと言われるようになった。

習うより慣れろだ、乗っているうちに感覚が摑《つか》めてくるだろう、と――。

(まあ、当たり前か。あんなことあって普通に接触するとか、おれも無理だし)

綿を引きちぎったみたいな雲が、ゆっくりゆっくり高い空を流れていく。そのそばに浮かんだ白い月が、あの日と同じ真円であることに気づいて、隼人は地面に視線を落とした。

(……これで、本当によかったのか?)

何度も、何度も自分に問いかけたその言葉を、もう一度頭の中で繰り返す。

自分たちはあの満月の夜のことを、あれから一度も口にしていない。

ジェセルも自分も、あの時の言葉を、キスを、なかったことにしようとしている。

――けれど。

（本当に、なかったことにしてよかったのか？　おれはそれで、後悔しないのか？）

こんな問いかけ、今更だとは分かっている。

あの時一歩を踏み出せなかった以上、踏み出さないと決めた以上、自分は迷うべきではない。

帰りたいという気持ちを抱えたままここで生きていく覚悟ができなかったのは、他ならぬ自分なのだから。

（でも、これじゃあんまりにもジェセルに甘えすぎじゃないか？）

この一ヶ月間、隼人は何度も彼に自分の想いを伝えようとした。だが――。

『……それ以上、言うな』

その度に、あの夜のジェセルの声が甦《よみがえ》って、思いとどまらざるを得なかった。

聞けば元の時代に帰せなくなると、そうまで強い気持ちを自分に抱いてくれている彼が今どんな思いでいるのか、分からないほど想像力のない人間ではないつもりだ。それに。

（ジェセルがああ言ったのはきっと、言葉通りの理由だけじゃない。おれが自分の気持ちを口にすることで、余計につらい思いをすることを見越して、先回りしてくれたんだ）

隼人の口から直接気持ちを聞いてしまったら帰しがたくなるというのも、もちろんジェセルの本心からの言葉だろう。けれどそれ以上に、ジェセルは自分につらい思いをさせまいとしてああ言ったという気がしてならない。

隼人の知るジェセルウナスという男は、そういう男だ。

(そうまで想ってくれてる相手に、おれはちゃんと向き合うべきじゃないのか？　ジェセルの言葉に甘えて自分の気持ちを伝えないまま帰って、本当にいいのか？)

幾度も、幾度も自身に投げかけたその問いを、もう一度突きつける。

向き合うべきだと、せめてきちんと想いを伝えて別れを告げるべきだと、そう思う。だがその一方で、それは自己満足なのではないかという思いも消えない。

想いを告げたところで、自分は元の時代に戻らなければならない。

どんなにこちらの時代に馴染《なじ》もうと、どれだけジェセルのことが好きだろうと、自分が生きるべきなのはこの時代ではない。帰れる以上、自分は帰らなければならない。

それが分かっていてジェセルに想いを告げるのは、ただの自己満足ではないか。

自分が告げたところで、余計にジェセルを苦しませるだけではないか。

自分が想いを伝えることは、ジェセルの思いやりや優しさを踏みにじることになるのではないか——。

「……どうしたらいいんだろう」

この一月、幾度となく繰り返してきた堂々巡りに、隼人はため息をついた。

(好きなやつにつらい思いさせたくないのは、おれだって同じなのに。本当はなかったことになんてしたくないのも、同じなのに)

同じ気持ちだと分かっているのに、ジェセルにばかりつらい思いをさせているのが苦しくてたまらない。

でも、想いを告げることすらできない自分が、他になにができるのか分からない——。

答えの出ない自問自答に、隼人がハアとため息をついた、その時だった。

——ワアッと、中庭の方から喧噪《けんそう》が聞こえてくる。

「……なんだ？」

複数の人々のどよめきと共に、激しく言い争うような声が漏れ聞こえてきて、隼人は立ち上がった。なにか問題でも起きたのだろうかと中庭に向かい、遠目に見えた人だかりに驚く。

「え？　なんだ？　どうしたんだ？」

小走りになった隼人の耳に、人だかりの向こうで叫ぶジェセルの声が聞こえてくる。

「さっさと白状せねば、その足を切り捨てるぞ、パネブ！」

「ちょ……っ、本当になんなんだ!?」

どうやらジェセルがパネブを問いつめているらしいことは分かったが、それにしても穏やかでない。苛烈《かれつ》な声は怒りに燃え滾《たぎ》っていて、その言葉がただの脅しで済まないことは誰の耳にも明らかだった。

慌てて駆け寄った隼人に、人だかりの中にいたウマルが気づいて声を上げる。

「隼人様！　ジェセルウナス様をとめて下さい！」

「とめろって……、落ち着け、ウマル。一体なにがあったんだ？」

今にも泣き出しそうな顔で走り寄ってきたウマルをなだめつつ、事情を聞く。するとウマルは、混乱しきった様子で告げた。

「よく分からないのですが、ジェセルウナス様がこちらにお見えになるなり、パネブ様に斬りかかったのです。パネブ様がジェセルウナス様の大事なものを盗んだとお怒りで……」

「盗んだ？」

思いがけない言葉に、隼人は眉を寄せた。

蜂蜜酒の一件の後、パネブは隼人の様子を気にしているようだったが、あえてなにも反応せず無視していた。最近では顔を見ることもろくになかったから、彼がどうしているのかは知らなかったが、それにしてもパネブがジェセルのものを盗むなど、違和感がある。

（あいつは卑怯者《ひきょうもの》だけど、権力に媚《こ》びるような性格だから、ジェセルに逆らったりはしないと思ってたんだけど……）

一体パネブはなにを盗んだのか。呆れつつも、隼人はウマルの肩を軽くたたいて落ち着かせ、人だかりに突っ込んでいく。

「分かった。ウマルはここにいろ。……ちょっと通してくれ！　どいて！」

もしも本当にパネブが盗みを働いたのだとすれば自業自得だとは思うが、それでもいったんジェセルをとめた方がいいだろう。なにを盗まれたか知らないが、頭に血が上ったままでは必要以上に厳しくパネブを罰してしまうかもしれない。

「……っ、ジェセル！」

集まっていた側室や侍従たちを掻《か》き分けて、隼人は人だかりの中心に顔を出した。ひいひいと泣きわめきながら地面に倒れているパネブの顔は、すでに何度か殴られたのか腫《は》れ上がっている。

ジェセルはそのパネブから少し距離を置き、ケペシュの切っ先を突きつけていた。

「……隼人」

隼人に気づいたジェセルが、ぴくりと眉を上げて反応する。

隼人はふうと肩で息をして彼に声をかけた。

「ちょっと待てよ、ジェセル。まずは落ち着いて、その物騒なもんしまえって」

「……お前は下がっていろ」

ギラリと眇めた目を光らせたジェセルが、低い声で唸る。まるで猛獣だなと思いつつ、隼人は緊張を押し隠して、なるべくいつも通りの調子で二人に歩み寄った。

「おれに怒ったって仕方ないだろ。なに、パネブがなんか盗んだって聞いたけど」

「ご……っ、誤解だ！　私はなにも盗んでなどいない……！」

ジェセルとの間に立った隼人の足に、パネブが縋《すが》りついてくる。顔をしかめそうになった隼人だったが、それより早く、ジェセルがカッと目を見開いて怒鳴った。

「隼人に触れるな、盗人《ぬすっと》！」

「ひ……っ！」

悲鳴を上げたパネブが、反射で一層強く隼人の足にしがみついて震え上がる。

脅えきったパネブの様子に、さすがに同情心が湧《わ》いてきて、隼人はジェセルをなだめた。

「落ち着けって、ジェセル。なに盗まれたんだよ？」

パネブは先ほどやっていないと言っていたが、ジェセルがなんの証拠もなくこんなことをするとは思えない。いくらパネブのことを軽蔑していたとしても、彼は理由もなく人を責めたり殴ったりしない。

まずはジェセルの話を聞いて落ち着かせようと思った隼人だったが、問いかけた途端、ジェセルはぐっと眉間に皺《しわ》を寄せる。

怒りが増したというより、悔しさを必死に抑えつけるようなその表情が少し引っかかって、隼人は再度問いかけた。

「ジェセル？」

「……腕輪だ」

ほとんど唸るようにして、ジェセルが告げる。

「ホルスの腕輪を……、あの対の腕輪を、この男は盗んだのだ……！」

「ホルスの腕輪って……」

予想だにしなかった言葉に、隼人は大きく目を瞠って聞き返した。

「それってまさか、カーネリアンの!?　あのホルスの目の腕輪のことか!?」

「そうだ……!　昨夜この男が、あの腕輪を納めた箱を宝物庫から持ち出すのを、侍女が見たのだ。すでに宝物庫の番人も、こいつから賄賂《わいろ》を受け取ったことを認めている……!」

ジェセルが言い終わるや否や、隼人は勢いよく後ろを振り返り、パネブに詰め寄った。

「おい、本当か!?　お前、あの腕輪を盗んだのか!?　今どこにある!」

ジェセルをとめようとしていたことも忘れて、パネブに掴みかかる。

あの腕輪は、隼人が現代に戻るために必要なものだ。あれがなければ、儀式を行うことができない。

「答えろ!　お前、腕輪をどこにやった……!」

何故《なぜ》パネブがそんなことをしたのか。あの腕輪が持つ意味を知っているのか。

混乱しながらも血相を変えて聞く隼人に、パネブは最初、ぽかんとしていた。しかしやがて、くっと息を詰めて笑い出す。

「く……っ、はは、ははは……!　まさか貴様がそんなに慌てるとは……!」

「パネブ、お前……!」

目撃者がいると聞いて、開き直ったのか。隼人の慌てように取り繕う気も失《う》せたのか。

どちらにせよ、先ほどまで泣いて許しを乞うていたのは、やはり演技だったらしい。

唸る隼人にニヤリと目を細めたパネブは、ふっきれたように喋《しゃべ》り出した。

「聞いたぞ。お前、本当は死後の世界から手違いで招き寄せられたのだろう？　腕輪がなければ元の世界に戻れないそうだな？」

「……っ、知ってて盗んだのか⁉」

驚く隼人だが、集まった人々は二人のやりとりを聞いて顔を見合わせ出す。

「隼人様が、死後の世界の方？」

「手違いって、どういうことだ？」

ひそひそと噂《うわさ》し合う彼らに、ジェセルが鋭く命じた。

「各々、自分の部屋に戻れ！　今すぐにだ！」

ジェセルの護衛の兵たちが、側室や侍従たちを追い立てる。

慌てて去っていく人々を恨めしげに見やるパネブに、ジェセルが問いかけた。

「……パネブ、お前にそれを教えたのは、ネフェルタリだな？　お前はあの女の命で、腕輪を盗んだのか？」

隼人が儀式によってこの地に呼び寄せられたことを知っているのは、ジェセルとアイーシャの他にはあの神殿から逃げ延びた神官と、その神官から知らされたネフェルタリの他にいない。

パネブが知っているのは、ネフェルタリが彼に教えたからに他ならないだろう。

黙り込んで答えないパネブに、ジェセルが迫る。

「答えぬか、パネブ……！」

「……っ、ネフェルタリ様は、私が不当な目に遭っているのを見かねて、復讐《ふくしゅう》の機会を与えて下さったのだ！」

怒りを露《あら》わにしたジェセルに怯みつつも、パネブが叫び返す。隼人を睨むその目は、ギラギラと憎悪に煮えたぎっていた。

「お前が来てから、なにもかも滅茶苦茶だ！　お前さえいなければ、私は一ヶ月も謹慎を命じられることはなかった！　私ばかりが不当に責められている間に、お前はジェセルウナス様どころか女王陛下と王女に取り入り、後宮を掌握している……！　私の居場所を奪った者に復讐して、なにが悪いと言うのだ！」

「なに言って……！」

あまりの言い草にカッとなりかけた隼人だったが、その時、二人の間に小柄な人影が割って入る。――ウマルだった。

「せ……、責任転嫁しないで下さい……！」

「……ウマル」

「隼人様があなたの居場所を奪ったんじゃありません！　あなたが、人望を失ったんです！　あなた自身の行動が、そうさせたんです！」

細い肩を震わせながら、ウマルが必死に声を振り絞る。きっと隼人を心配して、兵に見つからないようどこかに隠れていたのだろう。

　思いがけない人物の登場にぽかんとしているパネブに、ウマルが更に続ける。

「ご自分がなさったことにもまともに向き合えないあなたに、隼人様を悪く言う資格なんてありません！　隼人様は……っ、隼人様はなにも悪くない……！」

「……っ、この……！　黙って聞いていれば、召使い風情が……！」

　ウマルに睨みつけられ、ようやく我に返ったパネブが、カッと目を見開いてウマルに摑みかかろうとする。

「ウマル！」

　咄嗟にウマルを自分の方に引き寄せて庇った隼人だったが、それより早く、ジェセルがぴたりとパネブの鼻先にケペシュを突きつけて言った。

「……ウマルの言う通りだ。たとえネフェルタリの口車に乗っただけだとしても、先ほどの悪口雑言は看過できぬ」

「……っ」

「己の居場所は、己で作るものだ。それを成し遂げた隼人をとやかく言うことは、何人たりとも許さぬ」

　静かな、けれど断固とした声で、ジェセルがパネブを断罪する。

　ぐっと唇を嚙《か》んで黙り込んだパネブに、ジェセルが問うた。

「腕輪はどこだ、パネブ」

「……ネフェルタリ様に」

「そうか。沙汰《さた》は追って出す。連れていけ」

短く答えたパネブを兵に任せ、ジェセルが剣を引く。

隼人はまだ震えているウマルの肩をぽんぽんと叩《たた》いてなだめつつ、ジェセルを見上げた。

「ジェセル、ネフェルタリは腕輪を使って、また巫女《みこ》を召還するつもりなのか？　でもあの神殿はまだ使えないだろ？」

間もなくアケトが終わるとはいえ、ナイル川はまだ船を出せるような状態ではないと聞いている。それなのに何故今、ネフェルタリはパネブまで使ってあの腕輪を奪ったのか。

疑問に思った隼人に、ジェセルも難しい顔で考え込む。

「ああ。私もそれが気になっていた。巫女を呼ぶつもりならば、もう少しナイルが落ち着いてから動くはずだ。他になにか、あの女が腕輪を欲する喫緊の理由があるとすれば……」

「ジェセルウナス様！」

と、その時、後宮の出入り口の方から、タハルカが駆けてくる。いつになく焦った様子の彼にサッと顔色を変えつつ、ジェセルが告げた。

「タハルカにはナイルの様子を見に行かせていたのだ。……どうした、タハルカ！」

「ハ、それが、先ほどネフェルタリ様の一行が強引に船を出されまして……！」

息を弾ませて駆け寄ってきたタハルカが、片膝をついて報告する。

「危険ですからとおとめしたのですが、振り切られてしまいました。どうも普通ではないご様子でしたので、とにかくご報告をと」

「普通ではないとは？」

聞き返したジェセルに、タハルカが眉をひそめて答える。

「ひどく取り乱しておられまして、なにやら譫言《うわごと》を呟いているようでした。それと、王子を抱かれていたのですが、その……」

「なんだ、はっきり言え」

言い淀《よど》むタハルカを、ジェセルが促す。するとタハルカは、意を決した様子で驚くべきことを告げた。

「……見間違いでなければ、王子はすでにオシリスの御元に旅立たれているご様子でした」

「な……、え、し、死んでたってことか？」

聞き返した隼人に、おそらく、とタハルカが頷く。呆然《ぼうぜん》とその言葉を聞いていた隼人は、ハッとしてジェセルを見上げた。

「ジェセル、もしかしてネフェルタリは……」

「……ああ」

苦々し気に頷いたジェセルが、点と点を結ぶようにして答えを導き出す。

「パネブに盗ませた腕輪を使って、死んだ王子を蘇《よみがえ》らせるつもりだ……！」

「……っ」

息を呑《の》んで、隼人は大きく目を瞠った。

そんなことをされたら、あの腕輪はもう使えなくなる。

自分が現代に帰る術《すべ》が、なくなってしまう――。

「なにをしている！　行くぞ、隼人！」

呆然とする隼人の腕を摑んで、ジェセルが叱咤《しった》する。

「立て！　今行かねば、お前は家族の元に戻れなくなる！　二度と妹に会えなくなるぞ！」

その言葉にハッとして、隼人は慌てて立ち上がった。隼人様、と縋るように見上げてくるウマルに手を差し出し、握手して言う。

「急にごめんな、ウマル！　今までありがとう！　おれ、行かないと……！」

「タハルカ、案内せよ！　お前たちは急ぎ船の手配を！」

慌ただしく周囲に命じつつ、ジェセルが走り出す。

「隼人！」

「……っ、分かった！　元気でな、ウマル！」

ジェセルに呼ばれて駆け出した隼人の背を、ウマルの声が追いかけてくる。

「隼人様……！　お元気で！」

声を限りに叫ぶ少年を振り返り、大きく手を振って、隼人は前を走るジェセルの背を追いかけた——。


——轟々《ごうごう》と吹き荒れる風雨に、船の縁に摑まった隼人は両の目を眇めた。

「雨なんて降んないんじゃなかったか⁉」

ぐらぐらと揺れる船はどう見ても木製で、今にも転覆しそうだ。途中でバラバラになるんじゃないかと冷や冷やしっぱなしの隼人に、ジェセルが叫び返す。

「お前がこの地に来た時も、このような大嵐だった！」

その前に降った雨は百年以上前だと言われて、隼人は絶句してしまう。

百年に一度の雨がこんな短期間に二度、しかもこれほどの大嵐になるなんて、異常としか言いようがない。しかも前回は、腕輪の力が使われた時だ。

「……っ、これも腕輪の力の影響なのか⁉　だとしたらもう、儀式は行われた……⁉」

暴風雨に負けじと大声を張り上げた隼人に、ジェセルがぐっと目を眇める。

「分からぬ……、が、ネフェルタリが神殿に向かって、まだそう時は経《た》っておらぬはずだ。絶対に阻止してみせる……！」

そう言ったジェセルが、やおら船首へと駆け上がる。舳先《へさき》に片足をかけた彼は、船の両側に並んで座り、取り付けられたオールを必死に動かす漕《こ》ぎ手たちに向かって叫んだ。

「皆の者、よく聞け！　ここにいる隼人はホルス神の使いだ！　我らは彼を無事神殿まで送り届け、神の御元に帰さなければならぬ！」

ザアザアと降り注ぐ雨の中、ジェセルの凜《りん》とした声が響き渡る。

漕ぎ手たちの視線を一身に受けたジェセルが、その見事な黄金の髪を翻《ひるがえ》して言った。

「先の大嵐を打ち負かした我らならば、必ずやこの試練に打ち勝てる……！　私はそう信じている！　神でもなく、王でもなく、己を信じよ！」

力強い言葉に、オオオッと鬨《とき》の声が上がる。その声に応えて天高く拳《こぶし》を突き上げるジェセルの姿を見て、隼人は感心してしまった。

（さすがにサマになるな、ああいうの）

以前タハルカが、ジェセルのことを優秀な将だと言っていたのがよく分かる。

自分たちを率いる将軍が、自分たちのことを信じていると断言してくれているのだ。この人についていこう、ついていきたいと思わない兵はいないだろう。

舳先から降りてきたジェセルが、隼人の視線に気づいて少し照れくさそうに笑う。

「……お前のおかげだ」

「おれの？」

どういう意味かと聞き返した隼人に頷いて、ジェセルは言った。

「以前の嵐の時、私は彼らに神を信じろとしか言うことができなかった。それ以外の言葉が届くとは思えなかったからだ。だがそれは、私が彼らのことを信じていなかったからだと、今ようやく気づいた」

互いに声をかけ合って懸命にオールを動かす漕ぎ手たちを見やって、ジェセルが言う。

「お前に出会うまで、私は誰のことも信じることができなかった。私に人を心から信用することを教えてくれたのは隼人、お前だ。お前がいたから、私は彼らに神を当てにするのではなく自分たちの力を信じろと、そう言ってやれたのだ。……お前のおかげだ」

目を細めて笑ったジェセルが、感謝している、と隼人の肩に手を置く。

そのままスッと隼人の脇を通り過ぎ、漕ぎ手たちに声をかけにいったジェセルに、隼人は内心呻かずにはいられなかった。

（……なんだよ、それ）

この期に及んで惚《ほ》れ直させないでほしい。

（しかも、おれのおかげって……。ああ、もう……！）

惚れた男が格好よくて可愛《かわい》くて、情緒が滅茶苦茶だ。

薄暗い嵐の中でも一際目立つ、背の高い男の姿を見つめて、隼人はぐっと拳を握りしめた。

（……おれ、やっぱりジェセルのことが好きだ）

——自分が彼に想いを告げるのは、ただの自己満足ではないかと思っていた。告げたところで元の時代に戻らなければならないことは変わらず、ジェセルを苦しませることになる。ジェセルの思いやりや優しさを踏みにじることになる、と。

けれど。

（おれだって、ジェセルのおかげでここまでやってこれた。おれがここで居場所を見つけられたのは、ジェセルのおかげだ）

そう思ったからこそ生まれた気持ちを彼に告げずに去るなんて、やはり自分にはできない。ジェセルは自分がこれ以上つらくならないように、なにも言うなと言ってくれたのだろうが、その言葉に甘えることは、彼にこの恋の後始末を押しつけることだ。

自分はこの恋を、そんな形で終わらせたくない。

（ジェセルに告白されたから好きになったんじゃない。おれはおれの意思で、あいつのことを好きになったんだ。それなのに、幕引きをジェセルだけに押しつけるなんて、そんなことしたくない）

自己満足かもしれない。

ジェセルを余計苦しませることになるかもしれないし、彼の思いやりを無駄にすることになるのかもしれない。

それでも、つらい思いをするなら一緒がいい。

自分がジェセルに抱く想いは、そういうものだ――。

漕ぎ手たちの間を回り、一人一人に声をかけているジェセルを見つめて、隼人はぎゅっと拳を握りしめた。

「ジェセ……」

意を決した隼人が、ジェセルに声をかけようとした、――その時だった。

「ジェセルウナス様、神殿が見えて参りました！」

船首近くにいたタハルカが声を上げる。頷いたジェセルが、素早く彼に指示を出した。

「神殿内は浸水しているはずだ！　近くまで寄せたら小舟を出せ！」

「は……！」

見えてきた神殿の近くには、ネフェルタリが乗ってきたと思《おぼ》しき船が泊まっている。

大波に揺られつつ、船の上からこちらに向かって弓を射かけてくる敵兵に気づいて、ジェセルが号令をかけた。

「兵は船首に集まれ！　盾で漕ぎ手たちを庇いつつ、応戦せよ！」

あっという間に始まった戦いにまごついている隼人に、ジェセルが言う。

「隼人、お前も小舟に移る準備をしておけ。状況によってはこのままお前を送り出すことになるかもしれぬ。急なことで神官を手配できなかったが、たとえ正式な儀式を執り行えなかったとしても、あの腕輪は強い願いに反応して力を発揮する」

「……強い、願い」

繰り返した隼人に頷いて、ジェセルは告げた。

「そうだ。お前が家族の元に戻りたいと強く願えば、必ず腕輪が道を示すはずだ。その時が来たら、迷わず願え」

「……っ、ジェセル、おれ……」

言うなら今しかないと、そう口を開きかけた隼人だが、その時、船首の兵が飛んで来た矢に悲鳴を上げる。サッと顔つきを変えたジェセルは、すぐさまそちらへと駆け出した。

「乗り移る準備をしろ！」

「っ、分かった……！」

頷く他なくて、隼人はジェセルに叫び返すと小舟を用意している兵たちに走り寄った。

こんな場面でなにもできないのは悔しいが、弓も剣も触ったことすらない現代人なのだから仕方がない。せめて舟を下ろす手伝いだけでもと、兵たちに混じって舟の縁を肩に担ぐ。

「ジェセルウナス様、今です！」

タイミングを見計らっていたタハルカの進言で、ジェセルが命じる。

「小舟を下ろせ！」

オオッと呼応する兵たちと共に、隼人は荒れ狂う水面に向かって小舟を下ろした。

「隼人様、こちらへ！」

縄梯子《なわばしご》を下ろした兵に促され、小舟へ飛び移る。

「ジェセル！」

「舟をこちらへ！　直接移る！」

船首で指揮を執っていたジェセルが、剣をおさめて言う。

力強く舟を漕いだ兵に、ジェセルがタイミングを合わせて船首から跳んだ、——次の瞬間。

「……っ、危ない！」

一瞬の隙を狙《ねら》って、ジェセルめがけて矢が飛んでくる。隼人は咄嗟に近くの兵の盾をひっ摑むと、無我夢中で矢に向かっていった。

「隼人！」

ドッという衝撃と共に、矢が盾に突き刺さる。盾を貫通して鼻先を掠《かす》めた矢に、隼人は息を呑んだ。

「っ、うわ……」

「貸せ！」

盾に刺さった矢を引き抜いたジェセルが、そばの兵から弓を受け取って素早くつがえる。腕の筋肉を隆々と漲《みなぎ》らせて矢を引いたジェセルは、敵の射手めがけて矢を放った。

吹きすさぶ風を切り裂き、弧を描いて飛んでいった矢が、敵兵に突き刺さる。ギャッという悲鳴と共に荒れ狂う海へと落ちた姿を見届けて、ジェセルが命じた。

「行け！　このまま神殿内に向かうのだ！」

ハッと頷いた兵たちが、力強く小舟を漕ぎ出す。

ほどなくして小舟は、何本もの大きな石柱が立つ神殿へと乗り入れた。真っ暗な神殿の奥から、朗々と呪文《じゅもん》を唱える神官たちの声が聞こえてくる。

「明かりを消せ。……物音を立てるな」

命じたジェセルに頷いて、船首にいたタハルカが松明《たいまつ》の火を消す。

声が聞こえてくる方向から漏れてくる明かりを頼りに、隼人たちは小舟を進めていった。

「目覚めよ……！　我が声に応えよ……！」

何人もの男の声に混じって聞こえてくる高い声は、ネフェルタリのものだろう。じっと目を凝らしていると、次第に向こうの様子が見えてきた。

水面からかろうじて顔を出している階段状の一番上の祭壇に、彼らはいた。

四方に煌々《こうこう》と明かりを灯《とも》しており、狭い壇上でなにかを取り囲んでいる。おそらく前回隼人の時にそうしたように、石の上に王子の遺体を横たえているのだろう。

無言のまま兵たちに目配せしたジェセルが、剣を構えて体勢を整える。

「黄泉《よみ》の国より復活せよ……！　我が元に帰ってこい……！」

ネフェルタリの大声と共に、神官たちが一斉にその場にひれ伏す。するとその中央に、白い布に包まれた幼児の遺体が見えた。石の台座に安置されたその遺体の上には、赤いホルスの腕輪が置かれている。

「肉体を離れし魂よ、今こそ戻れ……！」

ネフェルタリの狂気じみた叫びと共に、ホルスの目が赤く光り出す。

その瞬間、ジェセルが一気に船首を蹴《け》って祭壇に飛び移った。

「かかれ！」

「……っ、な……！」

ジェセルの号令と共に、兵が次々と祭壇へ飛び移る。平伏していた神官たちは咄嗟に身動きが取れず、次々と兵に捕らわれていった。

揺れる小舟から、隼人もタハルカと共に祭壇へと飛び移る。

壇上では、子の遺体を抱いたネフェルタリが水面ぎりぎりまで下がり、ホルスの腕輪を摑んで憎々しげにジェセルを睨んでいた。

「おのれ、邪魔をするか、この下郎……！」

「……腕輪を渡していただこう、ネフェルタリ殿」

ケペシュの切っ先を向けたジェセルが、ネフェルタリを睨み据《す》えて言う。

「その腕輪は、女王陛下がこの隼人のために使うとお定めになったもの。貴女《あなた》が自由にしていいものではない……！」

「黙れ！　下賤《げせん》の者が私に指図するでない！　私はこの国の正式な王たる者の母……、国母であるぞ！」

　今まで本心ではジェセルのことを差別していたのだろう。蔑みを露わにしたネフェルタリに、しかしジェセルは淡々と返した。

「貴女はもう、国母ではない。そのことは貴女自身が重々承知のはず」

「……っ」

　王子の亡骸《なきがら》に視線をやったジェセルに一瞬顔を歪めたネフェルタリだったが、次の瞬間、腕の中の我が子を一層強く抱き寄せると高笑いを響かせた。

「なにを馬鹿げたことを！　肉体の死など、魂を呼び戻せばよいだけのこと……！　この子は王となる子！　オシリスもすぐ魂をお返しになる……！」

「……そのようなことは、死者に対する冒瀆《ぼうとく》だ」

　ぐっと眉を寄せたジェセルが、痛ましそうに幼子の骸《むくろ》を見つめて言う。

「彼はもう十分、病と戦った。このままオシリスの御元で安らかに眠り、苦しみのない永遠の生を受けるべきだ」

「黙れ……っ、黙れ、黙れ！」

　ジェセルの言葉に必死に頭を振って、ネフェルタリが腕輪を高く掲げる。

「この腕輪は王の魂を導くためのもの。我が子こそ、この力を受けるにふさわし……」

　――その時だった。

「……っ、な……っ!?」

突然、ネフェルタリの体が後ろにぐんっと引っ張られる。バランスを崩してたたらを踏んだ彼女は、後ろを振り返って悲鳴を上げた。

「ひ……！　ワ、ワニ……！」

水面に浸《つ》かっていた彼女の服の裾を、大きなワニが咥《くわ》えていたのだ。ビリッと裂けた服を放り出したワニが、体勢を崩して座り込んでいた彼女の腕の中から落ちかけていた、王子の遺体に牙《きば》を突き立てる。

「な……っ！　やめ……っ、やめぬか！」

そのまま亡骸を水の中に引きずり込もうとするワニに、ネフェルタリが金切り声を上げる。

「嫌……っ！　嫌だ！　誰か！　誰か……！」

「ネフェルタリ！」

叫んだジェセルが駆け出すのと同時に、隼人も彼女に駆け寄っていた。腕輪を放り出し、王子の遺体に必死にしがみつくネフェルタリの腕を引っ張りながら叫ぶ。

「っ、その子を離すんだ！」

「誰がそのようなこと……！　この子は私の大事な王子……！　この子こそ、上下《じょうげ》エジプトの正統なる王……！」

子の亡骸を取り返そうとするネフェルタリを、ジェセルが一喝《いっかつ》する。

「その子はもう死んでいる！　死者は王にはなれぬ！」

「……っ！」

ジェセルの言葉に、ネフェルタリの手から力が抜ける。その隙に隼人はジェセルと共に彼女を水面から遠くまで引きずった。

「あ……、あ、あ……」

亡骸を咥えたワニが沈んでいく水面を見つめ、呆然と声を上げるネフェルタリを兵に預け、ジェセルが先ほど放り出された腕輪を取りに向かう。

未《いま》だにほのかに赤く光っている腕輪を見て、ジェセルはぐっと眉を寄せて唸った。

「力が発動しかけている……。隼人、やはりこのままお前を送り出すしかないようだ」

石の台座へと向かったジェセルが、腕輪を置き、隼人を見つめる。

「元の場所へと……、家族の元へと、強く願え。そうすれば必ず、道が示される」

「道が……」

台座を挟んでジェセルの前に立ち、隼人はごくりと緊張に喉を鳴らした。

一度目を閉じ、これまでの日々を振り返る。

（……いろんなことが、あった）

最初はわけが分からず、混乱しっぱなしだった。

だが、ジェセルと出会って、彼と衝突し合いながら歩み寄っていって——、いつの間にか、彼が唯一無二の相手になっていた。

「……ジェセル」

ゆっくりと目を開いて、隼人は自分を見つめる夜色の瞳を見つめ返した。

「おれ、お前のことが好きだ。元の時代に帰っても、きっとずっと、お前のこと忘れない」

「隼、人……」

驚いたように、ジェセルが大きく目を見開く。苦笑を浮かべて、隼人は続けた。

「言うなって言われたのに、結局黙ってられなくてごめんな。でも、ちゃんと言っておきたかったんだ。おれはジェセルとのこと、なかったことにしたくない。ちゃんと抱えて、生きていきたいから」

彼との思い出は、なにもかも大切な宝物だ。

だから、なかったことになんてしないし、させない。

同じ想いだから、たとえ離れたとしても同じ想いでいてほしいから、なにもかも全部、ジェセルと分かち合いたい――。

「好きだ、ジェセル。おれもお前のことが……」

まっすぐジェセルを見つめ、隼人が再度告げようとした、その瞬間。

「ジェセルウナス様！」

突如、背後でタハルカが叫び声を上げる。

振り返ろうとしたジェセルの体がドッと揺れ、息を呑んだ彼が大きくその目を見開いた。

「……っ！」

「よくも……」

ジェセルの背後から、女の声が漏れ聞こえてくる。

逞《たくま》しいその肩越しに、ギラギラと憎しみに燃えるネフェルタリの目が、光って——。

「よくも、私の子を……！」

「っ、ネ、フェル、タリ……！」

ぐうっと眉を苦悶《くもん》に歪めたジェセルが、振り返りざま己の背に手をやる。

こちらに背を向けたジェセルに、隼人は目を瞠って叫んだ。

「ジェセル⁉」

褐色のその背には、深々と短刀が突き刺さっていたのだ。

柄《つか》を摑んだジェセルが引き抜いた途端、ドッと血が噴き出す。ジェセルは苦しげに一つ呻くと、その柄でネフェルタリの首もとをドッと強打した。

「う……！」

ドサッと頽《くずお》れたネフェルタリを、駆けつけてきたタハルカが取り押さえる。

足元をふらつかせたジェセルを見て、隼人は慌てて彼の元へと駆け寄った。

「ジェセル！　っ、ジェセル、しっかりしろ！」

「隼、人……」

よろめく彼を支えきれず、倒れるようにして座り込む。どんどん血の気を失っていくジェセルの呼吸は浅く、怖いくらいに荒かった。

「誰か……！　誰か、救急車……！」

ここが現代ではないことも忘れ、必死に叫ぶ隼人の腕の中で、ジェセルがかすかに眉を寄せて呻く。

「キュウキュウ、シャ……？　また、わけの分からぬ、ことを……」

「喋んな、ジェセル！　じっとしてろ！　大丈夫……！　大丈夫だから！」

なにが大丈夫なのか、どうしたらいいか分からず、混乱したまま必死に傷口を強く押さえて圧迫する。しかし、彼の体を巡るべき温かい血は、まるでとまる気配がない。

（どうしよう……、どうしたらいい？）

頭の中がパニックで、込み上げてくる絶望に手が、足が、唇が震え出す。

なにが起きているのか、どうすればいいのか分からないのに、このままではジェセルが助からないことだけは分かってしまう。

彼の命の灯火が、消えかけている——……。

「……なんという、顔を、している……」

かすれた声で言ったジェセルが、隼人の顔に手を伸ばしてくる。

「笑え、隼人……。私はお前の笑った顔が、一等好きだ……」

「喋んなって！　今……っ、今助けるから！」

指先で頬を撫《な》でるジェセルに噛みつくように言って、隼人はタハルカを呼んだ。

「タハルカ！　手を貸してくれ！　すぐに医者のところへ……！」

「無理、だ……。間に合わぬ……」

「っ、やってみなきゃ分かんないだろ！」

必死に否定した隼人だが、ジェセルはなおも首を横に振って言う。

「血を……、失い、すぎた……。首も、腿《もも》も、切っておらぬのに、な……」

いつかの会話を思い出したのだろう。ジェセルが小さく笑う。

その顔が妙に清々《すがすが》しく、さっぱりとして見えて、隼人はたまらず彼の腕をとって自分の首に回した。

「……っ、そんなこと言ってる場合じゃないだろ……！　行くぞ、ほら……！」

「隼人、今動かすのは……」

祭壇に流れる夥《おびただ》しい血を見て、タハルカが躊躇いがちに進言してくる。

隼人はカッと目を見開いて叫んだ。

「だからって、ここでじっとしてたら助からないだろ！」

「隼人……」

「手伝う気がないならどいてくれ！」

手を貸してくれる気配のないタハルカに焦《じ》れて、隼人は一人でジェセルを運ぼうとした。しかしその時、ジェセルがぐっと強く、隼人の胸元を摑む。

見れば彼は、必死に目を開けてこちらを見つめていた。

「……っ、はや、と」

「無理に喋るなって！　大丈夫、すぐ医者のとこ連れて……」

「駄目、だ……。お前は、帰らなくては……」

喋るのも、意識を保つのも、もうやっとなのだろう。荒い喘鳴《ぜんめい》を繰り返しながら、それでもそう言うジェセルに、隼人は目を瞠った。

「っ、なに言ってんだよ！　今それどころじゃ……！」

「今、だ……、今を逃しては、ならぬ……」

見よ、と呻いたジェセルに促されて、隼人は台座の上に置かれたままの腕輪へ視線をやる。

赤い宝石で彩られたホルスの目は、強い輝きを放っていた。

「な……」

「帰りたい、と……、帰りたいと、願え」

大きく目を見開いて腕輪を見つめる隼人に、ジェセルがかすれた声で言う。

「願え、隼人……。愛する者の、元に……、か、え……」

「……ジェセル？」

唐突に、ジェセルの手から力が抜ける。

滑り落ちていく手に、聞こえなくなった言葉に、隼人は彼を見やって――、息を呑んだ。

「……っ」

隼人の首に腕を回した彼は、静かに目を閉じ、その呼吸を――、とめていたのだ。

「ジェセル……？　おい、ジェセルって……」

呼びかけに応える声は、ない。

体を揺すっても、彼はもう呻き声一つ、上げることはなかった。

「嘘《うそ》……、嘘、だろ……」

ドッとその場に膝をつき、隼人はジェセルの上半身を抱える。ぐったりと力の抜けた彼の金色の髪が、さらりと揺れた。

「冗談、だよな……？　なあ、ジェセル……？」

震える声で幾度も、幾度も呼びかける。

だって、今の今まで生きていた。

その瞳は強く、強く自分を見据えていたというのに。

それなのにどうして、なにも答えが返ってこないのか。

どうして彼は、息をしていないのか。

「目を開けろよ……！　開けろって、ジェセル！」

目の前の現実が信じられなくて、信じたくなくて、――けれど、どれだけ叫んでもジェセルの目が開かれることはなくて。

「……っ、なんか言えよ、ジェセル……」

頼むから、と縋るように願う隼人の目から、熱いものが溢《あふ》れ出す。

ぽた、と滴り落ちたそれが、閉じられたジェセルの瞼《ぬ》を濡らした。

「起きろよ、ジェセル！　ジェセル……！」

「……隼人」

必死にその名を呼び続ける隼人の肩に、タハルカの手が置かれる。見上げた隼人に、タハルカが赤く光る腕輪を差し出してきた。

「……ジェセルウナス様の、願いだ。殿下の遺言を、果たせ」

「遺言……？」

茫然《ぼうぜん》と聞き返した隼人の手に、タハルカが腕輪を押しつけてくる。

ジェセルを腕に抱いたままそれを受け取って、隼人は瞬きを繰り返した。

（……遺言）

真っ白な頭の中に、ジェセルの最期の言葉が蘇る。

帰りたいと願えと、彼は言った。

愛する者の元に帰れ、と――。

「帰、る……？」

赤い光を放ち続けている腕輪を、目を閉じたジェセルを見つめて、隼人は繰り返した。

――帰れと、言うのか。

こんな――、こんな結末を受け入れろと、言うのか。

お前が命を落としたことを受け入れろと、仕方がないと思えと、言うのか。

「……無理だ」

呟いて、隼人は腕輪から手を離した。カランと、腕輪が祭壇に転がる。

隼人、とタハルカが呼ぶ声がする。どこか遠く聞こえるその声には応えず、隼人はジェセルに視線を落とした。

安らかな顔をしている彼の体は、まだ温《ぬく》もりを残している。

ほんの少し前まで、確かに彼は息をしていた。

その夜色の瞳に、自分を映していたのだ。

それなのに、その彼が死んだなんて、もう目を開けることもないなんて、そんなこと到底信じられない。信じたくない――。

「……ジェセル」

自分より少し大きい手をそっと開かせ、その長い指に全部の指を絡めて、隼人はじっとジェセルを見つめた。

（……おれの、せいだ）

自分を責めても意味はない。そうと分かっていても、自分のせいだと思わずにはいられない。

だってこの神殿に来なければ、ジェセルが命を落とすことはなかった。

彼がここに来たのは、自分が現代に帰りたがったからだ。ジェセルがこんな目に遭ったのは自分のせいだ。

（おれが現代に帰りたいなんて言わなければ……、そもそもおれがタイムスリップなんてしなければ、ジェセルは……っ）

分かっている。

今更そんなことを言ったってどうしようもないし、第一自分は自分の意思でタイムスリップしたわけではない。

彼の命を奪ったのはネフェルタリで、責めるべきは自分ではないことくらい、分かっている。

けれど、それでも、自分さえタイムスリップしなければと思わずにはいられない。

（いっそ、全部なかったことにできれば……）

最初から全部、自分がこの古代エジプトに来たこともなにもかも全部なかったことにできたなら、ジェセルはもっと生きられたのではないか。

自分さえジェセルと出会わなければ、彼はもっとこの先を、彼の望む未来を見ることができたのではないか――。

(……っ、それこそ今更だ……！　第一おれは、この四ヶ月間をなかったことになんかしたくない……！)

ジェセルと出会えたことを、同じ想いを抱くようになったことを、後悔なんてしていないし、したくない。彼との思い出はなにもかも全部、全部大切な宝物だ。

けれど、――けれどこんな結末は、到底納得できないし、受け入れることだってできない。

こんな形での別れを、大切な思い出の一つになんて、できるわけがない。

「……目を開けろよ、ジェセル」

ぎゅっとジェセルの手を握って、隼人は屈み込んだ。

目を閉じ、彼の額に自分の額を合わせる。

「お前、まだおれに返事してないだろ。ちゃんと答えもせずに逃げるなんて、らしくないことすんなよ」

震える声を必死に絞り出し、隼人は強く、強く、――願った。

「好きだって……、愛してるって、もう一度……、もう一度、お前の声で聞かせてくれ」

それが叶《かな》うなら、他のなにを犠牲にしたって構わない。

だから、だからどうか。

「目を開けてくれ、ジェセル……！」

ジェセルの手を握りしめて、隼人が叫んだ、――その時だった。

「……っ」

薄暗い神殿の中に、赤い光が満ちる。

強く眩《まぶ》しいその光に驚いて、隼人は顔を上げ――、息を呑む。

「満里《まり》、奈《な》……？」

目の前の空間に、妹の姿が映っていたのだ。

おそらく自室の勉強机に向かっているのだろう。広げたノートの上に突っ伏した満里奈はセーターを着ており、うたた寝をしているようだった。

「満里奈！　満里奈、おれだ……！」

叫んだ隼人の声に、満里奈がんん、と眉を寄せて目を開ける。こちらを見つめて二、三度瞬きした彼女は、大きく目を瞠って飛び起きた。

「お兄ちゃん!?　え!?　な、なにこれ……！」

「……っ、よかった、無事だったんだな……」

懐かしい妹の元気な姿にほっとして、隼人は微笑んだ。

自分がこちらに来た時、現代は秋口だったが、満里奈の服装から察するにあちらでも四ヶ月弱の時間が過ぎているのだろう。

「え……？　ゆ、夢……？」

混乱している満里奈が、そっとこちらに手を伸ばしてくる。

その手を摑もうとして――、隼人はハッと思いとどまった。

満里奈が映っているすぐ横に、赤く燃える炎のようなものが浮かんでいたのだ。

それは夜空に浮かぶ星のように強く、弱く瞬いていて――。

(これ……、ジェセルの、魂だ)

どうしてそう思ったのかは分からない。

けれど、それが腕の中の男の魂だということが、直感的に分かった。

そして、自分がどちらかしか選べないということも。

(腕輪の力は、魂一つ分……)

満里奈の手を摑めば、自分は現代に戻れるだろう。

けれど、ジェセルは――。

「……お兄ちゃん?」

黙り込んだ隼人に、満里奈がおそるおそるといった様子で問いかけてくる。

「ね……、ねえ、本当にお兄ちゃんなの? 今どこにいるの? その人は?」

どうやら満里奈にも、隼人の腕の中にいるジェセルが見えているらしい。隼人は顔を上げると、満里奈に答えた。

「この人は……、おれの大事な人だ」

「え……」

戸惑ったような満里奈を見つめて、隼人は一度深呼吸をした。

そして覚悟を決め、きっぱりと告げる。

「満里奈、ごめん。おれ、そっちには帰れない」

「……っ、お兄ちゃ……」

「でも、おれはこっちでちゃんと、生きてくから」

本当は、選びたくなんてない。

自分が家族の元に戻って、ジェセルのことも助けられるのならそうしたいし、そうすべきだと思う。

けれど、選ばなくてはならない。

ならばどちらを選ぶかなんて、決まっていた。

「お前も元気でやれよ。しっかり勉強して、我が儘《まま》はほどほどにな。父さんと母さん……、店長にもよろしく言っておいてくれ」

「ま……っ、待って、お兄ちゃん！」

「……幸せに、なれよ」

懸命に手を伸ばしてくる満里奈に、込み上げてくるものをぐっと堪えて笑いかけ、隼人はそのそばに浮かぶ赤い炎へと手を伸ばした。

「お兄ちゃん……！」

満里奈の頬を伝った涙が一粒、宙を舞う。

赤く煌《きら》めくそれを見つめながら、隼人はその手に炎を摑んだ。

次の瞬間、満里奈の姿が掻き消え、辺りを包み込んでいた赤い光が一気に収束する。

隼人は手にした炎をジェセルの胸元に押しつけ、声を限りに叫んだ。

「生き返れ、ジェセル……！」

なめらかな褐色の肌に、赤い、赤い炎がとぷんと沈み込む。

次の瞬間、どくんっとジェセルの心臓が強く拍動し、うっすらと夜色の瞳が——、開いた。

「う……、あ……？」

「ジェセル……！　大丈夫か、ジェセル！」

勢いよく聞いた隼人に、ジェセルが顔をしかめる。

「うるさいぞ、隼人……。なんだ、一体……。なにが起こった……？」

「ジェセルウナス様⁉」

驚いたように声を上げたタハルカが、少し離れて事態を見守っていた兵たちに声をかける。

「おい、誰か手を貸せ！　ジェセルウナス様をお運びするんだ！」

「……タハルカまで、一体なんの騒ぎだ……？」

怪訝《けげん》な顔をするジェセルに、隼人はほっと肩の力を抜いて笑いかける。

「仕方ないだろ。お前一回死んで、生き返ったんだよ」

「………」

「よかった、もう血はとまってるな」

身を起こしたジェセルの背中は血まみれだったが、傷口は塞《ふさ》がっている様子だった。

まだ呼吸は浅いようだし、声も少し苦しそうだが、意識ははっきりしているし、青ざめていた顔色も元に戻っている。

「……生き返った、だと?」

唖然《あぜん》としたジェセルが、隼人の顔を見て呟く。

「……マ……」

「ま?」

聞き返した隼人に、ジェセルはまだ茫然としたまま唸った。

「マジか……」

「はは、マジマジ」

使い方ばっちりじゃんと笑って、隼人はお帰り、とその肩に額をくっつけた。

なめらかな褐色の肌の確かな温もりに、じんと目頭が熱くなるのを堪えながら。

誰かに名前を呼ばれた気がして、満里奈はふっと顔を上げた。

自室の窓から、ゆっくりと流れる白い雲が見える。

「あれ……、今……」

夢だったのだろうか。

兄が、目の前にいた気がする――……。

「私……」

呟きながらふと頬に手をやった満里奈は、そこを伝う涙に気づいて目を瞠った。

「っ、夢じゃ、ない……?」

確かに今、自分は兄と話していた。

三ヶ月と少し前、博物館で姿を消した兄は、赤い光の中にいた。

無事で、元気にしていた。

「帰れないって、言ってた……。幸せに、なれって……」

耳に残る兄の声を思い出し、その言葉を繰り返す。

大事な人だと、言っていた。

自分はこっちでちゃんと、生きていくからと。

「……我が儘なんて、言ってないもん」

言える相手がいないのに、どうやって我が儘を言えと言うのだ。

まだどこか茫然としながらも文句を呟いた満里奈の耳に、階下から自分を呼ぶ母の声が聞こえてくる。その声に弾《はじ》かれたように立ち上がり、満里奈は駆け出した。

「お母さん！　お母さん、私今、お兄ちゃんと話した……！」

主のいなくなった部屋の窓の外で、白い雲がゆっくり、ゆっくりと流れていく。

それは悠久の時を隔てた遥かな大地と、よく似た空だった——。

湯浴みを済ませて簡単な腰布だけを巻き、自室に戻った隼人《はやと》は、そこにいた人影に驚いて目を瞠《みは》った。

「ジェセル⁉　どうしたんだ、部屋で休んでなくていいのか?」

「……もう十分休んだ」

寝台に腰かけたジェセルは、何故《なぜ》か少し不機嫌そうな表情を浮かべている。

そうか、と取りあえず頷《うなず》いて、隼人はほっと胸を撫《な》で下ろした。

——神殿での一件に片が付いてから、数日が過ぎた。

あの後、隼人たちはジェセルを連れて王宮へ戻った。

憎まれ口をきく余裕はあったとはいえ、死の淵《ふち》から生還したばかりのジェセルはやはり本調子ではない様子で、移動の際はほとんど眠っていた。幸い神殿から出た時には嵐もおさまっていたため、隼人たちは急いでジェセルを王宮の侍医の元に連れていき、ことの次第をアイーシャ女王に報告した。

すべてを聞き届けた後、女王は捕らえられたネフェルタリに宣告した。

『ネフェルタリ、そなたには永遠の死の呪《のろ》いを申しつける。王子のことは残念じゃったが、我が弟にして最愛の正室を害そうとしたことは事実。減刑は認められぬ』

古代エジプトの貴人にとって、ミイラとして手厚く葬られないことは最大の屈辱であり、絶望だ。その上罪人として呪いを科されれば、未来永劫《えいごう》魂が救済されないことになる。

『お待ち下さい！　私は……っ、私はただ、我が子を取り戻そうと……！』

『連れて行け』

取り乱す彼女を衛兵に命じて下がらせ、女王は隼人に問いかけた。

『それで、そなたはこの国に留《とど》まることになったと、そう理解してよいのかの？』

『陛下がお許し下さるなら』

『はて、許すもなにも、そなたはすでに我の十八番目の側室であったはずだが？』

茶目っ気たっぷりに首を傾《かし》げた美しきエジプト女王は、弟を頼む、と笑っていた。

隼人もその言葉に、もちろんですと頷いて――。

（……頷いた、んだけど）

相変わらず仏頂面で押し黙ったままのジェセルを前に、隼人は濡《ぬ》れた髪を布でがしがし拭《ふ》きつつも内心困り果ててしまった。

（なんだ？　おれが勝手に女王陛下と話進めたから怒ってるのか？）

もしそうだとしても、この数日ジェセルは絶対安静の面会謝絶とされ、部屋を訪ねていってもずっと会えずじまいだったのだから仕方がないと思う。彼に仕えている侍従たちから無事だということ、念のための静養期間だということは聞いていたが、それでもこちらも心配していたのだ。

いつ会えるのか、明日こそ侍医を捕まえて詳しく話を聞こうと思っていただけに、無事な姿を見られてほっと安堵《あんど》したのだが、当の彼がこんなに不機嫌な理由が思い浮かばない。

なにか話があって来たのではないか、本当にもう体は大丈夫なのかと、隼人が問いかけようとしたその時、それまで押し黙っていたジェセルがようやく口を開いた。

「……よかったのか」

「？　なにが？」

主語がない問いかけに首を傾げると、ジェセルが焦《じ》れたように言い直す。

「こうなったことだ。タハルカから聞いたが、私を助けるために腕輪の力を使ってしまったのだろう？」

「ああ、なんだ。そのことか」

どうやらジェセルはそのことで責任を感じて、態度がおかしかったらしい。

隼人はふっと笑うと、ジェセルの前にイスを引っ張ってきて腰かけた。頭を拭いていた布を首にかけ、まっすぐ彼を見つめて言う。

「そんなの、よかったに決まってるだろ。だってジェセルが無事だったんだから」

きっぱりと言い切った隼人に、ジェセルが視線を落とす。

「だが、お前は家族の元に帰れなくなってしまった。私が不甲斐《ふがい》ないあまりに……」

「まーた不甲斐ないって言った。ジェセル、自分に厳しすぎるんだって」

苦笑を零《こぼ》して、隼人はジェセルを見つめた。

「ジェセルのせいじゃない」

穏やかに言った隼人に、ジェセルが息を呑《の》む。

「っ、しかし……」

「おれが、ここに残ることを選んだんだ。責任はおれにある」

「隼人、だが」

なおも食い下がろうとするジェセルを見つめて、隼人はふにゃ、と苦笑を浮かべた。

「って言っても、ジェセルだって気にしないわけないよな。でも、おれもジェセルに悪いと思ってるんだ」

「悪い？　何がだ？」

怪訝《けげん》な顔をしたジェセルが、理解できないとばかりに声を上げる。

「お前は私の命を助けた。誇りさえすれ、悪いと思うようなことなど、なにもないだろう」

「……ジェセル、タハルカからなんて聞いてる？」

あの時、死の淵にいたジェセルは、当然ながら状況を目にしていない。

どう聞いているのかと尋ねた隼人に、ジェセルが少し戸惑いつつ告げる。

「隼人が腕輪に願い、私を生き返らせた、と。妹らしき少女と話をしていたとも言っていた」

「……うん。おれ、あの時妹の満里奈《まりな》の姿が見えたんだ。ちょっとだけだけど」

「そうか。妹は無事だったか?」

「ああ。ジェセルが言ってた通り、元の時代にちゃんといた」

気にしてくれたジェセルに、ありがとなと頷いて、隼人は表情を改めた。

「満里奈のこと確かめられたのはよかったけど……、あの時おれの前にはジェセルの魂と満里奈の姿、どっちも浮かんでた。それって、おれが心の中で同じくらい強く願ってたからじゃないかと思うんだ。お前が生き返ることと……、現代に帰ることを」

あの時、何故自分の前にジェセルの魂と満里奈の姿が浮かんだのか、ずっと考えていた。

ジェセルが目の前で息を引き取った時、自分は、帰れと願えというジェセルの最期の言葉を思い出し、無理だと思った。

こんなことになってしまって、帰りたいだなんて思えない、ジェセルの死を受け入れられるはずがない、と。

けれど、自分の前には二つの選択肢が現れた。

ジェセルの魂だけでなく、妹の姿も現れたのは——、自分がそれを願ったからだ。

「あの時おれは、もう一度お前に目を開けてほしいって思いながら、全部なかったことにできたらいいのにって思ってた。おれさえいなければ、お前はもっと長く生きられたかもしれない。お前との思い出は全部大事だけど、こんな別れは受け入れられないって」

ジェセルの死を受け入れられなかった自分は、目の前の現実を拒絶していた。

こんな結末納得できるはずがない、仕方がないなんて思えないとばかり思っていた。

「多分おれは、心のどこかで帰りたいって思ったんだと思う。……こんな悲しい、つらい思いから逃げ出したい。現代に戻って、全部夢だったってことにしてしまいたいって」

それは、それまで思っていた、純粋に家族の元に帰りたいと願う気持ちとは異なるものだったかもしれない。

けれどおそらく、自分は心の奥底で願ったのだ。

ジェセルに目を開けて欲しいと願うのと同じくらい強く、ここでの出来事をすべて、なかったことにしたい、と。

「お前のこと忘れないって言ったばかりだったのに、結局おれは逃げようとした。それに、死んだ人間を蘇《よみがえ》らせるなんて、本当ならやっちゃいけないことだ」

あの時は必死で、そこまで考えが回らなかったけれど、自分がやったことは、ネフェルタリが王子を蘇らせようとしたのと同じことだ。

未来から来た自分が過去に残るのだって、自然の摂理に反することだろう。

「ジェセルを助けたことは後悔してないし、無事でよかったって思ってる。でも、おれの勝手な判断でジェセルを巻き込んだことは悪いと思ってる。……本当に、ごめん」

確かに自分は彼を助けたが、同時に彼にも禁忌《きんき》を犯させてしまった。

あんな場面で帰りたいと思ってしまったことだけでなく、そのことも悔やんでいるのだと打ち明けた隼人に、ジェセルが苦笑混じりに言う。

「そのようなこと、気に病むな。親しい者の死を目の前にすれば、誰でも現実を受け入れたくないと思うものだし……、なにより、私はお前に助けられたことを感謝こそすれ、責める気は毛頭ないのだからな」

「けど……っ」

「隼人が私を選び、私が生きることを望んでくれた。私にとっては、それがすべてだ」

そう言ったジェセルが、そっと隼人の手を取る。身を屈《かが》めたジェセルは、隼人の指先にくちづけを落として言った。

「確かに、死者を蘇らせることは禁忌だし、ここは本来お前の生きるべき時代ではない。だが、私は正しいことよりも、お前と共に生きることができるのが嬉《うれ》しい」

「正しいことよりも……」

繰り返した隼人に頷いて、ジェセルは穏やかな低い声を紡いだ。

「私はもう、私のせいでお前から選択肢を奪ったと思うことはやめる。だからお前も、同じように思ってはくれないか。私と共に生きることを、なによりの喜びと思ってはくれないか」

「ジェセル……」

過ぎたことよりも、これからのことを。

後悔よりも、一緒にいられる喜びを。

自分を通して未来を見つめている夜色の瞳を見返して、隼人はふっと笑った。

「……お前のそういうところ、嫌いじゃない」

いつかの彼を真似《まね》して言った隼人に、ジェセルが目を見開く。

驚いた顔に小さく吹き出しながら、隼人は身を乗り出してジェセルに顔を寄せた。

「っていうか、かなり好き」

言い様、形のいい唇の端っこを狙《ねら》ってチュッとやる。

不意をつかれたジェセルがますます大きく目を見開き、パチパチと瞬《まばた》きを繰り返した。

綺麗《きれい》に鳴ったリップ音と彼氏の表情に満足し、にんまり笑った隼人だったが、ジェセルはスッと真顔になると低く唸《うな》り声を上げる。

「……やったな」

「え……、……っ」

まるで今からケンカでもおっ始めそうな雰囲気に驚いた隼人に、ジェセルが噛《か》みつくようにくちづけてくる。

（っ、喰《く》われる⁉）

チラッと覗《のぞ》いた白い犬歯に、一瞬彼が野生の豹《ひょう》に見えてビクッと震えた隼人だったが、開いた唇の隙間からぬるりとしたものが入り込んできてすぐに目を閉じる。

走った。

合わさった唇は少しかさついていて、けれどやわらかくて、押しつけ合えば合うほど気持ちがいい。熱い舌に舌を搦《から》め捕られてぬるりと擦《こす》り合わされると、ぞくりと背すじに甘い痺《しび》れが走った。

「……ん」

（くそ、こいつキスうまい……）

後頭部を片手で優しく支えられながら、深いところまで舌先で探られる。隼人が少しでもぴくっと震えて反応しようものなら徹底的にそこをくすぐられ、快感を植えつけられていった。

けれど、やられっぱなしは性に合わないし、自分だってジェセルを感じさせたい。舌を伸ばして同じように口腔《こうこう》を探り、ジェセルの反応を見て積極的に仕掛けていく。

だが、ジェセルは重なった唇から熱い吐息を零しつつも、隼人の舌を甘く吸い、咎《とが》めるように軽く歯を立てて邪魔をしてくる。

じゅう、と蜜を啜《すす》られながら舌を舐《な》め上げられて、隼人は込み上げてくる熱い疼《うず》きにハ……、と恍惚《こうこつ》のため息を漏《も》らした。

（気持ちい……）

次第に頭までぼうっとしてきて、すっかりなすがままになっていた隼人だったが、その時、唇を解いたジェセルが腕をくいっと引っ張ってくる。

「……っ、うわ……っ」

ベッドに腰掛けていたジェセルの方へ身を乗り出していた隼人は、そのままころりと寝台に転がされて驚き――、目を瞬《しばたた》かせた。

（……あれ？）

なんだか、思っていたのと違う。

込み上げてくる強烈な違和感に、まさかと冷や汗をかき始めた隼人だったが、今日も今日とて腰布だけの格好のジェセルは、しなやかな筋肉を惜しげもなく晒《さら》して自分の上にのしかかってくる。

きつく眇《すが》められたその目には、自分と同じ雄の欲情がありありと浮かんでいて――。

「……随分と積極的だな？」

隼人の唇をするりと指先でなぞって、ジェセルが少し不機嫌そうに問いかけてくる。

「まさか、今まで男を相手にした経験があるのか？」

「い……、いや、ないけど……、あの、ジェセル」

まさか、まさかと思いつつ否定し、ジェセルに問いかけようとした隼人だが、ジェセルは隼人の答えを聞いて艶《つや》のある笑みを浮かべる。

「そうか。私も男相手は初めてだが、知識はある。香油も用意してきた」

そう言ったジェセルが、ベッドのすぐそばにある小さなテーブルから美しい陶器の瓶《びん》を取り上げる。日焼け止め用の香油の瓶に紛れて置いてあったので気がつかなかったが、どうやらわざわざ持ってきていたらしい。

ひく、と頬をひきつらせて、隼人は頷いた。

「へ……、へえ……。あの……、あのさ、ジェセル……」

「なんだ、不安か？　そのように怯《おび》えずとも、乱暴な真似などしない。お前はただ、安心して身を任せていれば……」

「……っ、ストーップ！　ちょっと、ちょっと待て、ジェセル！」

ついに耐えきれなくなって、隼人は大声を上げてジェセルを遮った。

慌てて身を起こそうとする隼人に、ジェセルが眉を寄せる。

「どうしたんだ、一体。今更嫌だとでも……」

「いや、嫌じゃないけど！　けど、一個確認させろ！」

ちっとも身を引く様子のないジェセルのせいで中途半端に背を浮かしながら、隼人はおそるおそる聞いた。

「……おれが上だよな？」

「……オレガウエダヨナ？」

まるで異国の言葉を聞いたとばかりに、ジェセルが首を傾げてオウム返しする。

（いやいやいやいや、今の今まで言葉通じてただろ！）

何故そこだけカタコトなんだ。しかもこれまでで一番の。

だらだらと冷や汗をかきつつ、隼人はひきつった笑みを浮かべて再度問いかけた。

「だから、おれが男役だよな？」

「オトコヤク……」

「……っ、おれがチンコ突っ込む方でオッケー⁉」

ヒートアップするあまり大声になってしまいながら、隼人はジェセルに畳みかけた。

あからさますぎるが、これなら誤解を生まないだろう。

肩で息をする隼人の目の前で、ぱち、ぱち、と二回瞬きをしたジェセルが、ゆっくりと眉を寄せる。

「……おっけーなわけないだろう」

（やっぱな！）

ある意味予想通りの反応には納得だが、その内容にまで納得するわけにはいかない。なんといっても貞操の危機だ。

譲れない戦いがここにあるとばかりに、隼人はぐっと声のトーンを落としてジェセルにメンチを切った。

「おれが抱かれる方とか、冗談じゃねえぞ。ジェセルの方が圧倒的に美形だろうが」

「確かに私は美しいが」

「…………」

さらっと認める当たり、あの姉にしてこの弟ありというところか。

遠い目になった隼人に構わず、ジェセルが続ける。

「どちらがどちらを抱くのかに、美しさは関係ないだろう」

「っ、あるっつの！　おれが抱かれる方とか、絵面的にキツいだろ！　お前、おれが足広げてアンアン言ってるの見たいか⁉」

「見たいから抱こうとしているのだが？」

「く……！」

そうだった、そもそもの問題だった悪趣味めと内心悪態をつく隼人に、ジェセルが問う。

「大体にしてお前、男相手の経験はないと言っていたではないか。男の抱き方は分かっているのか？」

「……潤滑剤で慣らすんだろ」

男は女と違って濡れないし、ジェセルも香油を準備したと言っていた。それを使って慣らすのだろうと思った隼人に、ジェセルが呆《あき》れたように言う。

「ただ慣らすだけか？　どこに触れれば相手に快楽を与えられるか知っているか？　言っておくが、ただ繋《つな》がるだけでは私は満足せぬぞ。お前と共に至上の快楽を得たいと思っているのだからな」

「シ、シジョウノカイラク……」

ジェセルの口から飛び出たパワーワードに、今度は自分がカタコトになってしまう。

隼人の腰が引けたのを見て、ジェセルが余裕の笑みを浮かべた。

「その点、私ならお前をこれ以上ないほど悦《よ》くしてやれる。この間のアレも、腰が抜けるほど悦かっただろう？」

「……しばらくチンコ痛かった」

ジト目で文句を言った隼人に、ジェセルがしれっと肩をすくめる。

「仕方ないだろう。お前がもっともっとねだるからだ」

「っ、あれは媚薬《びやく》のせいで……！」

「杯《さかずき》一杯の媚薬程度、一度達すれば抜けるはずだがな？」

「な……っ」

思わぬことを暴露され、隼人は茹《ゆ》で上がってしまう。

ではあれは、あの夜自分が幾度も達したあれは、媚薬のせいではなかったというのか。

ただ単にジェセルの手に感じて、それであんなにも乱れたというのか――。

「……ひとのこと縛ったまま好き勝手触りやがって」

あの時のことでジェセルを責めるのはやめようと思っていたが、そういうことなら別だ。

話を蒸し返した隼人に、ジェセルが唸る。

「仕方がないだろう。さすがの私もお前に暴れられては難儀するからな。傷つけた詫《わ》びをしたかったのだ」

「詫びなら手の紐《ひも》解いて、一人にしてくれたらよかっただろ。自分で抜いたってよかったんだから」

詫びと言う割には、随分強引だった。

すっかり拗《す》ねてそっぽを向いた隼人を、ジェセルがまるで我儘《まま》な猫を愛《め》でるかのような目で見つめながら言う。

「それはできぬ相談だな。好きでたまらない相手が、目の前で媚薬に悶《もだ》えているのだぞ？　まったく手を出さずに身を引くなど、男ではない」

「おれはカモネギか」

隼人のツッコミに、ジェセルがカモネギ？　と不思議そうな顔をする。

美味《うま》いものが美味いもの背負って歩いてくるって意味、好都合ってこと、と説明すると、なるほどなと得心した様子で、ジェセルが隼人に手を伸ばしてきた。

片手で隼人の頬を撫《な》でながら、静かに言う。

「私はこれまで、お前ほど欲しいと思った人間はいなかった。そのお前と、初めて肌を重ねるのだ。お前がこれまで味わったことのない快楽を教えてやりたいし、身も心も満たしてやりたい。……私がお前といるだけで満たされているように」

「……ジェセル」

なめらかな褐色の指先が、隼人の唇をなぞる。やわらかさを堪能《たんのう》するように、その先を求めるように目を細めて、ジェセルが問いかけてきた。

「過去の私は、誰かに愛されたいと願うばかりだった。だが今は、お前だけを愛したいと強く思う。……私に愛されるのは、嫌か？」

縋《すが》るような声が、視線が、まっすぐ心を射抜いてくる。

はあ、とため息をついて、隼人は背を浮かすのをやめ、ベッドにバタンと倒れ込んだ。少し赤くなった顔を隠すように腕を上げて、呻《うめ》く。

「その聞き方はズルいだろ……」

こんなに顔も声もいい男にそんなことを言われて、断れる人間がいるものか。

抵抗を諦めて、隼人は真上に覆い被《かぶ》さるジェセルを見上げた。

「……分かった。今回は譲る」

「今回『は』？」

耳ざとく聞き咎めたジェセルに、顔をしかめて文句を言う。

「当たり前だろ。毎回押し倒されてたまるか。それに、おれだってお前のこと、好きでたまんないんだからな」

ジェセルが自分を欲してくれているように、自分だって彼が欲しいのだ。――男として。

「おれだって、おれの下で足広げてアンアン言ってるお前見たいの」

かりに首を左右に振って言った。

隼人の言葉に、ジェセルがスンッと真顔になる。ややあって彼は、まるで理解できないとば
「…………」

「……悪趣味だな」

「その言葉、そっくりそのまま返すわ」

感想まで一緒かよと呆れかえった隼人だが、ジェセルはフンと愉快そうに笑うと身を屈めて
顔を寄せてくる。

「まあ、お前の考えを改めさせればよい話だからな。私を抱くよりも私に抱かれる方がよいと、
一晩かけてじっくり教えてやろう」

「うーわ、すげぇ自信」

なんだか楽しくなってきて、隼人もくすくす笑ってしまう。

最初こそ自分が男に抱かれるなんてと思ったが、ジェセルの想《おも》いの強さを聞いた今となって
は、ベッドでのポジションなどどうでもよくなってくるから不思議だ。

(おれにとって肝心なのは、ジェセルと愛し合うってこと、なんだろうな)

他でもない彼だからこそ、そう思うのだろう。

次回以降も負け戦のフラグを感じつつも、隼人は落ちてくる唇に目を閉じた。

先ほど隼人がしたのと同じように、唇の端を狙ってリップ音を一つ響かせたジェセルが、吐

息に笑みを滲《にじ》ませながら唇を重ねてくる。

この野郎可愛《かわい》い真似しやがってと思いながら、隼人は角度を変えて啄《ついば》んでくるやわらかな唇に応えた。

「ん……、ふ……」

互いの粘膜の熱さを知ったばかりのキスが深くなるのはすぐで、どちらからともなく手を伸ばして抱き合い、舌を絡め合う。金色の髪をぐしゃぐしゃに掻《か》き混ぜながら、好きな男の舌で蜜の溜《た》まった口腔を掻き混ぜられるのは、うっとりするくらい心地よかった。

「……ん、ジェセ、う……」

風呂上がりで上半身裸だったせいで、この間よりもジェセルの肌と触れ合う面積が広い。熱くしなやかな褐色の肌からはほのかに乳香の香りがして、彼も入浴を済ませていることが窺《うかが》えた。

（……っ、やば、乳首気持ちい……）

ピンと尖《とが》った自分のそれが彼の逞《たくま》しい胸元に擦れる度、むずむずとした疼きが込み上げてくる。今まで感じたことのないその疼きに零れそうになる声を、ジェセルの舌に吸いつくことで誤魔化していた隼人だが、その時、同じ弾力のものが胸の先をかすめた。

「んぅ……っ！」

「……ん、こら、噛むな、隼人」

思わずくっと歯を立ててしまった隼人を、ジェセルがくちづけを解いて咎める。そんなこと言われたってと思いつつも、彼の舌に噛みついてしまった理由を言えず黙り込んだ隼人だったが、ジェセルはすぐにその理由に思い当たったようだった。

「……ああ、これか？」

ふっと笑ったジェセルが、わざと胸を前に突き出して、乳首で乳首を嬲《なぶ》り出す。こりこりと擦りつけられる小さな突起に、隼人は真っ赤になってしまった。

「な……っ、な、な、なにして……っ」

「隼人はここも色が薄いのだな」

「あ……！　……っ、く……！」

ずり上がって逃げるより早く、ジェセルの長い指が隼人のそこを捕らえる。乳暈《にゅううん》をやわらかくつままれたまま、指先でかすめるようにくすぐられて、隼人はたまらず身をよじって手の甲を口元に押しつけた。

「ん……！　やめ……っ、っ、ジェセル！」

「何故だ？　気持ちがいいのだろう？」

触れるか触れないかのところでゆっくりと円を描く指先に、焦れったさが募る。自分から胸を突き出してしまいそうな衝動を必死に堪《こら》えて、隼人は懸命に目の前の男を睨《にら》んだ。

「……っ、そんなとこ、すんなって……！」

「聞けぬな。私はお前と至上の快楽を共にしたいと言ったはずだ」

にや、と意地悪くも楽しそうに笑ったジェセルが、再び隼人の唇の端に小さなキスを落として言う。

「どんなお前も愛しているから、はしたなく乱れるがいい」

「な……っ、バカ、なに言……っ、ん……！」

なんてことを言うのかと抗議しようと開いた唇を塞《ふさ》がれ、また深いキスを仕掛けられる。同時にピンと乳首を弾《はじ》かれて、隼人は隠しようもなくビクッと肩を跳ねさせてしまった。

「んっ、ん……っ、ふ、うっ、んん……っ」

舌をきつく吸われながら、指先で胸の先を捏《こ》ねられる。なんでそんなところでと思うのに、体はどうしようもなく快感を拾って、下肢に熱が集まり出す。

一度離れていったはずのジェセル自身の乳首にまたぐりぐりと胸の先を苛《いじ》められて、隼人はあまりにも卑猥《ひわい》な光景に茹で上がった。

「も……っ、それ、やめ……っ、ジェセル！」

普段意識したこともない、それこそジェセルなんていつも晒け出している場所なのに、そんなことをされるととんでもなくいやらしく感じてしまう。自分は今、男には必要のない場所を男同士で擦り合わせて、気持ちよくなってしまっている——……。

「……っ、あ……！」

びくっと震えた途端、巻いただけの腰布を押し上げる隆起同士が擦れ合う。じわ、と麻布に滲む蜜を見やって、ジェセルが目を細めた。

「こちらも存分に可愛がってやらねばな」

「ん……っ、んん……！」

伸びてきた手に布越しにゆったりとそこをさすられて、隼人は息を詰めた。よく知った快感に、体が素直に反応する。

「は……っ、ん、ん……」

けれど、麻布越しでは刺激を拾い切れず、なんとももどかしい。

隼人は腰を浮かせると、すりすりとジェセルの手のひらにそこを擦りつけた。

「も……っ、直接触れって……！」

「こら、そう急《せ》くな。夜はまだ始まったばかりだぞ？」

くすくす笑ったジェセルが、布の上から先端をカリカリ引っ掻く。敏感なそこから、ビリビリと痺れるような快感が腰の奥に駆け抜けて、隼人はたまらず息を乱した。

「は、あ……っ、んっ、ん！」

「……愛《う》いな」

甘く目を細めたジェセルが、やわらかく隼人の唇にキスを贈り、やおら身を屈める。すっと沈んだ頭の行方を見て、隼人は目を瞠った。

「おい待て、ジェセ……っ、んんんっ！」

ちゅう、と尖りきった乳首に吸いつかれて、制止の言葉が途絶える。ぬろりと這《は》った舌に、敏感に実った肉粒をやわらかく押し潰《つぶ》されて、隼人は思わずぎゅっとジェセルの頭を抱え込んでしまった。

「バ……っ、カ、あっ、なにして……っ、ひぅ……っ！」

髪を引っ張ってやめさせようとするのに、それより早く甘噛みされて、指に力が入らなくなる。指の間を零れるやわらかな金色の髪の感触にすら感じ入って、隼人はとろんと瞳を蕩《とろ》けさせた。

「は……っ、あ、あ……」

顔を上げたジェセルが、反対側の乳首をぺろんと舐め上げる。ちゅうっと、可愛がるためとしか思えないやり方で吸い上げられ、同時にくりくりと濡れた布越しに性器の先端を撫でられて、隼人は快楽に震える声で抗議した。

「ジェセ……っ、ジェセル……っ、も、意地悪すんなぁ……！」

慣れない乳首への愛撫《あいぶ》も、布越しの刺激も、体が熱くなるばかりで足りなくて、もどかしい。

ぎゅっと髪を握りしめた隼人に愉快そうに笑みを零して、ジェセルが顔を上げた。

「意地悪ではなく、愛でているつもりなのだがな。まあいい、直接だな？」

内側に折り込んでいた布の端を引っ張り出したジェセルが、ようやく隼人の下肢を露《あら》わにする。ねだられてご機嫌なのだろう、鼻歌でも歌い出しそうな男にこの野郎と思いつつ、隼人はその髪を軽く引っ張って要求した。

「おれも、お前の触りたいんだけど」

自分だけ乱されるのは癪《しゃく》だし、ジェセルのそこだって先ほどから随分主張している。片膝を軽く曲げ、わざとそこを腿《もも》で擦り上げた隼人に、ジェセルが嬉しそうに笑った。

「脱がせてくれるか?」

「ん。こっち来いよ」

このままでは手が届かないと言うと、ジェセルが身を起こして少し上に移動する。また重ねられた唇に応えつつ、隼人はジェセルの腰布を解きかけて——、思わず真顔になった。

「……なあ、ジェセル」

「ん」

隼人から触りたいと言われたのがよほど嬉しかったのか、顔中ところ構わずキスを落とし、猫のように鼻先を擦りつけている恋人の腰布をそっと元に戻して、呟《つぶや》く。

「無理だろ、これ」

「……ん?」

「いや、入んないって」

ちょっと現実が直視できないからとりあえずしまってみたけれど、さっき一瞬だけお目見えしたジェセルのジェセルは、なかなかお目にかかれないような代物だった。

ここが風呂場で、ただの友達で、たまたま目にしただけだったなら、いっそ口笛でも吹いて「えっぐいなー！」とからかっていたかもしれない。

だがここはベッドの上で、そのエグい凶器を使われるのが自分となると、話は別だ。

「……いいと言っただろう」

完全に腰が引けた隼人に、ジェセルが目を据《す》わらせる。

「一度了承したものを、今更反故《ほご》にする気か」

「いや、でもさ……」

隼人だって、一応は覚悟を決めたわけだし、臨戦状態のそれをぶら下げた男に今更ナシと言うのがどれほど酷なことかは分かる。

分かるが、それでも言わざるを得ないのだ。誰だって命は惜しい。

視線を明後日《あさって》の方向に逸《そ》らす隼人に、ジェセルが一気に機嫌を下降させて唸る。

「入るか入らぬか、やってみなければ分からぬだろう！」

「やってみて、おれの尻が裂けたらどうすんだよ！　責任取れんのか、ああ!?」

およそベッドの上でするとは思えない、だがベッドの上だからこその会話を繰り広げる二人に、先ほどまでの甘さはない。

再度メンチを切った隼人に、ジェセルがきっぱりと言う。

「そのようなことにはならぬ」

「……なんでそんなこと言えるんだよ」

トーンダウンしたジェセルに、自然と隼人も勢いを削がれながら聞き返す。

するとジェセルは、まっすぐ隼人の目を見つめて真摯《しんし》に告げた。

「私がお前を愛しているからだ」

「……っ」

「愛する者を傷つけるわけがなかろう」

堂々と、一切の照れも迷いもなく言ったジェセルに、隼人は呻いた。

「この……っ、王族め……」

「……王族であることがなにか関係あるのか？」

意味が分からぬと首を傾げるジェセルを、隼人は頬を赤くしながら睨み上げた。

「……っ、おれの尻が切れたら、後でシメるからな……！」

唸りながらも再び腰布を解き出した隼人が腹をくくったのが分かったのだろう。ジェセルが甘く目を細めて言う。

「シメるがなんだかは分からぬが……、お前に苦痛を与えはせぬ。約束する」

「本当かよ……」

「本当だ。安心しろ」

するりと脱がせた腰布をベッドの下に落とし、とても安心などできないサイズのそれに手を伸ばす。熱く滾《たぎ》った雄茎は、すでに腹につきそうなほど反り返っていて、長さも太さも自分のものより一回り以上大きかった。

「……おれ処女なんだけど」

初心者が挑んでいいサイズではないだろう、これは。そう思いながら半ばヤケになって逞しい茎をさすり、ぼやく隼人のこめかみに、ジェセルがご機嫌で鼻先を擦りつけてくる。

「安心しろ。男の体は処女でも快楽を得られる造りになっている。よかったな」

「得られる気がしねー……」

いくら体の造りがそうなっていようと、許容量オーバーのものを突っ込まれたら痛いだけだろう、普通。

遠い目をした隼人の頬にくちづけながら、ジェセルが下肢に手を伸ばしてくる。

「私を信じろ、隼人」

「信じるけどさあ……、……ん」

ぐだぐだと言い続ける隼人の唇を、ジェセルが塞ぎにかかる。やわらかなキスを幾度も繰り返されながら、凶器を前にして少し勢いを失った性器を優しく擦り上げられて、隼人はようやく肩の力を抜き、艶めいた吐息を零し始めた。

「ん、は……っ、ジェセ……、んん……」

悔しいけれど、ジェセルのキスは気持ちがいい。

巧みな舌と手に翻弄《ほんろう》されて、若茎があっという間に勢いを取り戻す。舌を甘く吸われながら、蜜を滲ませ始めた先端を指先でくるくるとからかうように撫でられて、隼人は負けじとジェセルの太竿《ふとざお》を両手で扱《しご》き上げた。

手のひらで包み込むようにしてきゅっきゅっと締めつけながら、もう片方の手で根元の蜜袋を優しく揉《も》む。ずっしりと重いそれは随分と中身が詰まっていそうで、隼人は快感に目を潤ませながらもジェセルをからかった。

「ん……、なんか、随分溜まってないか？」

「……誰ぞが私を置いて遠くへ去ろうとしていたのでな。もうずっと気が気でなかったのだ」

「ふは……っ、ん、じゃあ責任取ってちゃんと、抜いてやんないとな？」

軽口をたたく合間にも、ジェセルの手が隼人の熱茎を擦り立て、唇を合わせてくる。どうやらこの男も、自分とのキスを気に入っているらしい。

熱い吐息を零しながら降ってくるキスに応えつつ、隼人はぼやいた。

「ん、ふ……、一回出したら、んん、半分くらいの大きさになんないかな……」

「なるか」

くく、と低く笑いながら、ジェセルが隼人から手を離して腰を押しつけてくる。ぬる、と雄竿同士が滑る感触に息を詰める隼人を熱っぽく見つめながら、ジェセルは腰を巧みに回して自身の砲身で隼人のそれをなぞり始めた。

「……っ、お、前……っ、乳首ん時といい、どこでそんなん覚えて……っ」

「なにせ後宮育ちだからな。自然と耳年増《みみどしま》になる」

しれっと言ったジェセルが、隼人の手の上から自身の熱塊を掴《つか》んで、切っ先をぴたりと合わせてくる。蜜を湛《たた》える鈴口同士をくちゅくちゅと擦り合わせて、ジェセルは熱い吐息混じりに問いかけてきた。

「おまえの手を汚すのもそそられるが、今宵《こよい》はすべてお前の中に出したい。ここから注ぎ込ませてくれるというのなら、一度出してもよいが？」

「じょ……、冗談……！」

あのずっしり重い中身を全部中に出されるなんて想像しただけで恐ろしいが、そこから精液を注ぎ込まれるのもごめん被る。

そんな細い隙間に射精されても入るわけがないと分かっていても、もしかしたらほんの少しは入ってしまうかもしれないと、もしもの想像がとまらなくなる。

もしも、自身の性器をジェセルの雄蜜に犯されたら。

精管を恋人の精液に犯され、蜜袋の中で二人の白濁を混ぜ合わされたら。

「……っ」

「満更でもないようだな？」

とぷ、と新たな先走りの蜜を溢《あふ》れさせた隼人に気づいたジェセルが、とろりと甘い声で囁《ささや》く。笑みの滲むその声に、隼人は精一杯ジェセルを睨んで脅した。

「あんま変なことばっかすると、お前が変態だってみんなにバラすぞ」

「はは、それは困る」

ちっとも困っていない声で笑ったジェセルが、身を起こしてベッド脇のテーブルから香油を取る。名残惜しげにねっとりと糸を引く性器が見えて、隼人はサッと頬に朱を走らせた。

しっかりとそれに気づいて目を細めながら、ジェセルが隼人の両足を大きく開かせる。

「では、私の想いの丈はお前のここで受けとめてもらう他ないな？」

「……頼むから手加減しろ……」

あられもない格好がさすがに恥ずかしくて、手の甲で顔を隠しながら呻く隼人に、ジェセルがもちろんだと頷く。

誰よりも信頼している男の、いまいち信用に欠ける言葉に内心悪態を山ほど吐きながら、隼人は晒け出されたそこに触れてくる指先を許した。

「……っ」

「大丈夫だ、隼人。無理に入れたりしない」

声をやわらげたジェセルが、香油で滑る指先をひたりとそこに押し当て、キスを落としてくる。なだめるようなくちづけを少し悔しく思いつつ受け入れて、隼人はじょじょに体の力を抜いていった。

「ん……、は、ん……」

隼人の様子を注意深く観察しながら、ジェセルが指先でゆっくりとそこをくすぐってくる。

ぬるつく指先でぷちゅぷちゅと蕾《つぼみ》を弄《いじ》られて、隼人は次第にそこにむずむずと甘い疼きを覚え出した。

「……っ、な、んか……」

「ん、蕩けてきたな」

いい子だ、と甘く微笑《ほほえ》んだジェセルが、やわらかく隼人の唇を吸いつつ、指先に香油を足す。

あやすような抱き方が気にくわないのに、ジェセルがあまりにも嬉しそうな顔をするものだから、つい文句を呑み込んでしまう。

熱くぬめる指先にほんの少しだけ力を乗せて、ジェセルは隼人の粘膜のごく浅い部分を指の腹で撫で始めた。

「ふ、あ……っ、ん、んん……」

自分のものではないような高い声が漏れるのが恥ずかしくて、目の前の唇に慌てて吸いつく。

ジェセルは隼人のしたいようにさせつつ、焦ることなくゆっくり、ゆっくりと隼人のそこを開いていった。

「……痛くはないか、隼人」

「ん……、だいじょ、ぶ」

あらぬところを触られている羞恥《しゅうち》と違和感はあるが、今のところ苦痛はない。

頷いた隼人にほっとしたように微笑んで、ジェセルが香油を足しつつ指を進めてくる。

「んう、ん……、んん……？」

ジェセルの髪を掻き混ぜながらキスを繰り返していた隼人だったが、第一関節、第二関節まで埋められたところで、彼の指がなにかを探るように円を描き出すのに気づく。

なにをしているのかと不思議に思ったその時、隼人は自身を襲った甘い電流にあられもない声を上げていた。

「んあ……！　あああっ⁉」

「……ここか」

呟いたジェセルが、指先でくりゅくりゅと隼人の性器の裏側を撫で擦る。ぷっくりと膨《ふく》れ上がった凝《しこ》りのようなそこをくすぐられる度、ツキンツキンと今まで感じたことのないような甘い疼痛《とうつう》が茎を駆け抜けて、隼人はたまらずジェセルを制止しようとした。

「ん……っ、や、め……っ、あっあっ、やめっ、ジェセルッ！」

「怖がることはない、隼人。男は誰でも皆、ここで快楽を得られるようになっている」

「そ、んなわけな……っ、あ、あ！」

尻で感じるなんて、そんなことあるはずない。こんなの絶対おかしいと懸命に首を横に振って否定しようとするけれど、ジェセルの指がそこを押すように撫でる度、意図せず声が上がってしまう。

隼人はぎゅっとジェセルの髪を引っ張って、潤んだ目で目の前の恋人を睨みつけた。

「そ、ん……っ、なら、お前もそうなるってとこ、見せろ……！」

「……なんだと？」

隼人の一言に、ジェセルがぴくっと眉を跳ね上げる。その顔を精一杯睨み据えて、隼人は気合いで喘《あえ》ぎを堪えて言った。

「……っ、男なら誰でも気持ちいいんだろ！　ならおれにもお前の尻、いじらせろ……！」

「…………」

まさかそう来るとは思わなかったのか、ジェセルが目を見開いたまま固まる。ややあって彼は、ぜいぜいと荒く呼吸を繰り返す隼人を見つめて、ふうとため息をついた。

「なにを言い出すかと思えば……」

やれやれとばかりに頭を振ったジェセルが、身を起こして甘く目を眇める。

愛《いと》おしげに細められたその目に宿る、獣のような光に、隼人はびくっと身を震わせた。

——ヤバい。

「本当にお前は、じゃじゃ馬だな。そのような気を二度と起こさぬよう、しっかり躾《しつ》けてやらねばな？」

「な……っ、ジェセ……ッ、ひああ……っ！」

嘘《うそ》です冗談ですと言う間も与えられず、指が二本に増やされる。たっぷり香油を塗《ぬ》り込められた孔は、持ち主の意思を裏切って太い男の指をなんなく受け入れてしまった。

「ちょっ、待……っ、んああっ！」

おまけに下に移動したジェセルは、隼人の屹立《きつりつ》を躊躇《ためら》いなく咥《くわ》え込む。張りつめた性器をぬぷりと濡れたやわらかい粘膜に包み込まれて、隼人はぎゅっと敷き布を強く摑んだ。

「バ……っ、なにし……っ、あっ、んんっ、そ……、なとこ、舐めんな、あ……っ！」

必死に抗議しようとするのに、熱い舌で快楽の塊を舐め上げられると、声が切れ切れに途切れてしまう。浅いところをゆっくり抜き差ししていた二本の指で先ほどの凝りをこりこりと押し揉まれて、隼人は足の指をぎゅっと丸め込んで声を押し殺した。

「ひ……っ、んんんー……っ！」

「ん……、我慢するな、隼人。私はお前の、快楽に溺《おぼ》れる姿が見たい」

顔を上げたジェセルが、唇で幹の側面を甘く喰《は》みながらそう囁く。

れる、と大きく突き出した舌で蜜袋ごと舐め上げられながら、揃《そろ》えた指でくちゅくちゅと香油に蕩けた後孔を掻き混ぜられる。先端に溜まった蜜をちゅるりと啜られながら、その奥の奥にある弱い膨らみを指で優しく挟まれると、もう駄目だった。

「んぅ……っ、あっあっあっ、そ、れ……っ、それ……！」

「……っ、たまらぬな……」

体感したことのない快楽にひとたまりもなく身悶える隼人を熱っぽい目で見つめて、ジェセルがそっと指を引き抜く。戻ってきた指は先ほどより質量が増えていて、ぬうっと狭いそこを押し開く三本の指に隼人は混乱した。

「や、だ……っ、なん……っ、なんで……っ」

二本でもいっぱいいっぱいだと思ったのに、香油で蕩けきったそこはジェセルの指をすっかり気持ちのいいものと認識して、素直に吞み込んでしまう。それどころか、広げられた縁も熱く潤んだ中も、もうどこを触られても甘く疼いて仕方ない。

ジェセルに触れられる全部が、気持ちいい——……。

「ひあ……っ、あっ、んんっ、あ……！」

とろとろと喜悦の涙を零し続ける鈴口を舌先でぐりぐりと苛められながら、ぬっぬっと浅く、深く指を突き込まれる。時折確かめるように中から押し広げられても痛みなどまるでなく、香油がとろりと内壁を伝う感触にもどかしさが募るばかりだった。

「ん、ん……っ、ジェセ、ル……っ、んん……！」

「っ、隼人」

つけ根までずっぷりと指先を押し込んだジェセルが、片手で隼人の屹立を扱き立てながら、ひくつく隘路《あいろ》に目を細める。

「もうこんなに蕩けて……。お前の体はどこもかしこも愛いな」

「あ、う……っ、愛いとか、言うなって……っ」

恥ずかしいだろ、と睨んでも、ジェセルは意に介した様子もなく、ちゅ、と膨れ上がった隼人自身にくちづけて笑う。

「そうして恥ずかしがる姿もそそる。早くお前のここを、私自身で可愛がってやりたい……」

声を欲情にかすらせたジェセルが、揃えた三本の指先でまだあの凝りをこりこりと嬲ってくる。ぐりっぐりっと強い力で抉《えぐ》るようにそこを押し込まれて、隼人は駆け抜けた快楽に堪えきれず甘い嬌声《きょうせい》を上げた。

「ひぁっ、あっあっあ……！」

もし、あの圧倒的なジェセルの熱い雄で、同じことをされたら。そう思った途端、そこがまるで期待するかのように、きゅうっとジェセルの指を締めつける。

自らより強くジェセルの指を感じてしまったその瞬間、深く咥え込まれた性器をじゅうっときつく吸い上げられて、隼人はたまらず精を放っていた。

「あっ、や……っ、んんんんっ！」

びくびくっと震える熱を優しく吸って隼人を法悦に導いたジェセルが、ひくひくと激しく収縮する内壁をなだめるように指先で撫でる。

「は……、ん、ん……」

初めて知った深い快楽の余韻《よいん》に大きく胸を喘がせながら、隼人はジェセルを呼んだ。

「ん……、ジェセル」

こっち、と空気を震わせるだけの声をしっかりと拾い上げて、ジェセルが身を起こす。隼人の後孔から慎重に指を引き抜いたジェセルを両腕を広げて迎え入れて、隼人はその唇に噛みついて唸った。

「あんな不味《まず》いもん、よく飲めるな……」

「お前のものならば、私にとってはこの上ない甘露だ」

「バーカ」

くく、と笑って、自分から口を開いてジェセルの舌を誘う。ご褒美を与えられた獣のように熱心に舌を絡ませてくる男の髪を軽く引っ張って、隼人は唇を擦り合わせながらねだった。

「くれよ、ジェセル。多分もう挿入《はい》るだろ」

「……よいのか?」

「ん。いいよ、お前なら」

ちゃんと約束通り気持ちよくしてくれたしな、と笑って、隼人は自分に覆い被さる男の腰に足を絡めた。

翻弄されたことは少し癪だけれど、ジェセルが欲望を堪えて自分の体を丁寧に開いてくれたことは確かだ。

（躾とか言って、結局優しいんだよな、こいつ）

熱くなめらかな褐色の肩に腕を回して、隼人はもう幾度目か分からないキスを贈った。

「おれも、お前と二人で気持ちよくなりたい」

「……隼人」

ふっと笑ったジェセルが、私もだ、と吐息を弾けさせる。

「ん、んん……」

重なった唇を貪《むさぼ》り合いながら、互いの蜜を混ぜていく。

キスに夢中になっていた隼人は、熱く滾った雄茎がぬるりと後孔を滑る感覚に小さく息を呑んだ。

「……っ」

「挿《い》れるぞ」

くちゅくちゅと先走りの蜜を襞《ひだ》になすりつけたジェセルが、ゆっくり腰を押し進めてくる。閉じかけた隘路をぬううっと押し開く雄刀に、隼人は反射的に身を強《こわ》ばらせた。

「く……っ、ん……！」

「……っ、息を吐け、隼人」

きつく目を眇めながらも動きをとめたジェセルが、隼人の唇を啄んで囁く。

は、と隼人が荒い吐息を零したのを確認してから、ジェセルはぐっぐっと勢いをつけて少しずつ雄茎を押し込んできた。

「は……っ、ジェセル、苦し……っ」

「っ、もう、少し……っ、挿入った……っ」

険しい声で呻きながらも、ジェセルがずぷんっと最後まで隼人の中に納める。

は、はふ、とどうにか呼吸を繰り返しながらジェセルを見上げた隼人は、自分と似たり寄ったりの苦しそうな顔をしている彼を見てなんだかおかしくなってしまった。

「ふ……、ふは、はは……っ、なんかおれら、すっげえ一生懸命だったな？」

「……っ、こら、笑うな、締まる……」

顔をしかめつつ、ジェセルも苦笑を浮かべる。獣の挨拶みたいに鼻に鼻を擦りつけてくる恋人をぎゅっと抱きしめて、隼人はその唇に幾度も吸いついた。

「……ん、んん、ほんとに挿入る、……ん、もんだな……」

ジェセルのそれがアレなせいでだいぶ息苦しいが、香油でしとどに濡らされていたため、どうにか根元まで納まったらしい。

自分の体のことながら、よく挿入ったなと感心してしまった隼人だが、ジェセルは時折呼吸を乱す隼人に表情を曇らせる。

「痛みはないか？　どこか裂けたり……」

挑む前はあんなに強気だったのに、いざとなると心配なのだろう。

指先で繋がった場所を確かめるようになぞられた隼人は、ん、と息を詰めてジェセルの背を軽く蹴《け》った。

「……っ、大丈夫だから、あんまそこ触んな。動いていいから」

限界まで開かれたそこは過敏になっているようで、触れられると背すじがそわそわする。それに、ジェセルだっていつまでもこのままではつらいはずだ。

「……痛かったら言うのだぞ？」

念押しするように鼻先にキスを落としたジェセルが、腰を揺らし始める。深くまで納めたまま、ほとんど抜かずにぐっぐっと腰を押しつけられ、奥の蕩けたやわらかな内壁に幾度もぬちゅぬちゅと卑猥なくちづけをされて、隼人はたちまちとろりと目を潤ませた。

「ふ、あ……っ、んっ、ん、んっ」

ジェセルが腰を揺らめかせる度、鼻にかかった甘い声が零れ落ちてしまう。けれどもうそれを恥ずかしいと思う余裕もなくて、隼人はジェセルにしがみついたまま、次第に速く、大きくなっていく律動に身を任せた。

「んあ……っ、あっあ、そ、こ……っ」

ぬぐりと突き入れられた雄茎が、先ほど指で散々啼《な》かされた凝りをかすめる。すぐに気づいたジェセルが、快楽に膨れ上がったそこに張り出した雁首《かりくび》を引っかけるようにして擦り立ててきた。

こりこりと嬲られた凝りから、甘い愉悦がさざ波のように広がっていく。

「ひう……っ、あっ、あ、ああ……っ！」

「……っ、これは私も悦い、な……」

低く唸ったジェセルが、悶える隼人の首すじをきつく吸いながら、二人の間でもみくちゃになっていた隼人の性器に手を伸ばす。張りつめてまた新たな蜜を零し始めていた熱茎をあやすように扱き立てながら、ジェセルは腰を大きくグラインドさせ始めた。

「は……っ、ああ、隼人……！」

「んんん……っ、んあっ、あっあっあっ」

ぬううっとぬるつく太杭《くい》が抜け出ていったかと思うと、すぐにまた奥まで貫かれ、小刻みに突き上げられる。

香油で蕩けたそこは、ぱちゅぱちゅとはしたない蜜音を立てて男の蹂躙《じゅうりん》を許していて、もうすっかり快楽に花開いていた。打ち付けられる度、いっぱいに開かれたそこをジェセルの下生えと蜜袋にくすぐられ、次第に苦しさよりも甘い熱に感覚が支配されていく。

拒むようにきつい締めつけが和らぎ、ひくつき始めた内壁に気づいたのだろう。ジェセルが深くまで押し入ったまま、ぶるりと腰を震わせてハア、と恍惚のため息をつく。

「お前も感じているのだな、隼人……」

ぐちゅぐちゅと長茎で奥も隘路も可愛がりながら、ジェセルが隼人の舌を吸う。繋がったまま円を描くようにして腰を押しつけ、ん、ん、とくぐもった隼人の声をくちづけで味わいながら、ジェセルはもっと寄越せと言わんばかりにぐりぐりと陰嚢《いんのう》を入り口に擦りつけてきた。雄蜜をたっぷりと湛《たた》えたその重さを、今にも自分に種を注ごうとびくびく震える様を、繋がった場所で直に感じさせられる。

いやらしさと愛おしさと気持ちよさで爪の先までいっぱいにされて、隼人は溺れそうなその愛に必死にしがみついた。

「んぅうっ、あっあっあっ、ひああ……！」

ぬるぬるの熱い、太い、気持ちいいそれが抜けていくのがたまらなく寂しくて、追い縋るように腰を浮かせる。するとその瞬間を狙いすましてぐちゅうっと一気に打ちつけられ、ぐりぐりと奥をこじ開けられた。

ぬるつく屹立の先端を指先で弄られながら暴かれた弱い凝りを執拗《しつよう》に押し潰され、あますところなく隘路を擦り立てられて、目の前の男のことしか考えられなくさせられる。

もっと、もっとこの男が欲しい。

全部奪って、全部奪われたい――。

「……っ、隼人……！」

「ジェセ、ル……っ、おれ、も……っ、ああ、ああっ、もう……！」

終わるのが惜しいのに、その瞬間が欲しくて欲しくてたまらなくて、隼人は誘うように唇を開いた。

瞬間、隼人を掻き抱いたジェセルが、嚙みつくように唇を奪い、剛直を突き立ててくる。

「んんっ、んっんっ、んー……っ！」

「……っ、く……！」

隼人が白蜜を吹き上げた瞬間、呻いたジェセルが力強く腰を震わせ、激情を注ぎ込む。

濃密な熱い、熱い精液が体の奥でぐじゅうっと音を立てて迸《ほとばし》るのを感じて、隼人はジェセルの褐色の背を力一杯抱きしめた。

「ん……、は……、んっ、んん……」

びくり、びくりと押しつけた陰嚢を震わせながら、たっぷりと時間をかけて射精したジェセルが、甘く舌を絡ませてくる。

満たされきった恍惚に艶《なま》めいた吐息を零しながら、そのキスに応えていた隼人だったが、ぬちゅぬちゅと精液を隘路になすりつけるように腰を送り込んでいたジェセルが、次第に勢いを取り戻すのに気づき、慌てて唇を解いた。

「……っ、こ、ら……っ、待て、ジェセル！　これ以上は無理！」

ストップをかけた隼人に、ジェセルが不満そうな顔をする。

「……想いの丈をすべて受けとめると、言っただろう」

「言ってねえよ！　ねつ造すんな……っ、あ、ン……！」

反論した隼人だが、長い指先に胸の尖りをぷるんと弾かれた途端、甘い声を上げてしまう。

しっかりとその声を拾い上げたジェセルが、楽しそうに、嬉しそうにふっと、笑って。

「……無理ではなさそうだな？」

「や……っ、むりっ、無理無理無……っ！」

悲鳴ごと食べてやると言わんばかりに、強引なくちづけが降ってくる。

躾が必要な獣はどっちだ、と心の中でわめきながら、隼人は褐色の背を少々強めに蹴ってやったのだった。


——夜明け前、王宮の一角に設《しつら》えられた星見台に上がって、ナクトはじっと東の空に目を凝らしていた。

「そろそろのはずなんだが……」

はあ、と唇から漏れた呼気が、宙に白く浮かぶ。

夜は、偉大なる太陽神ラーが冥界へと身を隠す時間だ。そして、冥界でミイラとなったオシリスと巡り合い、再び力を得て新しい一日を生み出す。

ラーの再生に立ち会う、この名誉ある職務にナクトが就いたのは、つい先頃のことだ。一年前まで建設現場の一役人だったことを考えると異例の大出世で、そこにはナクトが敬愛してやまない、二人の人物の口添えがあった。

『今度、星見役に空きができることになってな。どうだ、試験を受けてみる気はないか』

『ナクト、成績優秀なんだってな。星見役って結構体使う仕事らしいし、書記よりナクトに合ってると思うよ』

二人の後押しがなかったら、自分にはそんな大役など務まらないと遠慮して、機会を逃してしまっただろう。彼らのおかげで、自分はやりがいのある仕事に就くことができた。

そして今、ナクトは星見役が一年で最も重視している職務を任されている——。

(今日辺りかと思ったんだが……)

明るくなり始めた地平線を睨むように見据えていたナクトだが、その時、星見台に誰かが上がってくる気配がする。神聖なこの場所に誰が、と下を覗き込んで、ナクトは驚いた。

「隼人様!」

「おっ、いたいた。おはよう、ナクト」

お疲れ、と仕事中のナクトを労《ねぎら》いながら上がって来たのは誰あろう、ナクトにこの職務を勧めてくれた隼人その人だった。慌てて場所を空けたナクトに、ニカッと笑って礼を言う。

「ありがと、それにしても寒いな」

「あ……、よ、よろしければこちら、お使い下さい」

星見台に常備されている予備の麻布を手渡しつつ、ナクトは尋ねた。

「それで、このような早くにどうなさったのですか？　なにか問題でも……」

「いや、そんなんじゃないんだけどさ。そろそろシリウスが昇る頃だろ？　おれも見てみたいなって思ってさ」

来てみたんだと笑う隼人は、ちょうど一年前にこの地にやって来た異国の貴人だ。時の女王アイーシャの十八番目の側室だが、実は死後の世界から遣わされたホルスの使いらしいと、専らの噂《うわさ》である。

当然ナクトなどが気軽に言葉を交わせるはずはないのだが、一年前に建設現場を案内した縁でなにかと声をかけてもらえるようになった。

気さくで飾らない人柄の彼は、今は女王の相談役や王女の教育係を務めている。博識で広い知見を有している彼の元には、王宮の大臣や役人など様々な者がひっきりなしに相談に訪れており、平民の中にも慕う者が多い。

「えっと、東は……」

「あちらです。例年ではそろそろあの辺りに見えるはずなのですが……」

「そっか、ありがとう。……うーん、まだそれっぽい星は見えないな」

ナクトが指し示した方向をじっと眺めながら、隼人が声を弾ませる。

「実は昨日ジェセルから、アケトが始まったらまたピザ作り頼むって言われてさ。どんなピザ作ろうか考えたら楽しみで楽しみで、あんまり眠れなかったんだ」

なるほど、それで早朝から星見台に来たらしい。ナクトは苦笑して請け合った。

「きっと皆、今年も隼人様のピザが食べられることを楽しみにしていますよ」

「そうだといいんだけど……、……あ！」

頷きかけた隼人が、唐突に声を上げる。

「シリウス！」

指さしたその先には、キラリと光る星があった。

アケトの始まりを告げる美しきナイルの星──、シリウスだ。

夜と朝が混じる空に一粒煌《きら》めくその宝石に言葉もなく見入っていたナクトだったが、その時、星見台に呆れたような声が響く。

「……星見より早く見つけてどうする」

「っ、ジェセルウナス様⁉」

思わぬ人物の登場その二に再度驚いたナクトだが、隣の隼人は呑気《のんき》な声で首を傾げる。

「あれ、ジェセル。ごめん、もしかして起こしたか？」

「目覚めたらお前がいなかったので、ここではないかと思ってな」

やはりか、と嘆息しながら上がってきたジェセルウナスが、さりげなくナクトと隼人の間に割って入る。

ちらりとこちらを見る瞳に含まれた牽制《けんせい》のような色とその仕草、そして二人の交わした会話に、ナクトは目を瞠った。

(もしかして、お二人は……)

浮かんだ考えを、ナクトは口に出すことなくそっと胸の中にしまった。

恩義ある二人が幸せなら、それがどのような形であれ自分は応援する。

にっこりと微笑んで小さく頷いたナクトの意図を汲《く》み取ったのだろう。ジェセルウナスはふっと笑みを浮かべ、一度瞬きをして謝意を伝えてくれた。

「ジェセル、ほら！　あそこ、シリウス！」

「分かった分かった。……ああ、綺麗だな」

だろ、と笑みを浮かべる隼人を甘く見つめて、若き王弟が微笑む。

身を寄せ合い、白い吐息を弾ませるナイルの恋人たちを、ナクトはいつまでも見守っていたのだった。

――そして、十余年の月日が過ぎた。

終章

睡蓮《すいれん》の花に囲まれた女王の棺《ひつぎ》が、神官たちによって担ぎ上げられる。

集まった民の嗚咽《おえつ》やすすり泣きが響く中、ピラミッドに向けて出発した葬列を見送って、ジェセルはふうと肩で息をついた。

姉、アイーシャの治世は、彼女が王となってから十五年続いた。

内政に力を入れ、幾つもの神殿建設を公共事業として執り行った彼女の御代は、かつてないほど穏やかで、豊かな時代となった。

彼女の功績は後々の世まで語り継がれ、人々の記憶に残り続けることだろう。

きっと、三千年後も。

「ジェセル」

出会った時から、自分を唯一愛称で呼ぶ恋人を振り返って、ジェセルは微笑んだ。

「……隼人」

「大丈夫か？」

こちらを気遣ってくれる隼人だが、彼の方こそ泣き腫《は》らした目が真っ赤になっている。

ふ、と笑ったジェセルは、ゆっくりと隼人に歩み寄りつつ答える。

「姉上が病に倒れられてから、しばらく時があったからな。覚悟はできていた」

「……おれはできてなかったみたいだ」

ぐす、と鼻を鳴らす隼人は、遠ざかる葬列をじっと見つめている。

三十代後半とはいえ、まだまだ若々しいその横顔に愛おしさが募って、ジェセルは彼に歩み寄ると、素早くその瞼《まぶた》にくちづけを落とした。

「な……っ、にすんだ、こんなとこで……！」

周囲の目を気にして身を引こうとする恋人の背に腕を回して阻み、ずいっとまた一歩踏み込んで告げる。

「もう隠す必要もなかろう。私たちはもう、ただの恋人同士だ」

彼が自分と共に生きると決め、この地に残ってから、もう長い月日が経《た》った。その間ずっと自分は姉の正室で、彼は側室だったが、もうその役目は終わった。

これから先は、恋人として彼と共に歩んでいける――。

「だからって、誰彼構わず言いふらすなよ。いい年して浮かれてたら、シメるからな」

じろ、と睨みをきかせた隼人には、これまで幾度か『シメ』られている。

大概はジェセルが閨《ねや》で盛り上がりすぎて、隼人が翌日寝込む羽目になった時だったが、恋人の躾が自分よりだいぶ厳しめであることは、身を持って知っていた。

「……気をつけよう」

神妙に答えたジェセルに、隼人がうむ、と頷く。自分の仕草を真似たのだろう、やけに偉そうに誇張されたそれに苦笑しながら、ジェセルは隼人を促した。

「行こう、隼人。……新女王が、我らをお待ちだ」

自分たちには、母の遺志を継いで王となったばかりのサラを支えるという使命がある。まだまだこの国のためにやれること、やらなければならないことは山積みだ。

「ああ。行こう、ジェセル」

肩を並べて歩き出した二人の元に、熱い風に乗って甘い香りが届く。

それはナイルに咲いた、一輪の恋の花の香りだった——。

あとがき

こんにちは、櫛野《くしの》ゆいです。この度はお手に取って下さり、ありがとうございます。

古代エジプトへのタイムスリップ、いかがでしたでしょうか。私は古代エジプトについてそれほど詳しくなかったため、まずは資料の読み込みからのスタートでした。あれこれ調べはしたのですが、今回は読みやすさを優先しているところが多々あります。アイーシャ女王も、歴史好きな方ならすぐに分かる女王をモデルにしておりますが、史実とは異なりますので、あくまでもファンタジーとしてお読みいただけたら幸いです。

さて、今回一番悩んだのは主人公でした。なんといっても紀元前の外国に飛ばされてしまうので、逞しく生き抜けそうな適応能力があって、ガッツがあって、多少のことではへこたれなくてと考えていったら、元ヤンピザ職人に辿《たど》り着きました。結果、ベッドの上でメンチを切る受けという、今まで書いたことのない子に仕上がり、書いていて大変楽しかったです。十数年作家をやっておりますが、チンコという単語は多分初めて書きました。

攻めのジェセルはかなり過酷な環境で育った苦労人なので、隼人が彼の元に来てくれて本当によかったねと思っています。衝突の多い二人ですが、なんだかんだ末永く仲良くやっていくんじゃないかな。ベッドのポジションは毎晩ジャンケンでもして決めて下さい。多分ジェセルはジャンケン知らないだろうけど、教えたら滅茶苦茶強いと思います。

脇役はどの子も楽しく書いたのですが、案の定アイーシャ女王とサラちゃんがお気に入りです。サラちゃんはきっとお母さんとはまたタイプの違う美人さんに育つんじゃないかな。余談ですが、サラちゃんの初恋は隼人です。曲がり角でぶつかっちゃったしね。

最後にお礼を。挿し絵をご担当下さった榊《さかき》空也《くうや》先生、この度は素敵なイラストをありがとうございました。古代エジプトなんて特殊な設定、お引き受けいただけるかなとドキドキしておりましたが、表紙からしてカッコよくてドラマチックで、頑張って書いてよかったと心から思いました。主役二人はもちろんですが、サラちゃんとウマルが可愛くてお気に入りです。編集部さん経由でご転送いただいた資料を榊先生が手元に置いておきたいと仰っていると聞いた時は思わずガッツポーズが出ました。情緒溢れる挿し絵を本当にありがとうございました。

的確なアドバイスを下さった担当様も、ありがとうございました。古代エジプトってどうでしょうと提案した時に、すかさずいいですね！　と乗って下さってとても心強かったです。キャラクターの掘り下げ方なども大変勉強になりました。ありがとうございました。

最後までお読み下さった方も、ありがとうございました。一時でも楽しんでいただけたら幸いです。よろしければ是非ご感想もお聞かせ下さい。

それではまた、お目にかかれますように。

櫛野ゆい　拝

【参考文献】

・吉村作治『古代エジプトを知る事典』4版　株式会社東京堂出版（2009年）
・アンク・ジェト　深川慎吾著『ヒエログリフで読む　古代エジプト愛の歌』2版　小山雅人監修　株式会社文芸社（2012年）
・ギャリー・J・ショー著　近藤二郎訳『ファラオの生活文化図鑑』株式会社原書房（2014年）
・松本弥『図説　古代エジプト誌　ヒエログリフ文字手帳　人びとの暮らし・生活編』株式会社弥呂久（2016年）
・近藤二郎『神秘と謎に満ちた古代文明のすべて　古代エジプト解剖図鑑』株式会社エクスナレッジ（2020年）
・ドナルド・P・ライアン著　市川恵里訳『古代エジプト人の24時間　よみがえる3500年前の暮らし』大城道則監修　株式会社河出書房新社（2020年）

この本を読んでのご意見、ご感想を編集部までお寄せください。

《あて先》〒141-8202　東京都品川区上大崎3-1-1　徳間書店　キャラ編集部気付

「王弟殿下とナイルの異邦人」係

【読者アンケートフォーム】

QRコードより作品の感想・アンケートをお送り頂けます。

Chara公式サイト http://www.chara-info.net/

■初出一覧
王弟殿下とナイルの異邦人……書き下ろし

王弟殿下とナイルの異邦人……【キャラ文庫】

2021年12月31日 初刷

著者 櫛野ゆい
発行者 松下俊也
発行所 株式会社徳間書店
〒141-8202 東京都品川区上大崎3-1-1
電話 049-293-5521（販売部）
03-5403-4348（編集部）
振替 00140-0-44392

印刷・製本 株式会社広済堂ネクスト
カバー・口絵
デザイン カナイデザイン室

ISBN978-4-19-901051-4